Heribert Weishaupt

Isabelle

Ein Troisdorf-Krimi

ratio books

Heribert Weishaupt

Isabelle
Ein Troisdorf-Krimi

Cover: lizenzfreies Bild von Engin Akyurt/piaxabay.com

Impressum
ratio-books • 53797 Lohmar • Danziger Str. 30
info@ratio-books.de (bevorzugt)
Tel.: (0 22 46) 94 92 61
Fax: (0 22 46) 94 92 24
www.ratio-books.de

ISBN 978-3-96136-019-2

published by
ratio books

Die Lüge tötet die Liebe.
Aber die Aufrichtigkeit tötet sie erst recht.

Ernest Hemingway

Gewalt birgt immer ein Element der Verzweiflung.

Thomas Mann

Prolog

Er stellte den Rucksack am Wegesrand ab und kletterte behutsam, teilweise auf allen vieren, über die niedrigen Felsen in Richtung Schlucht.

Er wusste, welche Gedanken jetzt im Kopf seiner Frau kreisten: Was soll das? Immer wieder diese unnötigen Eskapaden. Musst du denn unbedingt mit auf dem Foto abgelichtet werden?

„Bleib doch hier am Weg stehen. Das Foto wird doch ohne dich genauso schön", rief sie.

„Nein, nein. Wenn schon ein Bild mit dieser grandiosen Aussicht, dann soll ich auch mit auf dem Foto zu sehen sein."

Er lachte.

„Aber was bringt es, wenn du bei dieser Aktion umknickst und dir den Fuß oder das Bein brichst?", versuchte sie eine letzte Warnung.

Aber auch dieser Versuch misslang kläglich.

„Du immer mit deinen Ängsten."

Er lachte wieder kurz auf. Dieses typische, lässige Lachen eines selbstsicheren Mannes.

Schon hatte er die Kante des steil abfallenden Hanges erreicht und richtete sich auf. Breitbeinig, die Hände in die

Hüften gestemmt, stand er vor einer imposanten Kulisse und schaute in die Tiefe.

Rechts und links säumten kahle, zerklüftete Felsmassive die Schlucht. Unter ihm breitete sich das Tal von Sóller mit den unzähligen Oliven-, Zitronen- und Orangenbäumen aus. In der Ferne konnte er die Bucht des Hafens erkennen und dahinter spannte sich bis zum Horizont das blaue, glitzernde Meer. Welch ein Panorama.

Ruckartig drehte er sich um. Sein Gesicht zeigte ein zufriedenes Lächeln.

„So, du kannst jetzt den Auslöser betätigen“, forderte er seine Frau auf, die mit ausgestreckten Armen die Digitalkamera vor sich hielt und angestrengt versuchte, im Display etwas zu erkennen.

„Ich kann kaum etwas erkennen. Die Sonne scheint direkt auf das Display.“

„Schirm das Display mit einer Hand ab. Das hilft vielleicht. Das wird bestimmt eines der schönsten Fotos dieser Woche.“

Zu diesem Zeitpunkt konnte er nicht ahnen, dass es das letzte Urlaubsbild von ihm sein würde.

Ungeduldig verlagerte er sein Gewicht von einem Bein auf das andere. Seine Euphorie ließ sein Gehör nur mit halber Kraft arbeiten. Daher vernahm er nicht, wie sich mehrere kleine Felsstücke von der Kante lösten und den Abhang herunterkullerten.

„Nun mach schon! Ich kann nicht ewig hier so stehen bleiben!“

Seine Ungeduld und der dadurch ausgelöste kleine Schritt rückwärts, war der verhängnisvollste Fehler in seinem Leben.

Mit den Armen wild rudernd, versuchte er, das Unaufhaltsame noch abzuwenden. Seine Füße rutschten nach hinten über den Grat und er fiel nach vorne auf die harte Felskante.

„Hilfe! Hilfe!“, schrie er, dass seine Kehle zu platzen drohte.

Wie weggewischt war seine Euphorie und augenblicklich breitete sich stattdessen Panik aus. Seine Hände suchten hektisch nach einem Halt, aber das Gewicht seines Körpers zog ihn weiter in die Tiefe. Mit den Füßen versuchte er, einen festen Punkt im Felsgestein zu finden. Doch je mehr er mit den Beinen strampelte, desto tiefer rutschte er. Sein Gesicht befand sich bereits unterhalb der Felskante, auf der er vor wenigen Augenblicken noch gestanden hatte.

Die Finger seiner rechten Hand fanden endlich an der Kante ein Stück scharfkantigen Felsen, das etwas hervorstand. Er bot all seine Kräfte auf und krallte sich schmerzhaft daran fest. Der Sog, der seinen Körper in die Tiefe zog, ließ nach. Sofort suchte er mit der anderen Hand einen zusätzlichen Halt. Er schlug die Krallen der zweiten Hand so fest in die Felskante, dass Fingernägel brachen.

Wieder formten sich seine Lippen zu einem lauten, langen Schrei.

„Hiiiilfe!“

Nichts geschah. Wo blieb seine Frau? Sie musste doch gesehen haben, was geschehen war.

„Hiiiiilfe!“, schrie er erneut.

Stille. Totenstille! Nicht einmal der Laut eines Vogels war zu hören.

Wieso hört sie nicht meine Hilfeschreie und kommt hierher?, dachte der Mann verzweifelt.

Die Sonne stand am höchsten Punkt und brannte erbarmungslos auf ihn nieder. Schweißtropfen rannen ihm in die Augen. Er spürte, wie die Schwerkraft versuchte, ihn nach unten zu ziehen. Es war unerträglich. Er würde sich nicht mehr lange halten können. Mit seinen Füßen versuchte er noch immer, einen Halt zu finden. Allerdings wesentlich vorsichtiger als

1

Gestern Abend, ich war gerade zu Bett gegangen und konnte nicht einschlafen, da nahm ich mir vor, heute meine erste Wanderung durch die Wahner Heide zu unternehmen.

Ich öffne die Augen. Im Schlafzimmer ist es fast noch so dunkel wie in der Nacht. Mein Wecker auf dem antiquierten Nachttisch zeigt Montag, 24. Oktober 8:15 Uhr an. Ich habe gestern Abend die Weckfunktion nicht aktiviert, da ich endlich einmal ausschlafen wollte. Vielleicht habe ich auch die Uhrzeit nicht korrekt eingestellt und es ist noch wesentlich früher, und deshalb noch so dunkel. Oder liegt es an den dicken, bunten Vorhängen, die so gut wie kein Licht durchlassen?

Ich erhebe mich von der viel zu weichen Matratze. Das Bett quietscht fürchterlich. Einen Augenblick bleibe ich auf der Bettkante sitzen und resümiere, dass ich trotz der nicht optimalen Verhältnisse gut geschlafen habe. Ich stehe auf, gehe zum Fenster und ziehe die Vorhänge zur Seite. Was ich sehe, lässt mich meinen Entschluss bereuen. Die natürliche Tristesse eines rheinischen Herbsttages schaut mich an. Leichter Nebel, feucht und grau, wohin ich auch blicke. Als ich mich entschlossen habe, heute wandern zu gehen, konnte ich nicht ahnen, welches Schmuddelwetter mich heute Morgen erwarten würde.

Jetzt nehme ich auch die Kälte wahr, die im Schlafzimmer herrscht. Soll ich mich nochmals unter die Bettdecke verkriechen? Eine verlockende Versuchung. An solch einem Tag würde mir bestimmt nichts entgehen und Termine habe ich ohnehin nicht. Nein, ich entscheide mich dagegen. Stattdessen knipse ich das Licht an, lege mir eine Decke um die Schultern und gehe ins Wohnzimmer.

Auch hier mache ich zuerst einmal Licht und ziehe die Vorhänge zurück. Die gleiche graue Suppe wie vor dem Schlafzimmerfenster. Zum Glück habe ich gestern Abend nicht das Heizungsthermostat zurückgedreht. Daher ist es im Zimmer angenehm warm und gemütlich.

Na ja, Gemütlichkeit sieht in der Regel anders aus. Auf dem Tisch und in einigen freien Ecken stehen noch Umzugskartons, die ich gestern nicht geschafft habe auszupacken.

Was soll's, denke ich. Das hat Zeit bis später. Es ist warm und wenn ich geduscht, mir einen Kaffee aufgebrüht und ein Brötchen aufgebacken habe, beginnt der Tag doch recht positiv.

Auf meine erste Wanderung will ich auf keinen Fall verzichten – ich muss einfach raus. Nachdenken, was geschehen ist abhaken und einfach den Kopf frei bekommen.

Nach dem Frühstück ziehe ich mich warm und regenfest an und verlasse mein neues Zuhause.

Beim Verriegeln der Haustür fällt mein Blick auf das Namensschild an der Klingel: „Isabelle Kern".

Der Vermieter hatte das bereits vor Tagen veranlasst. Glücklich bin ich nicht darüber, aber ich werde demnächst sowieso wieder meinen Mädchennamen annehmen. Dann wird auch der Name „Kern" nur noch „Schall und Rauch" sein. Gott sei Dank.

Nachdem ich den Ort hinter mir gelassen habe, orientiere ich mich an der Straße nach Troisdorf. Am Waldrand führt ein Weg parallel zur Straße. Ich weiß nicht mehr, wie lange ich diesem Weg gefolgt bin. Irgendwann biege ich links ab in den Wald hinein. Mehrmals biege ich rechts und dann links in einen anderen Weg ein. Ich habe kein konkretes Ziel, nicht einmal eine geplante Richtung und eine Wanderkarte habe ich auch nicht dabei.

Im Laufe des Vormittags gesellt sich zu dem eintönigen Grau leichter Regen hinzu. Die Sicht wird dadurch noch schlechter. Aber ich habe nicht vor, mir den Wald und die Landschaft anzusehen – heute nicht. Ich will meine Sorgen und Gedanken im Kopf ordnen. Will meinen Kopf regelrecht ausmisten.

Ich ziehe meine Kapuze über und stopfe die Hände tief in die Taschen meiner Regenjacke.

Zu viele Gedanken schwirren unkontrolliert durch meinen Kopf, und je mehr ich nachdenke, desto verwirrender werden sie. Das hat zumindest den Vorteil, dass ich abgelenkt bin und den Regen und die Kälte nicht so spüre.

Immer wieder frage ich mich, wieso ich monatelang nichts bemerkt hatte. Macht Liebe wirklich blind?

Seltsamerweise spüre ich jetzt noch immer das Gefühl, das Gefühl der Geborgenheit. Keine Frage, ich habe Ronni geliebt.

*

Über vier Jahre lebten wir zusammen – glücklich zusammen. Damals in Duisburg hatten wir uns kennengelernt. Als ich dann in Bonn die Stelle in der Anwaltskanzlei antrat, hatten wir Zweifel, ob unsere Liebe diese Wochenendbeziehung überstehen würde. Ronni besuchte mich jedes Wochenende in meiner Wohnung in der Pension in Poppelsdorf. Ich weiß es noch so genau. Manchmal, wenn die Sehnsucht zu groß wurde, kam er sogar für ein paar Stunden abends in der Woche nach Bonn. Diese wenigen Stunden waren meistens schöner und intensiver als ein ganzes Wochenende. Zum Glück dauerte es nicht lange, bis Ronnis Versetzungsantrag nach Bonn stattgegeben wurde. Zu diesem Glück gesellte sich noch der Zufall, dass er wieder mit Frank Eisenstein zusammen arbeiten konnte, der bereits in Duisburg fünf Jahre sein Chef war.

Wie war ich doch selig, als er Weihnachten vergangenen Jahres endlich um meine Hand anhielt. Die standesamtliche Trauung fand im kleinen Kreis statt. Meine Eltern und meine jüngere Schwester, die Trauzeugin war, waren aus Spanien gekommen. Ronnis Eltern waren selbstverständlich auch da. Da er keine Geschwister hat, hatte er Frank Eisenstein gefragt, ob er Trauzeuge werden möchte. Natürlich sagte Frank gerne zu und ich freute mich ebenfalls. Schließlich kenne auch ich Frank seit Jahren und die beiden Männer sind gute Freunde, die die meiste Zeit des Tages beruflich miteinander verbringen und viel zusammen erlebt haben.

Im Juni feierten wir eine wunderschöne Hochzeit. Die Trauung in der kleinen Kirche, mein weißes, tief ausgeschnittenes Brautkleid und mein Mann im dunkelbraunen Anzug mit Fliege. Er sah so toll aus – mein Mann. Wie war ich doch stolz, erinnere ich mich etwas wehmütig.

Es wurde ein riesiges Fest. Alle Verwandten aus meiner Heimat waren angereist. Viele Freunde von mir und von Ronni. Ich erinnere mich noch genau: Sogar Frank hatte mit mir getanzt – und sogar gut getanzt. Das hätte ich dem etwas linkisch wirkenden Hauptkommissar gar nicht zugetraut. Bis heute bin ich mir nicht sicher, ob er nicht vorher, extra für die Hochzeit einen Tanzkurs besucht hat.

*

Doch das ist jetzt alles überholt und Vergangenheit. Ich muss nach vorne schauen. Nur das Jetzt und die Zukunft zählen!

Als ich mit der Zunge über meine Oberlippe fahre, spüre ich einen salzigen Geschmack. Sind das Reste von Tränen? Habe ich geweint und es im Regen nicht einmal bemerkt?

Seltsam, dass mich nach all den Ereignissen der letzten Zeit unverhofft diese romantische Stimmung überkommt.

Gerade bin ich einem steilen Weg in ein Tal hinab gefolgt und erreiche eine Weggabelung. Ich schaue nach rechts, nach links und kann keinen Entschluss fassen, welche Richtung ich einschlagen soll. Wo bin ich hier? Irgendwo drüben zwischen den Bäumen scheint ein Bach oder Fluss zu fließen. Aber auch diese Erkenntnis ist für mich nicht hilfreich. Ich habe keine Ahnung, wo ich mich befinde. Theoretisch bleibt nur die eine Möglichkeit, den bisher zurückgelegten Weg zurückzugehen. Praktisch habe ich enorme Zweifel, den Rückweg wieder zu finden. Es ist kein Mensch zu sehen, den ich fragen könnte, was bei dem Wetter nicht verwundert. Intuitiv entscheide ich mich für den linken Weg durch das Tal.

An der rechten Seite des Weges, der Seite, wo der Bach fließt, ist der Waldboden mit ausgedehnten Wasserlachen überzogen. Blätterlose Äste und Ranken hängen wie abgestorben an den Bäumen. Aus den Wasserlachen ragen verrottete Baumstämme heraus. Ein modriger Geruch erfüllt den Wald. Die linke Seite des Weges bildet ein mit Bäumen und Sträuchern bewachsener Hang, der steil hoch in den grauen Dunst des „Hundewetters" führt.

Trotz des Regens nehme ich hin und wieder ein Rascheln und das Geräusch brechender Äste hinter den Sträuchern wahr. Irgendwie machen mich diese Geräusche nervös. Grundsätzlich bin ich kein ängstlicher Mensch, aber ist es auszuschließen, dass mich jemand beobachtet? Zumindest bin ich mir sicher, dass bei diesen Witterungsverhältnissen niemand zufällig hinter irgendwelchen Sträuchern umherirrt. Falls da jemand sein sollte, kann er sich nur meinetwegen dort aufhalten. In mir besteht eine Anspannung, die ich nicht leugnen und ignorieren kann.

Ich beschleunige meine Schritte. Der Weg ist breit und ich versuche, möglichst viel Abstand zwischen mir und dem Hang zu halten. Unablässig suchen meine Augen die linke Seite des Weges und das Buschwerk ab.

Sollte tatsächlich jemand meinen neuen Aufenthaltsort herausbekommen haben? Und das bereits am ersten Tag? Eigentlich kann ich mir das nicht vorstellen.

Plötzlich schießen zwei Rehe wie aus dem Nichts vom Abhang über den Weg und verschwinden zwischen den Bäumen auf der anderen Seite des Weges.

Wie angewurzelt bleibe ich stehen und schaue ihnen hinterher. Erleichterung breitet sich in mir aus, aber noch kein Aufatmen. Zu sehr hat mich der Gedanke beschäftigt, dass mir jemand auflauert. Aber wer soll das sein? Der Einzige, der vielleicht einen Grund dazu hätte, kann es nicht mehr.

Der Rest des Weges verläuft unspektakulär, trüb, grau und regnerisch. Alles wie gehabt.

Ich erreiche eine Straße, die aus dem Tal den Berg hinauf führt. Als ich auf dem Straßenschild den Namen „Rambusch" lese, bin ich stolz auf meine Intuition, dass ich den richtigen Weg gewählt habe. Den Namen kenne ich und weiß, die Straße führt zum Heidedorf Troisdorf-Altenrath in der Wahner Heide, in dem ich seit gestern wohne.

Völlig durchnässt erreiche ich die Haustür zu meiner Wohnung. Ich streife die Kapuze vom Kopf und schüttle den Regen von meiner Jacke und damit auch die sentimentale Anwandlung und Ängste, die mich unterwegs überkommen hatten. Wieder zufrieden mit mir, öffne ich die Haustür.

Dabei zwinge ich mich, das Klingelschild nicht anzusehen.

Im Flur hänge ich meine nasse Jacke an die Garderobe und entledige mich ebenfalls der nassen Jeans. Im Wohnzimmer ist es gemütlich warm. Ich gehe auf direktem Weg zum Kühlschrank in die Küche, die sich in einem kleinen Raum befindet, der sich direkt am Wohnzimmer anschließt. Im Tiefkühlfach finde ich die letzte der beiden Pizzen, die ich gestern gekauft habe. Die muss für heute reichen. Morgen werde ich einen Großeinkauf machen und danach die restlichen Kartons auspacken.

Jetzt will ich erst einmal Siesta halten. Dazu verkrieche ich mich in mein quietschendes Bett und ziehe mir die Decke über den Kopf. In mir fließt nun einmal spanisches Blut und ich bekenne mich zu diesem sinnvollen Ritual. Sie gehört zu uns Spaniern wie Tapas, Flamenco oder Pablo Picasso. Nur eine ausgiebige Siesta kann die Menschen vor Verrohung und Aggressivität bewahren. Mich diesen Gefahren aussetzen, indem ich auf die wohlverdiente Siesta nach dieser anstrengenden Wanderung verzichte, will ich nun wirklich nicht.

Diese Gedanken sind das Alibi für meine Alltagsflucht ins Bett und ich schlafe darüber ein.

2

Unsere Hochzeit lag zwei Monaten hinter uns und war nur noch Erinnerung. Wobei die Erinnerung bei Ronni weiter entfernt schien, als bei mir.

Vielleicht lag es daran, dass Männer im Allgemeinen realistischer denken und fühlen als wir Frauen. Ein Ereignis, sei es auch noch so schön gewesen, das vorbei ist, wird bei ihnen einfach abgehakt. Ich bin dagegen romantischer und hänge den Erinnerungen in ruhigen Minuten noch lange nach. Das soll nicht bedeuten, dass Ronni die Hochzeit nicht genossen hat. Im Gegenteil. Ich bin mir sicher, dass der Tag unserer Hochzeit für ihn, genauso wie für mich, der schönste Tag im Leben war.

Damals waren wir beide ausgeglichen. Bei Ronni im Kommissariat ging es ruhig zu. Er hatte keine spektakulären Fälle zu lösen. Wie er mir erzählte, erledigte er überwiegend Schreibtischarbeit, die in der Vergangenheit liegen geblieben war.

Bei mir im Büro hielt sich der Stress ebenfalls in Grenzen. Natürlich hatten wir Frauen vor und nach der Hochzeit viel miteinander zu reden. Jeden Tag musste ich sie über den Stand der Vorbereitungen informieren und jede Kollegin sagte ihre Meinung dazu und gab ihre Ratschläge. Später dann, sowohl nach der standesamtlichen und insbesondere nach der kirchlichen Trauung verlangte man von mir, dass ich jedes Detail, und war es noch so unbedeutend, bis ins Kleinste schilderte. Als ich dann einige Tage später von den meisten Fotos Papierdrucke hatte anfertigen lassen, stürzten sie sich darauf und alles, was ich vorher bereits geschildert hatte, wurde nochmals allgemein erörtert.

Ich war unendlich stolz, dass alle Kolleginnen meinen Mann toll fanden und mich um ihn beneideten. Lediglich mein Juniorchef schaute mich seitdem recht misslich an. In der Vergangenheit hatten wir hin und wieder miteinander geflirtet – für mich harmlos und völlig unverfänglich. Trotzdem, mir hatte es Spaß bereitet und mein Selbstwertgefühl aufgewertet. Seinerzeit war ich mir nicht im Klaren darüber, ob es bei ihm auch nur Spaß war, oder ob bei ihm mehr dahinter steckte. Einige Male bemerkte ich, wie er mich beobachtete. Sein Gesichtsausdruck offenbarte jedes Mal Enttäuschung oder Resignation. War er frustriert, da ich mich für Ronni entschieden hatte? Es hatte den Anschein und mich freute es im Geheimen.

Es war an einem Sonntag, ich weiß es noch, als wäre es gestern gewesen. Es war schwül und es hatte den ganzen Tag über gewittert. Am Abend hatte der Regen aufgehört und wir saßen auf dem Balkon und ein neues Gewitter kündigte sich an. Wir sahen dem Zucken der Blitze in der Ferne zu. Der Donner war als leises Gemurmel zu vernehmen und schien noch weit weg zu sein. Von Minute zu Minute kam das Gewitter näher und das grollende Geräusch wurde lauter. Ronni hatte eine Flasche Rotwein von der Ahr geöffnet und wir flirteten wie ein frisch verliebtes Paar miteinander. Als sich der Wind mehr und mehr erhob, war es mit der Gemütlichkeit auf dem Balkon dahin. In Kürze würde das Gewitter über uns hereinbrechen. Wir nahmen unsere Gläser und die

Flasche Rotwein und zogen ins Wohnzimmer um. Hier war es im Gegensatz zum Balkon stickig und schwül.

Es dauerte nicht lange, bis wir uns die Kleider abgestreift hatten und uns liebten. Draußen krachte der Donner und der Regen schlug gegen die Fensterscheibe.

Wenn ich daran denke, erschauere ich noch heute.

Als wir den Höhepunkt erreichten, stöhnte Ronni „Lisa“. Dieses Wort ließ mein Herz erfrieren. Ich versuchte aber, mir in diesem Moment nichts anmerken zu lassen.

Später lagen wir schweigsam nebeneinander. Ronni schien kurz vor dem Einschlafen zu sein. In mir ging alles drunter und drüber. Meine Gedanken, die ich nicht abstellen oder eindämmen konnte, hämmerten in meinem Gehirn. Ich rief mir immer wieder den Augenblick in Erinnerung- Hatte er tatsächlich „Lisa“ gestöhnt oder meinte er vielleicht mich und stöhnte „Liebste“? Ich fand keine Antwort.

Die Eifersucht und das Misstrauen gegen Ronni wuchsen wie ein Geschwür in mir und meine Stimmung war verdorben. Es war jedoch nicht nur die Eifersucht, die an meiner Seele nagte. Die Tatsache, dass mir dadurch die Angst vor Augen geführt wurde, ihn zu verlieren, wog genauso schwer.

So, wie er den Namen gestöhnt hatte, empfand ich das als einen grausamen Schlag gegen mein Selbstbewusstsein. War doch bisher die lustvolle Nennung meines Namens ein sicheres Zeichen für seinen Höhepunkt gewesen. Und jetzt das.

„Lisa“ war natürlich nicht nur ein Name, für eine für mich völlig unbekannte Frau. Mit „Lisa“ verband ich sofort die vor einiger Zeit ermordete Kollegin meines Mannes.

War da mehr als eine berufliche Beziehung gewesen? Sicherlich, beide mochten sich, das war seinerzeit offensichtlich. Aber wieso stöhnte mein Mann ihren Namen, während wir uns liebten?, grübelte ich.

Hatte ich mich tatsächlich nur verhört oder war ich hysterisch?

Ronni schien meinen Schock nicht bemerkt zu haben. Womöglich lag es am Wein – er war eingeschlafen. Voller Ärger vernahm ich seine gleichmäßigen Atemzüge. War das ein Zeichen für sein ruhiges Gewissen oder lag es allein am Rotwein?

Wenn ich heute an die Nacht von damals denke, erinnere ich mich, dass ich in dieser Nacht keine Minute geschlafen habe.

Die Zeit, in der mein Mann mit Lisa Brenner zusammen gearbeitet hatte, flog als zusammenhanglose Bildfetzen an meinem inneren Auge vorbei. Manchmal waren die Bilder klar, manchmal verschwommen oder nur angedeutet. Ein Bild sprang mir dabei immer wieder vor Augen. Das Gesicht von Lisa Brenner – und dieses Bild war klar und deutlich. Manchmal, wenn mich die Müdigkeit überkam, lächelte mich das Gesicht hämisch an. Sofort war meine Müdigkeit verflogen und ich war wieder hellwach.

*

In dieser Nacht liefen in meinem Kopf nochmals Ronnis Ermittlungen mit Lisa Brenner im damaligen, nebligen Herbst ab.

Er hatte damals zwei Morde an Frauen aufzuklären, die grausam hingerichtet worden waren. Die erste Leiche wurde auf der Burg Blankenberg gefunden. Die zweite auf der Burg Windeck. Der Mörder hatte furchtbare Rituale aus dem Mittelalter für seine Tat verwendet. Lisa war gerade von Köln nach Bonn versetzt worden und Ronnis Chef hatte sie ihm zur Unterstützung an die Seite gestellt. Für sie war es der erste

Mordfall und eine riesige Herausforderung. Im Laufe des Falles stellte sie sich überraschend als große Unterstützung für Ronni dar und er schätzte sie immer mehr als kompetente Kollegin und Partnerin. Da der Fall völlig undurchsichtig war und eine mögliche Aufklärung in weiter Ferne zu sein schien, hatte sogar Frank Eisenstein seinen vorgezogenen Ruhestand beendet. Für ihn, Ronni und Lisa war es unzweifelhaft: Der Täter hasste Frauen, die ihren Mann verlassen hatten. Er sah sich als legitimer Rächer der betrogenen und verlassenen Ehemänner. Auch Lisa hatte eine gescheiterte Beziehung hinter sich. Ihre Leiche fand man schließlich auf dem Burghof der Burg Wissem in Troisdorf. Als der Psychopath dann auch noch mich als Geisel in seine Gewalt bekam, brach für Ronni eine Welt zusammen. Gott sei Dank konnte er mich retten und den Mörder überwältigen, der dabei vom Dach eines Hochhauses stürzte. Mehr hatte ich auch später nicht erfahren. Wahrscheinlich wollte man mir aus Rücksicht auf meine damalige labile psychische Verfassung weitere Einzelheiten ersparen.

Für mich waren das seinerzeit die schlimmsten Stunden. Ich war noch nie einem Menschen so dankbar, wie Ronni. Er hatte mein Leben gerettet.

Doch was war das für ein Leben. Mein Leben war ziemlich aus den Fugen geraten. In mir herrschte nur noch Chaos und Angst. Viele Therapiestunden bei einer guten Psychologin brachten mich schließlich wieder in ruhiges Fahrwasser und zurück in ein normales Leben.

Einen Hinweis auf ein mögliches Verhältnis mit Lisa hatte Ronni mir in der gesamten Zeit nie geliefert.

Wenn ich heute hin und wieder an jene Zeit zurückdenke, erhebt sich in mir wieder das Gefühl der Angst und des Chaos. Doch heute kann ich mit diesem Gefühl umgehen und weiß, dass alles vorbei ist – endgültig.

Ronni unterstützte mich, wo er nur konnte. Lisa Brenner war kein Thema, obschon ich ihm anmerkte, wie sehr ihn ihr Tod getroffen hatte. Für mich war das nachvollziehbar, schließlich war sie eine Kollegin – eine ausgezeichnete, sympathische Kollegin.

Doch mehr? Zuneigung oder Liebe?

Nie hätte ich daran einen Gedanken verschwendet.

Und in dieser Nacht, während das Gewitter tobte, stöhnte er im schönsten Augenblick ihren Namen!

*

Am nächsten Tag ging Ronni zum Dienst, als wäre nichts gewesen. Für ihn war natürlich auch nichts geschehen. Ich hatte mich bemüht, mir nichts anmerken zu lassen und ihn auch nicht zur Rede gestellt. Ich war unsicher und brauchte Zeit zum Nachdenken.

Nachdem er das Haus verlassen hatte, meldete ich mich im Büro krank. Ich konnte mich unmöglich mit gut gelaunten Kolleginnen umgeben und irgendwelche, für mich belanglose Arbeiten erledigen. Zuerst wollte ich mich ablenken und mir positive Gedanken machen, die vergangene Nacht vergessen. Wahrscheinlich waren meine Gedanken und Befürchtungen völlig abwegig und unbegründet.

Tatsächlich unbegründet? Da war sie wieder: Die Angst, die Eifersucht.

Ich holte das Fotoalbum von unserer Hochzeit aus dem Schrank. Langsam blätterte ich Seite für Seite um. Ich merkte, dass ich mir zwar die Bilder anschaute, sie aber nicht bis in mein Gehirn drangen. Das Umblättern wurde fahriger, bis ich das Fotoalbum zuschlug. Ich war wütend über mich selbst.

Den Tag über lief ich unruhig in der Wohnung auf und ab. Mehrmals versuchte ich es nochmal mit den Hochzeitsfotos. Aber sobald ich das erste Bild sah, auf dem mein Mann abgebildet war, schlug ich das Fotoalbum mit Wucht zu.

Ich war wütend und die Wut richtete sich mehr und mehr gegen Ronni, meinen Ehemann. Etwas war beschädigt worden, beschädigt in meinem Herzen.

Er rief an diesem Abend an, dass er mit Frank auf ein Bier in eine Kneipe in der Altstadt gehen würde.

Er kam spät nach Hause. Ich lag bereits im Bett. Ich wunderte mich über mich selbst, wie gefasst und ruhig ich kurz mit ihm sprechen konnte.

„Wie war es?" – „Hattet ihr einen schönen Abend?" – „Gibt es etwas Neues?"

Die üblichen Fragen, die eine Ehefrau stellt, wenn der Ehemann mit einem Freund unterwegs war und spät nach Hause kommt. Die Antworten waren dementsprechend knapp.

„Gut." – „Ja." – „Nein."

Als er aus dem Bad ins Bett kam und mir einen Kuss gab, roch ich den Alkohol. Es war wohl mehr als ein Bier geworden. Er drehte sich um und schlief sofort ein.

Ich dagegen lag noch immer wach und ärgerte mich über seine Gleichgültigkeit und scheinbare Ruhe. Plötzlich erwachte ich. Ich musste wohl doch eingeschlafen sein. Die Uhr neben meinem Bett zeigte an, dass es zwei Stunden später war. Ronni wälzte sich neben mir unruhig von einer Seite auf die andere. Er schien zu träumen. Unverständliche Laute drangen aus seinem Mund.

Das sind die Folgen des zu reichlich genossenen Alkohols, dachte ich noch, als ich erschrak. Hatte ich richtig gehört?

Ich setzte mich auf und beugte mich über seinen Kopf. Er lag mit dem Rücken zu mir gewandt und ich musste mich weit hinüberbeugen, um mein Ohr nahe an seinen Mund zu bringen.

Da, wieder. Ich hatte richtig gehört.

„Lisa“, war zwar nicht klar, aber unverwechselbar zu hören.

Nein, nicht schon wieder. Ich war außer mir. Ärger, Enttäuschung, Verletzung, alles überwältigte mich.

Ich schlug die Bettdecke zurück und rannte ins Wohnzimmer. Dort kauerte ich mich in die Sofaecke und schlang eine Decke um mich. Zuerst wollte ich die Tränen zurückhalten, aber ohne Erfolg. Dicke Tränen rannen über meine Wangen und ich schluchzte laut auf. Fassungslos, wütend, enttäuscht und gedemütigt fühlte ich mich.

Jetzt war ich überzeugt, nein, es stand fest: Ronni hatte eine Affäre mit Lisa!

Da war überhaupt nichts mehr zu beschönigen oder zu vertuschen. So war es einfach. Und ich dumme Kuh hatte nichts bemerkt. Noch viel schlimmer: Ich hatte ihn auch noch geheiratet.

Gefühlte drei Stunden saß ich auf dem Sofa, als sich die Schlafzimmertür öffnete. Ronni kam herein. Er setzte sich neben mich und schlang fast zärtlich den Arm um meine Schultern. Behutsam aber energisch drängte ich seinen Arm zurück.

„Wir müssen reden“, sagte ich zu ihm mit ernster Miene.

Er schaute mich verständnislos an. Wie sollte er auch verstehen, was mich erschütterte? Er hatte schließlich nicht bewusst Lisas Namen gestöhnt, als wir uns liebten. Mit Sicherheit konnte er sich auch nicht daran erinnern, dass er in dieser Nacht ihren Namen im Traum genannt hatte.

Trotzdem war ich wütend. Seine Unwissenheit machte es nichts besser, im Gegenteil, sie ärgerte mich maßlos. Mein Verdacht, dass er mich betrogen hatte, war einfach vorhanden. Ich hoffte inständig, dass er eine akzeptable und einleuchtende Erklärung vorbringen würde. Ich konnte und wollte mir nicht vorstellen, wie ich bei einer Bestätigung meines Verdachts reagieren würde.

„Worüber müssen wir mitten in der Nacht reden?", fragte er ahnungslos.

„Über Lisa!", antwortete ich schnippisch.

„Über Lisa? Lisa ist tot. Du weißt, was geschehen ist. Was gibt es darüber noch zu reden?"

Er schaute mich fragend und irritiert an.

„Du hattest eine Affäre mit ihr!", schleuderte ich im rücksichtslos und lauthals ins Gesicht.

„Als wir uns liebten, hast du im schönsten Augenblick nicht meinen Namen gestöhnt, sondern ihren. Und in dieser Nacht hast du von ihr geträumt und ihren Namen genannt. Das reicht doch bestimmt – oder?", schrie ich außer mir vor Wut und Enttäuschung.

Mit einem Mal schien ihm klar zu sein, wie es um mich, um ihn und um uns stand.

Lange schaute ich ihm direkt in die Augen. Ich hatte nichts mehr zu sagen und konnte nur noch warten, wie er reagieren würde. Er konnte meinem Blick nicht standhalten und schaute vor sich zu Boden. War das bereits das Schuldeingeständnis? Angst kam in mir hoch – Existenzangst um unsere Beziehung.

Dann begann er zögernd zu reden. Immer wieder stockend erzählte er, wie er Lisa kennen und schätzen gelernt hatte. Dann stand er auf, ging zum Fenster und schaute in die Dunkelheit der Nacht hinaus. Immer mehr sprudelten die Worte und Sätze wie ein Wasserfall aus seinem Mund.

Als hätten sie sich über Monate in ihm gestaut und nur auf ein Ventil zum Ablassen gewartet. Ich schaute nur seinen Rücken an und wollte nicht glauben, was ich hörte. Gleichzeitig war ich unfähig, ihn zu unterbrechen oder ein Wort zu sagen.

Manchmal fuhren seine Arme fahrig durch die Luft. Es schien, als hätte er mich völlig vergessen.

Bis ins kleinste Detail erzählte er:

Wie er Lisa aufgesucht hatte und das Nachtsichtgerät für ihren Einsatz gebracht hatte.

Wie sie ihm aus Versehen den Kaffee über die Hose geschüttet hatte.

Wie er sich im Badezimmer die Hose ausgezogen hatte und trocknen wollte.

Wie sie nach ihm geschaut und sich an ihm vorbeigedrängt hatte, um ihm ein Handtuch aus dem Schrank zu geben. Wie sie dabei vor ihm stehen geblieben war und sich an ihn gedrückt hatte.

Wie er schließlich die Kontrolle über sein Gleichgewicht und dann über sich selbst verloren hatte und sie beide in der Badewanne und später im Bett gelandet waren.

Er ließ bei seiner Schilderung noch nicht einmal aus, wie er sich gefühlt hatte und was er dabei empfunden hatte. Wie er Lisa in diesen Augenblicken gemacht und begehrt hattee.

Es schien, als wollte er mit der Vergangenheit abrechnen, reinen Tisch machen.

Aber geliebt, nein, das hatte er sie nicht. Lieben würde er nur mich. Seiner Meinung nach war es ein Ausrutscher gewesen. Er war von ihr verführt, übertölpelt worden.

Als er abschließend leidenschaftslos, fast nüchtern bemerkte, dass Lisa außerdem jetzt tot sei und sie keine Gefahr mehr bedeuten würde, stand ich wortlos auf, zog mich an und verließ das Haus. Mir fehlten die Worte. Ich konnte nichts dazu sagen, ich konnte ihn noch nicht einmal mehr ansehen. Planlos lief ich durch das nächtliche Bonn. Als es dämmerte, drehte ich den Schlüssel um und betrat wieder unsere Wohnung. Mein Mann saß noch immer auf dem Sofa und starrte die Zimmerdecke an und dann mich.

Keiner von uns sagte ein Wort. Ich ging ins Schlafzimmer und schloss mich dort ein. Als ich am nächsten Tag kurz vor Mittag ins Wohnzimmer ging, war Ronni nicht mehr da. Auf dem Tisch lag ein Zettel, auf dem stand lediglich, dass er zum Büro gefahren war und dass er mich anrufen würde.

Gegen Mittag klingelte das Telefon. Im Display erkannte ich die Nummer von Ronnis Büro und überlegte, ob ich abheben sollte. Ich entschloss mich, nicht abzuheben. Nach fünf Minuten klingelte es erneut. Es war wieder seine Nummer. Ich ließ es lange klingeln, nahm dann doch ab, ohne mich zu melden.

„Ich bin es“, begann er, als wenn ich das nicht wüsste.

„Können wir heute Abend noch mal darüber reden? Es tut mir wirklich so leid. Ich liebe dich doch.“

„Wir haben bisher all die Monate nicht darüber geredet. Nur du hast in der vergangenen Nacht geredet. Demzufolge brauchen wir also nicht noch mal darüber zu reden. Du hast alles gesagt, was es zu sagen gibt. Ich brauche Zeit.“

„Das verstehe ich ja. Wie soll es denn mit uns weitergehen?“

Seine Stimme klang zaghaft und zitterte leicht. Ich hatte den Eindruck, dass ihn seine Schuldgefühle quälten. Das gab mir Sicherheit und Oberwasser.

„Das kann ich dir jetzt noch nicht sagen. Wir werden sehen.“

Nach diesen Worten legte ich auf, ohne eine Antwort abzuwarten. Ich hatte anfangs nicht gedacht, dass dieses

Gespräch mir so gut tun würde. Mir war mit einem Male klar, dass ich ihm nie würde vergeben können. Und noch etwas wurde mir klar. Ich würde mich für die Verletzung, für die Erniedrigung, die er mir zugefügt hatte, rächen. Ich wollte ihn leiden sehen.

Die nächsten Tage waren schrecklich. Es herrschte eisige Kälte. Ich spürte, wie er darunter litt. Er war äußerst aufmerksam und hin und wieder versuchte er, ein Gespräch zu beginnen. Ich ignorierte seine Aufmerksamkeiten und sagte nur das äußerst Notwendigste.

In mir war nicht nur etwas beschädigt, in meinem Herzen war etwas zerbrochen. Trotz allem konnte ich nicht den großen, entscheidenden Schritt machen und ihn verlassen.

Es war noch etwas da, was mich davon abhielt. Ich weiß bis heute nicht, was es war. War es ein Rest von Liebe oder war es die Sehnsucht nach Rache? Wollte ich nur bei ihm bleiben, um das Vergnügen zu genießen, ihn leiden zu sehen, wenn ich mich rächen würde?

In den kommenden Wochen besserte sich unser Zusammenleben. Wir gewöhnten uns beide an die Situation. Über Lisa oder über die Nacht seines Geständnisses verloren wir kein Wort mehr.

Irgendwann konnten wir an manchen Tagen sogar wieder miteinander lachen. Ein Fremder hätte vielleicht nicht einmal bemerkt, dass in dieser Ehe etwas vorgefallen war, das in vielen Ehen einen normalen Umgang miteinander unmöglich gemacht hätte.

Eines Abends, ich weiß nicht mehr wie lange es nach der Nacht der Wahrheit war, schliefen wir wieder miteinander.

Bei mir war es die Lust auf Sex. Was Ronni dabei fühlte, kann ich nicht sagen, Wahrscheinlich war es bei ihm mehr.

Im September hatte er die Idee, dass wir zusammen eine Woche Urlaub machen sollten. Weit weg vom Einerlei des Alltags. Irgendwohin, wo es schön und warm wäre. Er fand, dass sich unsere Beziehung verbessert habe und ein Urlaub ein „weiterer Schritt in die richtige Richtung“ sei. Er schlug einen Wanderurlaub auf Mallorca vor. Grundsätzlich stand ich diesem Vorschlag nicht abgeneigt gegenüber. Mallorca, Spanien, meine Heimat, Sonne, Wandern. Ja, ich stimmte zu.

Wir hatten Glück und konnten eine Last-Minute-Reise nach Port de Sóller buchen. Ein schöner, kleiner Küstenort an der Nordwestküste der Baleareninsel in der Region Serra de Tramuntana. Eine hervorragende Wanderregion.

Einige Tage vor dem geplanten Reisetermin erhielten wir die Reiseunterlagen. Als ich sie in meinen Händen hielt, stellte sich bei mir eine starke Vorfreude ein, die ich bisher noch nicht verspürt hatte. Anders als bei unseren bisherigen Reisen richteten sich die Freude und die Spannung nur auf die Reise, das Land und die damit verbundenen Annehmlichkeiten. Ronni spielte in meinen freudvollen Vorstellungen keine Rolle. Ich verhielt mich ihm gegenüber reserviert. Ich wollte die Freude nicht mit ihm teilen. Sie sollte nur für mich reserviert sein.

Auch Ronni verhielt sich anders als sonst. Angespannt, nervös, oder war es eine Reaktion auf meine Reserviertheit? Er sagte zwar, dass er sich freue, aber sein Mienenspiel und sein Tonfall unterstrichen diese Worte nicht.

Am Tag vor unserer Abreise sagte er beiläufig, dass er noch einmal mit dem Wagen weg müsse. „Wir können die Koffer packen, wenn ich wieder zurück bin, meinte er.

Wäre ich nicht bereits ein „gebranntes Kind“ gewesen, hätte ich mir nichts dabei gedacht. In diesem Fall kam mir die Beiläufigkeit, wie er das sagte, zu beiläufig vor.

Ronni nahm den Schlüssel seines Dienstwagens und verließ unsere Wohnung. Zuerst starrte ich unentschlossen auf die geschlossene Wohnungstür. Doch mit einem Mal wusste ich, was ich zu tun hatte. Ich nahm den Schlüssel unseres privaten Wagens und verließ ebenfalls die Wohnung.

Als ich den Zündschlüssel im Zündschloss umdrehte, konnte ich gerade noch sehen, wie er um die Straßenecke bog. Ich fuhr hinterher und bemerkte bald, dass er den Weg zur Autobahn einschlug. Er fuhr auf die Autobahn in Richtung Troisdorf und ich ließ mehr als ausreichend Abstand, damit er mich nicht bemerkte. In Troisdorf nahm er die Ausfahrt. Er durchquerte die Stadt und spätestens am Beginn der Altenrather Straße ahnte ich, wohin er wollte.

Er bog in die Heerstraße zum Waldfriedhof ein. Ich fuhr weiter geradeaus. Wenig später wendete ich und näherte mich dem Friedhof von der anderen Seite der Heerstraße. Meinen Wagen parkte ich in einer Seitenstraße.

Da ich ahnte, wohin er wollte, ging ich zu Fuß bis zum Zaun, der das Friedhofsgelände umgab. Ich war lediglich zur Beerdigung von Lisa auf diesem Friedhof gewesen, konnte mich aber erinnern, dass ihr Grab nicht weit von der Einzäunung entfernt war. Vorsichtig suchte ich eine Stelle, von der aus ich in Richtung Lisas Grab sehen konnte.

Da stand er – mein Ehemann, am Grab seiner verstorbenen Geliebten!

Wieso war ich so ruhig? Dieser Anblick hätte mich doch erschüttern müssen. Ich war einfach ruhig, heute würde ich sagen, eiskalt.

Ich hatte genug gesehen und musste mich beeilen, damit ich vor Ronni wieder in der Wohnung war.

Die zwanzig Minuten bis nach Hause überlegte ich, wieso er zum Grab von Lisa gegangen war?

War das eine Lüge gewesen, als er mir gesagt hatte, dass das damals nur ein Ausrutscher war? „Ich habe Lisa nicht geliebt, ich liebe nur dich", hatte er geschworen. War das alles nur Schauspiel? War ich nur die Lückenbüßerin für Lisa? Ober hatte er nicht gelogen und wollte mit der Urlaubsreise neu mit mir anfangen und dieser Besuch am Grab war eine Art Abschied – Abschied für immer?

Ich fand keine Antwort und würde wahrscheinlich auch nie eine Antwort finden. Man kann nun einmal nicht in die Gefühlswelt und in die Gedanken eines anderen Menschen hineinblicken. Man sieht immer nur sein Gesicht, seine Reaktionen und Taten und vernimmt seine Worte. Man kann glauben was man sieht und hört – oder eben nicht.

Was ich bisher gesehen und gehört hatte, war deprimierend. Keinesfalls war es so erbaulich, dass man darauf ein Leben hätte aufbauen können.

Trotz allem würde ich am nächsten Tag den Urlaub antreten, das stand für mich felsenfest. Ich wollte leben und genießen.

Ronni sollte büßen und leiden und das wollte ich genießen. Vielleicht ergab sich im Urlaub bereits eine Möglichkeit, ihn leiden zu sehen. Andernfalls würde danach noch genügend Zeit und Gelegenheit sein.

3

Die gestrige Wanderung hat mir gut getan, auch wenn das Wetter nicht zum Wandern einlud. Nachdem ich danach tatsächlich zwei Stunden am helllichten Tag geschlafen hatte, fühlte ich mich wie neu geboren. Die anschließende heiße Dusche trug zusätzlich das Ihre dazu bei. Daher befürchte ich nicht, dass ich mir durch den Regen eine Erkältung zugezogen habe. Dieser Gedanke spornt mich an, demnächst noch öfter in der Heide wandern zu gehen, egal wie das Wetter sein wird.

Bereits heute will ich meine nächste Wandertour starten. Zuerst fuhr ich nach einem ausgiebigen Frühstück den Berg hinunter nach Lohmar, um Brot, Wurst, Käse und einige Konserven einzukaufen. Außerdem hatte ich mir für meine künftigen Wanderungen einige Päckchen von diesen scharfen Kaminwurz-Würstchen und für heute zwei Brötchen mitgebracht.

Gut gelaunt ziehe ich meine Wanderschuhe und die Regenjacke an. Einen dicken Pullover habe ich direkt heute Morgen angezogen. Dann packe ich die zwei Brötchen, drei dieser kleinen Würstchen und eine Flasche Wasser in den Rucksack und verlasse die Wohnung. Bevor ich losgehe, schaue ich in den Himmel. Es ist zwar bedeckt aber es sind keine dicken Regenwolken zu sehen. Ich vermute, es wird ein angenehmer Herbst-Wandertag. Bereits gestern Abend hatte ich mir eine Route auf einer Karte im Internet herausgesucht und ausgedruckt. Die Karte steckte ich in meine Jackentasche. Geplant habe ich, im Gebiet auf der rechten Seite der Altenrather Straße bis kurz vor Troisdorf zu wandern, dort die Straße zu überqueren und dann auf der anderen Seite durch den Wald wieder zurück zu gehen. Wahrscheinlich werde ich dafür mehrere Stunden benötigen.

Ich ziehe den Reißverschluss meiner Jacke bis zum Hals hoch, gehe schnellen Schrittes durch den Ort und bin erstaunt, dass mich der eine oder andere Einwohner freundlich grüßt.

Aus Bonn bin ich das nicht gewohnt. Mich grüßte niemand, wenn ich durch die Stadt ging. Noch nicht einmal in der Straße, in der wir wohnten. Nun ist Bonn natürlich um ein Vielfaches größer als Altenrath und man lebt dort wesentlich anonymer, als in diesem beschaulichen Heidedorf. Außerdem waren sowohl Ronni als auch ich tagsüber fast nie zu Hause. Wer sollte uns da schon kennen und grüßen?

Womöglich haben mich gestern Einheimische durch das Fenster aus ihrer warmen Stube gesehen, wie ich völlig durchnässt von meiner Wanderung zurückkam und haben gedacht: Wieso läuft diese Frau bei solch einem Wetter in der Heide umher und sind erstaunt, dass ich heute erneut unterwegs bin. Vielleicht bin ich bereits nach zwei Tagen Gesprächsstoff bei den Menschen hier im Ort.

Ich schmunzle, wie ich mir vorstelle, wenn ich später wieder ins Bett krieche und den Rest des Tages verschlafe. Sicherlich ist das auch ein Zeichen dafür, dass mein Trainingszustand zurzeit nicht optimal ist.

Seinerzeit auf Mallorca hat mir das Wandern weniger ausgemacht. Körperlich war ich fitter, wenn auch seelisch angeschlagen.

Nachdem ich auch die letzten Häuser hinter mir gelassen habe und mich nur noch die Stille der Natur umgibt, sind sie wieder da, die Gedanken der Vergangenheit.

*

Die kurze Erinnerung an unsere Wanderungen auf Mallorca ist der Auslöser. Wie im Kino läuft der Film vom ersten Tag des Urlaubs in meinen Gedanken ab.

Die Ankunft in der wunderschön gelegenen Hotelanlage oberhalb des Hafens von Port de Sóller. Das Frühstück im Schein der gerade aufgegangenen Sonne, mit Blick über den Hafen und auf die Berge der Serra de Tramuntana im Hintergrund. Die ersten kleinen Spaziergänge um den Hafen und zur Stadt Sóller. Dann die etwas weiteren Wanderungen ins Gebirge und schließlich die folgenschwere Wanderung ab dem Cúber Stausee.

Wenn ich mich recht erinnere, waren wir an dem Tag, an dem wir zum Cúber-Stausee wollten, direkt nach dem Frühstück zum Hafen hinunter gegangen, um noch für jeden eine Flasche Wasser zu kaufen. Der Bus, der uns zum Stausee bringen sollte, wurde in Port de Sóller eingesetzt und wir beabsichtigten, an der zweiten Haltestelle zuzusteigen.

Bereits von weitem sahen wir den orange-gelben Bus der Verkehrsgesellschaft TIB – Transports de les Illes Balears. Das hinter der Frontscheibe aufgestellte Hinweisschild zeigte an, dass es sich um die Linie 354 mit Zielort Can Picafort handelte. Die automatischen Türen öffneten sich fast direkt vor uns. Wir drängten uns mit den anderen wartenden Reisenden in den Bus. Unser Wunsch war es, einen Sitz in einer der ersten Reihen und falls das nicht mehr möglich war, zumindest einen Fensterplatz zu ergattern. Schließlich hatten wir lange vor der fahrplanmäßigen Abfahrt eine günstige Position in der Menschenschlange verteidigt. Der Busfahrer kassierte den Fahrpreis in stoischer Ruhe. Ihm schien es gleich zu sein, ob er das Endziel mit zehn oder zwanzig Minuten Verspätung erreichen würde. Bei einer Gesamtfahrzeit von drei Stunden fiel eine Verspätung in dieser Größenordnung hier im Süden sowieso nicht ins Gewicht.

„Seien Sie doch vorsichtig mit Ihren Wanderstöcken!“, ertönte die laute Stimme einer älteren Dame, die beinahe unliebsamen Kontakt mit den Spitzen der Stöcke eines älteren Herrn gemacht hatte.

„Entschuldigung“, entgegnete der Mann vor ihr in reinstem sächsischen Dialekt und lächelte die Dame dabei entwaffnend an.

Leider erwischten wir keinen Platz mehr in den ersten Reihen. Wir waren froh, noch zwei Plätze nebeneinander in der Mitte des Busses zu bekommen.

Ronni beanspruchte den Fensterplatz für sich, da er unterwegs einige Fotos schießen wollte. Wir hatten gelesen, dass die Fahrt durch grandioses Gelände mit fantastischen Ausblicken ging.

Bevor ich mich hinsetzte, fiel mein Blick in den hinteren Teil des Busses. Verdammt! Was wollte der denn hier? Ich hatte den Mann in der letzten Reihe sofort erkannt, auch wenn er sich die Schirmmütze tief ins Gesicht gezogen hatte. Er war nicht mit uns eingestiegen, er saß bereits dort. Wahrscheinlich war er an der ersten Haltestelle eingestiegen. Woher wusste er, dass auch ich mit diesem Bus fahren würde? Eines war für mich klar: Dieser Mann nutzte nicht den Bus, um zu einem Ausgangspunkt für eine Wanderung gefahren zu werden. Er war ausschließlich meinetwegen da!

Ronni schien mein Zögern bemerkt zu haben.

„Komm schon, setz dich. Wir fahren sofort ab."

Zum Glück drehte er sich nicht um und schaute nicht in die Richtung, in die ich gerade blickte. Ich setzte mich neben ihn. Er schien nichts bemerkt zu haben.

Nachdem alle Plätze besetzt waren, schloss der Fahrer die Türen. Den wenigen noch draußen wartenden Reisewilligen deutete er mit einer kurzen Handbewegung an, dass nichts mehr ginge und fuhr los. Die mehr oder weniger lauten Unmutsäußerungen der abgewiesenen Fahrgäste vernahm er nicht mehr.

Der weitaus überwiegende Teil der Reisenden waren Deutsche. Die, die zum ersten Mal einen Bus auf den Balearen nutzen wollten, wussten offensichtlich nicht, dass es Stehplätze, wie in deutschen Bussen und Bahnen üblich, hier aus gutem Grund nicht gab. Auf den engen, kurvenreichen Straßen wäre die Sicherheit auf Stehplätzen nicht gewährleistet.

Der Bus verließ Porto Sóller über die erst vor einigen Jahren fertiggestellte Umgehungsstraße, der Vial 23 sa Figuera, in Richtung Sóller. Dort stiegen einige Fahrgäste aus. Um die freien Plätze entbrannte sofort ein Kampf der wartenden Wanderer. Schnell waren die Plätze wieder besetzt und der Rest der Wartenden scharte sich um die Eingangstür und versuchte, durch lautstarke Verhandlung den Fahrer zu überreden, mitgenommen zu werden. Erst als der Fahrer von seinem Sitz hinter dem Lenkrad aufstand und die Menge energisch und bestimmt aus dem Türbereich drängte, war dem größten Teil der Leute klar, dass sie mit dem nächsten Bus Vorlieb nehmen mussten.

Ohne weiteren Halt ging die Fahrt jetzt hoch hinauf in den Nationalpark, der Serra de Tramuntana.

Ronni schien nervös zu sein. Unablässig drehte er den Ehering an seinem Finger. Der Ring schien zu weit zu sein. Ich hatte die Befürchtung, dass er ihn verlieren würde. Bei der Hochzeit stimmte die Weite noch tadellos. Hatten die letzten Wochen und Monate ihm doch stärker zugesetzt als ich dachte? Womöglich war der Gewichtsverlust so hoch, dass der Ehering als Symbol unserer Ehe nur noch lose um seinen Finger hing? Es ist doch erstaunlich, dass manchmal kleine Äußerlichkeiten das Innere eines Menschen und einer Beziehung widerspiegeln, dachte ich damals.

Der Bus schraubte sich in endlos scheinenden Serpentinen ins Gebirge hoch.

Aleppo-Kiefern, Rosmarin und Heidekraut bewuchsen die Hänge rechts und links der Straße. Je höher die Straße ins Gebirge führte, desto dürftiger wurde die Vegetation. Nur die Bergkiefern trotzten in den Höhen noch der Kraft des Windes und der kargen Böden.

Die meisten Menschen kennen das Gefühl, als spüre man einen bohrenden Blick im Nacken, wenn man heimlich beobachtet wird. Manchmal hatte ich dieses Gefühl und ich konnte mich dann nicht mehr auf die Fahrt und die Landschaft konzentrieren. Hin und wieder riskierte ich einen Blick in den rückwärtigen Teil des Busses. Jedes Mal, wenn mein Blick ihn erhaschte, schaute er zum Fenster hinaus und schien sich für niemanden, auch nicht für mich, zu interessieren.

Ronni und ich redeten kaum miteinander. Er malträtierte weiterhin seinen Ehering und schaute dabei zum Fenster hinaus. An einigen Stellen machte er mich mit drei Worten wie: „Schau mal dort“, auf eine besonders schöne Aussicht aufmerksam. Ich antwortete, wenn überhaupt, nur mit einem einsilbigen „Mmh“ oder nickte nur.

Meine Gedanken kreisten unablässig um den Mann mit der Schirmmütze in der vorletzten Reihe. Ich musste unbedingt Kontakt zu ihm aufnehmen – koste es, was es wolle. Solange Ronni bei mir war, war das undenkbar. Wie sollte ich ihm erklären, dass mein Juniorchef Rolf Dabinghaus hier auf Mallorca war, wenn noch nicht einmal ich wusste, was er hier wollte. Eventuell wohnte er ebenfalls in Port de Sóller, womöglich sogar im selben Hotel wie wir. Diese Vorstellung war für mich schrecklich.

*

Bei dieser Rückschau zieht sich etwas in meinem Inneren zusammen. Bevor mich die Erinnerung gänzlich überrollt, reiße ich mich in die Gegenwart zurück.

Ich stehe an einer Abzweigung des Weges und blinzle in das helle Grau des Tages. Welchen Weg muss ich einschlagen? Ich vermute, ich sollte weiter dem Weg geradeaus folgen. Sicher bin ich mir allerdings nicht. Vorsichtshalber nehme ich die Karte aus meiner Jackentasche. Richtig, ich darf nicht rechts abbiegen, sondern ich muss weiter diesen Weg gehen, der später in den Eisenweg mündet. Ich stecke die Karte zurück in meine Jackentasche und schaue in den Himmel. An einigen Stellen reißt die graue Wolkendecke auf und es zeigen sich blaue Flecken. Prima, denke ich. Dann werde ich wohl heute vom Regen verschont bleiben. Einen großen Schluck aus der Wasserflasche, dann kann es weiter gehen und nach kurzer Zeit sind meine Erinnerungen wieder da. Ich lasse sie zu und versuche erst gar nicht, sie zu vertreiben. Es wäre vermutlich sinnlos. Vielleicht gehört das fortwährende sich an die Vergangenheit erinnern und sich gedanklich damit zu beschäftigen dazu, sie zu bewältigen. Ändern kann ich ohnehin nichts mehr. Was geschehen ist, ist geschehen.

Nach Ronnis Beichte änderte sich mein Leben völlig – nein, nicht nur mein Leben änderte sich, auch meine Einstellung zum Leben und zur Partnerschaft mit meinem Ehemann änderte sich.

Vorher ging ich so gut wie nie allein aus. Vielleicht auf ein Glas Wein mit den Kolleginnen, mehr auch nicht. Ronni und ich verbrachten unsere Freizeit, wenn es sich irgendwie einrichten ließ, immer zu zweit.

Das änderte sich jetzt grundlegend. Ich ließ keine Gelegenheit aus, ja, ich suchte jede sich bietende Möglichkeit, allein meine Freizeit zu gestalten. Ich besuchte kreative Kurse der Volkshochschule, entweder allein oder mit der einen oder anderen Kollegin. Ich ging in Museen und in verschiedene Theater in Bonn.

Ich konnte den Zustand unserer Ehe nicht lange vor den Kolleginnen geheim halten. Sie merkten recht bald, dass ich der Zweisamkeit mit meinem Mann entfloh, als wäre sie etwas Unangenehmes.

Immer öfter kam es vor, dass mich eine Kollegin abends zu einem Drink in eine Bar oder zum Besuch einer Disco einlud. In den meisten Fällen nahm ich diese Einladung an und es waren immer schöne Abende, die mich meine Probleme vergessen ließen.

Auch mein Chef merkte die Veränderung und umschwärmte mich mit Komplimenten und manchmal mit einer Einladung zu Events von Kunden oder öffentlichen Veranstaltungen, wo er repräsentieren musste. Ronni blieb in der Zeit meistens zu Hause und hockte sich zerknirscht vor den Fernseher. Darauf wollte ich keine Rücksicht mehr nehmen. Es war immer ein schöner Abend mit Rolf, meinem Chef. Er stellte mich gerne als seine beste Kollegin vor, das mir selbstverständlich schmeichelte. Fast immer kam es im Laufe des Abends vor, wenn wir ein paar Gläser getrunken hatten, dass wir ein wenig flirteten. So, wie wir es früher öfter getan hatten, unverfänglich und harmlos. Wenn die Abende weiter fortschritten, erhielten unsere Flirts eine andere Dimension und wurden intensiver und eindeutiger. Es war für mich so eine Art Trotzreaktion gegenüber Ronni nach dem Motto: Was du kannst, kann ich schon lange.

An einem Samstagabend besuchte unsere gesamte Belegschaft eine Ü30-Party. Auch Rolf war dabei. Wir tanzten alle ausgelassen. Wegen des Frauenüberschusses besuchten wir häufig nur wir Frauen die Tanzfläche. Zu später Stunde kam es immer öfter vor, dass Rolf meine Nähe suchte und mich als seine Tanzpartnerin wählte. Ich hatte nichts dagegen. Welche Frau wird nicht gerne von einem Mann umworben und dann noch von ihrem Chef? Ich zählte nicht zu den Frauen, die sich das verwehrten.

Meinen Kolleginnen blieb das nicht verborgen und sie lästerten bereits hinter vorgehaltener Hand. Vor dem dritten langsamen Tanz steckte mir eine Kollegin leise, dass Rolf es sei, der sich beim DJ die langsamen Songs wünschte. Na und, dachte ich, soll er doch, wenn es ihm Spaß bereitet. Mir gefiel es ebenfalls, denn Rolf war ein guter Tänzer, der sich alle Mühe gab, mich auch während des Tanzes gut zu unterhalten.

Irgendwann war es dann soweit. Ich hatte es erwartet und sicherlich sogar auch zum Teil provoziert. Er drückte mich fester an sich und seine Hand strich von der Schulter hinunter bis zum Ende meiner Wirbelsäule. Ich ließ es geschehen. Ich sah ihn an und wusste im selben Augenblick, was folgen würde. Er beugte seinen Kopf und berührte mit seinen Lippen zuerst meine Stirn, dann meinen Nasenrücken und endlich meinen Mund. Auch das ließ ich geschehen. Ich wollte es, wobei ich vor meinem inneren Auge Lisa und Ronni sah. Wider Erwarten musste ich feststellen, dass er gut küsste und überraschend musste ich mir gestehen, dass es mir gefiel.

Ich spürte seine Erregung und drängte mich stärker gegen ihn. Ich genoss es, wobei meine Erregung sich in Grenzen hielt. Ich genoss die Macht, die ich in diesem Augenblick über ihn hatte und den erhebenden Stolz, es meinem Mann heimzuzahlen.

Wenn es nach Rolf gegangen wäre, wären wir mit Sicherheit in dieser Nacht zusammen im Bett gelandet. Als er mir ins Ohr flüsterte, dass er mich liebe, mit mir sein geheimster und innigster Wunsch in Erfüllung gehen würde, zog ich noch rechtzeitig die Reißleine.

Es war nicht so, dass er optisch nicht meinen Vorstellungen entsprach. Er war groß, schlank, fast muskulös, hatte dunkelblondes Haar und ein männliches Gesicht, das immer ein Dreitagebart zierte. Man konnte mit ihm über jedes Thema sprechen und er hatte auch eine humorvolle Seite, wodurch das Flirten mit ihm mir viel Spaß bereitete. Das Fatale war, dass die Optik und die Tatsache, dass er ein geistreicher Unterhalter war, trotzdem nicht die Regungen meines Herzens ansprachen. Damit war eigentlich schon alles gesagt. Ich konnte nicht einmal genau erklären, was mich gegen eine Beziehung mit ihm unbewusst blockierte. Möglich, dass seine Bestimmtheit und seine, wie ich fand, überzogene, dominante Art das „Gesamtpaket Mann" überlagerte und mich abstieß. Liebe? – Nein, das war überhaupt kein Thema für mich. Wir wären keine gleichwertigen Partner. Er war noch nicht einmal ein Mann, mit dem ich nur Sex haben wollte. Nicht einmal, um mich an Ronni zu rächen.

Zum Glück war er ein Mann mit Stil, gewissermaßen ein Gentleman. Er akzeptierte mein Nein, zumindest an diesem Abend. Wir setzten uns an einen Tisch, weitab der Tanzfläche und unterhielten uns. Zeitweise kam es mir vor, als hätte es diese Annäherung von vorhin nicht gegeben.

Irgendwann kamen wir auf mich, auf meinen Mann und unsere Ehe zu sprechen. Wahrscheinlich weil ich zu viel Alkohol getrunken hatte, erzählte ich ihm in einer schwachen Minute von Ronnis Seitensprung und seinen Träumen.

Ich sagte ihm auch, dass wir nach Mallorca fliegen wollten, sozusagen als Neuanfang unserer Beziehung.

„Und wenn das nicht funktioniert mit dem Neuanfang, was machst du dann?“, fragte er und schaute mich dabei unerwartet ernst an.

„Dann suche ich mir dort einen neuen Mann“, lachte ich.

„Leider stehst du dort dann nicht zur Verfügung“, fügte ich mit einem Augenzwinkern hinzu.

Er schaute mich gespielt unglücklich an. Oder war das gar nicht gespielt?

Wir sprachen noch darüber, wie schade es sei, dass nach einer so kurzen Ehe bereits solch enorme Schwierigkeiten auftraten. Dabei unterstrich ich immer wieder, dass diese Schwierigkeiten nicht durch mein Fehlverhalten aufgetreten seien, sondern Ronni allein die Schuld daran tragen würde.

Rolf war sehr mitfühlend und hatte für mich Verständnis. Leider beging ich den Fehler und ließ mich von ihm trösten. Dabei kamen wir uns erneut näher und wir küssten uns flüchtig auf den Mund. Und wieder bildete ich mir ein, Ronnis Fremdgehen zu strafen.

Obschon nicht mehr geschehen war, hatte ich das Gefühl, mit Rolf einen Verehrer zu haben, der seine Chance weiterhin suchte und in Zukunft nicht locker lassen würde. Ich ahnte damals nicht, wie Recht ich damit haben sollte.

*

Nun saß er im Bus und ich rätselte, was er vorhatte, was er von mir wollte. Dass er zufällig auf Mallorca, zufällig in Porto Sóller und zufällig hier im Bus war, konnte ich nicht glauben.

Vielleicht musste ich gar nicht den Kontakt zu ihm aufnehmen, um seine Absicht zu erfahren. Möglicherweise würde er sogar den Kontakt zu mir aufnehmen wollen. Hoffentlich würde er dann so diskret sein, einen Zeitpunkt zu wählen, wenn mein Mann nicht in der Nähe war.

Aber wieso sollte er eigentlich? Sollte Ronni doch erfahren, dass auch ich meine Männergeschichten hatte. Er wäre der Letzte, der mir etwas vorwerfen könnte.

So tendierten meine Gedanken einmal in die eine, dann in die andere Richtung, ohne dass ich mich für eine Variante hätte entscheiden können.

Nachdem der Bus den Straßentunnel Mirador-Ma-10 passiert hatte, öffnete sich das Gelände und eine fantastische Bergwelt lag vor uns. Wer bisher noch nicht seine Kamera gezückt hatte, nahm sie jetzt zur Hand. Im Bus war das fortwährende Klicken der Auslöser zu hören. Auch mein Mann gab sich ganz der Landschaft hin und schoss ein Bild nach dem anderen.

Die Straße verlief jetzt unterhalb des Puig Major, der mit 1445 m der höchste Berg Mallorcas ist. Nachdem wir die Militärbasis Puig Major passiert hatten, führte uns die Straße leicht abwärts und wir sahen in der Ferne den Cúber-Stausee in seiner intensiv blau schimmernden Farbe. Wenige Minuten später hielt der Bus auf dem Wanderparkplatz an und Ronni und ich, sowie ein kleiner Teil der Reisenden stiegen aus. Der Rest würde sicherlich weiter zum Kloster Lluc oder nach Can Picafort zum Baden fahren.

Ronni warf sich den Rucksack über die Schulter und stürmte sofort los in Richtung See. Ich folgte ihm in zwei bis drei

Meter Abstand, wobei ich unauffällig Ausschau nach Rolf hielt. Würde er die gleiche Strecke wandern wie wir? Die übrigen Reisenden wählten einen anderen Weg. Rolf war nirgendwo zu sehen. Weder war er bei der Gruppe der anderen Wanderer, noch folgte er uns.

Wahrscheinlich war er im Bus geblieben und hatte andere Pläne. Irgendwie war ich beruhigt.

Ich schloss zu Ronni auf und genoss zum ersten Mal an diesem Tag die überwältigende Landschaft. Den Puig Major im Rücken, ging es zunächst bequem am linken Stauseeufer entlang in Richtung Staumauer. Vor dem Überqueren der Staumauer stellten wir uns abwechselnd an das Geländer und machten die üblichen, gestellten Touristenfotos.

Nach kurzer Zeit stieg der Weg an und wir durchquerten das Gelände der großen Finca L'Ofre. In der Ferne sahen wir bereits den Sattel, den höchsten Punkt unserer Wanderstrecke. Wir verließen den bisher breiten Weg und bogen in einen schmalen Pfad ein, der steil bergauf führte.

Vorher drehte ich mich nochmals um und suchte mit den Augen, soweit ich schauen konnte, den bisher gegangenen Weg ab. Von meinem Juniorchef war keine Spur zu sehen.

Oben angekommen, gingen wir noch ungefähr fünfzig Meter bis zu einem Aussichtsplatz. Von dort hatten wir einen freien Blick auf Sóller und seine Umgebung. Die Felswände fielen von hier steil in eine Schlucht ab.

Bisher hatten wir nur wenig miteinander geredet. Wenn, dann nur über die großartige Landschaft und das tolle Wetter. Das war ganz in meinem Sinne. Für tiefgreifende Gespräche war ich Moment nicht in der Stimmung.

Ronni stellte den Rucksack ab, gab mir die Kamera und kletterte zum Rand der Schlucht.

„Bleib doch hier am Weg stehen. Das Foto wird doch dann genauso schön!“, rief ich ihm hinterher.

„Nein, nein. Wenn schon ein Bild von dieser grandiosen Aussicht, dann soll ich auch auf dem Foto zu sehen sein“, war seine Antwort, die ich auch in dieser Form erwartet hatte.

Ich ärgerte mich immer wieder über solche waghalsigen Aktionen und fragte mich, wieso er unbedingt mit auf dem Foto abgelichtet werden musste. Die tolle Landschaft mit Blick auf Sóller und dem Meer in der Ferne reichte doch völlig aus. Ein solch schönes Landschaftsbild würde mir auch in Zukunft noch gefallen. Fotos, auf denen mein Mann im Vordergrund stand, interessierten mich nicht mehr. Sollte er sich doch die Beine brechen. Mir war das grundsätzlich egal. Nur dass in solch einem Fall mein Urlaub beendet sein würde, ärgerte mich.

„Aber was bringt es, wenn du bei dieser Aktion umknickst und dir den Fuß oder das Bein brichst?“, versuchte ich ihn daher von seinem Vorhaben abzubringen.

„Du immer mit deinen Ängsten.“

Dabei lachte er kurz und drehte sich lächelnd zu mir um. Ich lächelte nicht zurück. Mir fehlte einfach die Lockerheit.

„So, du kannst jetzt den Auslöser betätigen“, forderte er mich auf.

„Ich kann kaum etwas erkennen. Die Sonne scheint direkt auf das Display.“

„Schirm das Display mit einer Hand ab. Das hilft vielleicht. Das wird bestimmt eines der schönsten Fotos dieser Woche“, orakelte er lachend.

Mir war völlig unverständlich, woher er seine Hochstimmung und gute Laune nahm. Seitdem ich Rolf gesehen hatte, war bei mir keine Hochstimmung vorhanden, sondern nur noch Hochspannung. Trotzdem unternahm ich verschiedene

Versuche, das Display vor der Sonne abzuschirmen, damit ich etwas erkennen konnte.

„Nun mach schon! Ich kann nicht ewig hier so stehen bleiben!“, rief er jetzt ungeduldig.

Ich konzentrierte mich auf das Display, damit ich endlich das geplante Foto einigermaßen beurteilen konnte.

Mit einem Mal lenkte mich das Gepolter von Steinen ab. Ich schaute von meiner Kamera auf und blickte in die Richtung des Abhangs. Verzweifelte Hilfeschreie ertönten. Mein Mann stand nicht mehr an der Stelle, an der er vorher noch für das „schönste“ Foto posiert hatte. Ronni war weg – einfach nicht mehr da.

Mir war sofort klar, dass er abgestürzt sein musste. Ich war zu keiner Reaktion fähig. Ich stand da, mit dem Fotoapparat in der Hand und konnte mich nicht von der Stelle rühren. Ich war wie versteinert.

Erneut drang ein langgezogener Hilferuf an mein Ohr, der aus der Tiefe des Abhangs zu kommen schien.

Plötzlich legte sich eine Hand auf meine Schulter. Meine Starre schien sich noch zu verstärken, falls das überhaupt möglich war. Mein Gehirn versagte seinen Dienst.

„Bleib ganz ruhig. Jetzt hast du die Chance, die du haben wolltest. Du kannst endlich Rache üben, für das, was er dir angetan hat. Ich stehe zu dir, was auch immer du jetzt tun wirst.“

*

Mir läuft gegenwärtig ein Schauer über den ganzen Körper, als ich mich erinnere, wie ich Rolfs Stimme hinter mir erkannte. Ich habe bis heute keine Ahnung, wo er so plötzlich herkam. Ich hatte ihn bei der Ankunft am Wanderparkplatz vergeblich gesucht. Auch unterwegs hatte ich mich mehrmals erfolglos nach ihm umgeschaut. Und plötzlich war er einfach da. Wie aus dem Nichts.

*

Meine Lebensgeister erwachten wieder und ich schüttelte die Hand von meiner Schulter. Wie in einem Albtraum, in dem man das Ende des Weges nie erreicht, kletterte ich über die Felsen. Nach einer gefühlten Ewigkeit erreichte ich den Abhang.

Ronni hielt sich mit beiden Händen an einer schmalen Felskante fest. Seine Fingerkuppen waren blutig.

Mit spröder Stimme bat er mich, mit beiden Händen einen Arm von ihm zu fassen und ihn hochzuziehen.

Er legte seinen Kopf ein wenig in den Nacken und schaute mir in die Augen, so wie er mir noch nie in die Augen gesehen hatte. Ich sah seine Angst, seine Todesangst. Dann schwenkten seine Augen zu Rolf, der neben mich getreten war.

„Du entscheidest, was jetzt geschehen soll."

Rolf war neben mich getreten und sprach so ruhig wie jemand, den die groteske Situation in keiner Weise berührte.

Ronnis Augen weiteten sich, als er verstand, was geschehen würde. Sein letzter Hilfeschrei drang noch bis an mein Ohr, aber nicht mehr in meinen Kopf.

*

„Guten Tag. So ganz alleine hier in der Heide?", ertönt neben mir eine freundliche männliche Stimme.

Ich erschrecke fast zu Tode und werde abrupt aus meinem Horrorszenario der Erinnerungen gerissen.

„Oh, Entschuldigung. Ich wollte Sie nicht erschrecken."

„Nicht so schlimm", lüge ich.

„Ich war so in Gedanken versunken, dass ich Sie nicht bemerkt habe", füge ich als Erklärung hinzu.

Ich drehe mich zur Seite und schaue in ein Gesicht mit markanten Zügen, einem breiten Kiefer und einem ausgeprägten Kinn. Ein freundliches Lächeln um seine Mundwinkel und seine gebräunte Haut lassen ihn für mich seriös erscheinen. Nach dem ersten Blick würde ich sagen: Der Mann gefällt mir, auch wenn er mindestens zehn Jahre älter ist als ich.

„Wo wollen Sie denn hin?", will er wissen.

„Bis kurz vor Troisdorf und dann auf der anderen Straßenseite zurück nach Altenrath", gebe ich bereitwillig Auskunft.

„Und wohin wollen Sie?", frage ich leicht naiv hinterher, obschon ich den Mann doch überhaupt nicht kenne und mich das auch grundsätzlich nicht interessiert.

„Ich gehe bis zu den ersten Häusern von Troisdorf. Dort habe ich dann meine kleine Wanderung beendet. Am Waldrand steht mein Auto", antwortet der Mann und führt sofort das Frage und Antwortspiel weiter.

„Meine Wanderstrecke ist bei weitem nicht mit Ihrer Strecke vergleichbar. Sind Sie denn gar nicht ängstlich? Als junge Frau ganz allein hier in der Heide? In dieser Jahreszeit und dann an einem Wochentag sind hier nicht viele Menschen unterwegs."

Dabei mustert er mich von der Seite. Ein zufriedenes Grinsen zeigt mir, dass sein Urteil gut ausgefallen zu sein scheint.

„Nein, ich bin nicht ängstlich. Ich glaube, es gibt wesentlich weniger schlechte Menschen, als allgemein angenommen wird“, antworte ich und gebe ihm ein Lächeln zurück.

„Dann können wir doch bis Troisdorf zusammen gehen, wenn Sie nichts dagegen haben? Es sei denn, Sie möchten wieder Ihren Gedanken nachhängen?“

„Nein, nein. Es ist schon in Ordnung, wenn ich nicht so viel nachdenke. Ein wenig Abwechslung tut mir sicherlich gut.“

Während der Unterhaltung sind wir langsam weitergegangen. Jetzt, da wir ein gemeinsames Ziel haben, schlagen wir wieder ein normales Wandertempo an.

Damit die Unterhaltung nicht ins Stocken gerät, frage ich ihn, ob er sich seine Bräune im Urlaub im Süden geholt habe.

„Nein. Ich war nicht in Urlaub. Im Frühjahr und im Sommer lebe ich in Spanien, auf Mallorca. Im Herbst komme ich dann nach Deutschland. Ich bin erst vor einer Woche angekommen.“

Jemand, der in Spanien lebt, wenn auch nur zeitweise, weckt natürlich mein Interesse.

„Und wo leben Sie auf Mallorca? Bestimmt in einer dieser Touristenmetropolen? Dort liegen Sie den ganzen Tag am Strand in der Sonne oder vertreiben sich die Zeit mit Wassersport.“

Ich versuche, ihn mit dieser Behauptung ein wenig aus der Reserve zu locken.

„Nein, um Gottes willen, nein“, lacht er mir ins Gesicht und zeigt mir dabei seine strahlend weißen Zähne, um dann sofort ernsthaft eine Erklärung hinterherzuschicken.

„Meine Mutter betreibt in Biniaraix, das ist ein kleines Dorf im Tramuntana-Gebirge, eine kleine Taberna. Im Frühjahr und Sommer, wenn die Touristen vom Cúber-Stausee oder von Fornalutx kommen und durch das Dorf nach Sóller wandern, helfe ich ihr. Im Herbst und Winter gehe ich dann meinen Geschäften in Deutschland nach."

Bei den Worten „Biniaraix", „Tramuntana-Gebirge" und „Cúber-Stausee" bleibe ich unbeabsichtigt stehen. Ich bin geschockt. Mir wird übel.

„Was haben Sie? Habe ich etwas Falsches gesagt?", fragt mein Begleiter besorgt.

„Nein, nein. Es ist schon wieder alles in Ordnung. Mir wurde nur gerade schwindelig."

„Sie sind auch ganz schön blass. Haben Sie das öfter?"

„Ja, manchmal. Aber es geht wieder."

„Sind Sie sicher? Ich kann vorgehen, das Auto holen und Sie gerne nach Hause fahren."

„Nein, nein, das ist nicht notwendig. Es ist schon vorbei. Mir geht es wieder gut."

„Dort unten ist die Straße. Von dort ist es nicht mehr weit bis zu der Stelle, von der Sie zurück nach Hause gehen können."

Er zeigt mit ausgestrecktem Arm zum Ende des Weges. Durch die kahlen Sträucher kann ich die Straße bereits sehen.

„Wir überqueren die Straße und halten uns danach links. Ich begleite Sie noch bis zur Altenrather Straße. Dort können Sie dann, so wie Sie es geplant haben, auf der anderen Straßenseite nach Altenrath zurückgehen. Ich habe von dort aus nur noch ein kleines Stück Weg bis zu meinem Wagen, der kurz vor Troisdorf steht."

Die Unterhaltung ist beendet, obschon mir eine Menge Fragen auf den Lippen brennen. Mir fehlt der Mut, diese Fragen zu stellen, da ich Angst vor den Antworten habe.

Ich spüre, wie er mich hin und wieder von der Seite prüfend anschaut. Wahrscheinlich macht er sich Sorgen um mein Wohlergehen, denke ich. Als wir die Straße erreichen, die ich vom Wald aus gesehen habe, sind es vielleicht nur noch fünfhundert Meter bis zur Altenrather Straße.

Bevor er sich verabschiedet, vergewissert er sich nochmals, dass es mir wieder gut geht und bietet erneut seine Fahrdienste an, die ich aber dankend und entschieden ablehne.

„Ich wünsche Ihnen einen angenehmen Rückweg und passen Sie auf sich auf. Ich bin sicher, wir sehen uns demnächst wieder“, sagt er zum Abschied.

„Vielleicht treffen wir uns erneut beim Wandern hier in der Heide“, fügt er nach dem nächsten Atemzug hinzu.

Ich bin froh, als er mir die Hand gibt und sich verabschiedet. Ich benötige nun unbedingt etwas Zeit und Ruhe, um das, was dieser Mann soeben über sich, seine Mutter und über Mallorca gesagt hat, zu verarbeiten und einschätzen zu können.

Erst jetzt fällt mir ein, dass ich noch nicht einmal nach seinem Namen gefragt habe. Der Mann hatte aber auch nicht nach meinen Namen gefragt – vielleicht zum Glück. Oder kennt er meinem Namen und hat deshalb nicht danach gefragt? Ich bekomme ein flaues Gefühl im Magen und meine Beine werden zittrig.

Ich lehne mich gegen einen Baumstamm. Nach kurzer Zeit habe ich mich soweit erholt, dass ich die Straße überqueren und den Heimweg antreten kann.

4

Der Rückweg nach Hause steigt leicht an. Wobei ich die kleine Wohnung in Altenrath bereits als mein Zuhause betrachte. Der Wanderweg führt ständig entlang der Straße. Bestimmt hätte ich auch einen Weg finden können, der weiter entfernt von der Straße verläuft, aber ich will auf dem schnellsten Weg zurückgehen.

Es ist erst wenige Tage her, seitdem ich in die möblierte Wohnung in Altenrath eingezogen bin. Ich hatte gehofft, dort, wo mich niemand kennt und wo mich nichts an die Vergangenheit erinnert, Ruhe und Abstand von den verhängnisvollen Ereignissen der letzten Monate zu finden.

Stattdessen stelle ich zu meinem Entsetzen fest, dass sich meine beklemmenden Unruhezustände und Angstgefühle verschlimmern. Oft komme ich auch nachts nicht zur Ruhe und tagsüber plagen mich dann Kopfschmerzen. Darüber hinaus treffe ich heute zufällig diesen Mann in der Wahner Heide, der für eine lange Zeit im Jahr auf Mallorca lebt. Diese Tatsache wäre nicht einmal gravierend. Dass er im Tramuntana-Gebirge und dort ausgerechnet in Biniaraix lebt, hat mich dann doch beinahe die Fassung verlieren lassen.

Biniaraix ist immerhin der Ort, der im Tal unterhalb der Stelle liegt, von der Ronni abgestürzt ist. Oben am Berg waren wir völlig allein. Da bin ich mir hundertprozentig sicher. Aber unten im Ort …

Natürlich, er hat doch gesagt, dass seine Mutter im Ort eine Taberna betreibt, in der er im Sommer hilft. Ich war später in einer kleinen Bar in Biniaraix. Vielleicht war das die Taberna seiner Mutter. War er womöglich seinerzeit auch in der Bar und hat mich wiedererkannt? Möglich wäre es, aber nicht sehr wahrscheinlich, sage ich mir zur Beruhigung. Eine Bar besuchen viele Menschen, gerade im Sommer und ausgerechnet mich soll er wiedererkannt haben? Unwahrscheinlich. Und falls doch, dürfte das auch kein Problem darstellen. Wenn er in der Bar war, konnte er unmöglich gesehen haben, was weit oben am Berg geschehen war.

Trotz alledem habe ich immer noch Zweifel, ob die Begegnung tatsächlich rein zufällig war. Zumal er beim Abschied so bestimmt sagte, dass wir uns wiedersehen werden. Erst als ich ihn verwundert anschaute, fügte er schnell hinzu, dass wir uns vielleicht noch mal beim Wandern in der Heide treffen würden.

Ach, Blödsinn, ich sehe bestimmt schon Gespenster. Der Mann macht auf mich einen aufrichtigen Eindruck, sieht gut aus und ist sympathisch, sogar sehr sympathisch. Sofern man das nach einer verhältnismäßig kurzen Begegnung beurteilen kann.

Sollten wir uns noch einmal treffen, werde ich alle Fragen stellen, die ich aus Angst vorhin nicht gestellt habe.

Dann werde ich zweifellos feststellen, dass meine Bedenken völlig unbegründet sind.

Ich ärgere mich über mich selbst, wieso ich mir wieder die fatalen Geschehnisse ins Gedächtnis rufe. Aber was soll´s.

Ich erreiche gerade eine Straßengabelung. Ein Blick auf meine Karte sagt mir, dass ich die Straße überqueren und weiter den Weg geradeaus entlang der Straße benutzen muss.

Es wird noch eine Weile dauern, bis ich zu Hause bin. Nur wenn ich mich mit dem, was nicht mehr zu ändern ist, unterwegs beschäftige, kann ich es bestimmt schneller verarbeiten. Hier draußen an der frischen Luft und in Bewegung ist das einfacher, als wenn ich allein in der Wohnung sitze und Trübsal blase.

*

Ronni war abgestürzt. Rolf, mein Chef, und ich hatten es nicht verhindert – im Gegenteil. Das ist die Realität, aus der ich das Beste für mich machen will und mit der ich künftig leben muss.

„Ronni ist tot. Du hast es so gewollt. Komm, wir müssen hier weg", waren Rolfs erste Worte, nachdem Ronni abgestürzt war und das Poltern der Steine und des Gerölls verstummte.

Ich schubste ihn mit beiden Händen zur Seite. Ich wollte das nicht hören. Noch nicht einmal seine Stimme vernehmen. Ich wollte nicht wieder bedrängt werden und irgendwelche Anweisungen befolgen. Würde er mich doch nur allein lassen und einfach verschwinden, dachte ich. Ich drehte mich um und kehrte ihm den Rücken zu.

Ich musste mit mir klarkommen. Ich musste durchatmen, mich beruhigen und schlug die Hände vors Gesicht.

Er schien das begriffen zu haben und ließ mir ein wenig Zeit.

In meinem Kopf schwirrten die Gedanken wie in einem Bienenstock. Einen klaren Gedanken konnte ich nicht fassen. Lediglich eine Erkenntnis kristallisierte sich heraus: Rolf und ich waren aufeinander angewiesen und es nutzte gar nichts, wenn ich mich von ihm abwand und ihn ignorierte.

Ich drehte mich wieder zu ihm hin und schaute ihn fragend und auch etwas flehend an, denn ich baute darauf, dass er sagen würde, was zu tun war.

Rolf nahm sofort die Gelegenheit wahr und entschied, dass wir uns sofort trennen müssten und jeder für sich den Weg hinab ins Tal gehen sollte. Er fand es wichtig, dass uns niemand zusammen in den Bergen sah.

„Ich gehe zuerst. Warte noch etwas, bevor du mir folgst. Wir treffen uns in Biniaraix in einer ‚Kneipe'. So viele gibt es dort nicht. Du wirst mich schon finden. Wir werden dort besprechen, wie es weitergeht."

Er wartete keine Antwort oder einen Einwand von mir ab, sondern drehte sich um und machte sich auf den Weg ins Tal.

Ich stand allein hier oben am Abhang, wo irgendwo tief unten der Leichnam meines Mannes lag.

Warum hatte ich zugelassen, dass das, was geschehen war, geschah? War meine Seele zu schwach, um die Verletzungen, die Ronni mir zugefügt hatte, zu ertragen? War das der Grund für die Eskalation der Gewalt gewesen? Damals, als Ronni mir seinen Seitensprung gebeichtet hatte und mir gestand, wie sehr er Lisa begehrt hatte, hatte ich ihm Rache geschworen. Ich wollte ihn leiden sehen. Doch jetzt, wollte ich das immer noch? Wollte ich tatsächlich seinen Tod? Ich war mir zumindest unsicher.

Ich beugte mich soweit es ging über den Rand des Abhangs. In der flirrenden Luft sah ich nur kahle, steile Felsen, aufgelockert durch Stellen mit Geröll aus Felsgestein, das mit niedrigem Buschwerk bewachsen war. Die Natur schien Ronni verschluckt zu haben.

Die Sonne stand als riesiger, glühender Ball fast direkt über mir. Es wehte kein Lüftchen. Nichts bewegte sich. Es war so still, wie zu der Zeit, als wir hier oben angekommen waren.

„Ronni, hörst du mich?"

Stille, absolute Stille. Er antwortete nicht.

Ich schaute mich unsicher um. Es war niemand zu sehen. Ich versuchte es noch einmal.

„Ronni, kannst du mich hören?"

Ich lauschte angestrengt. Die Stille dröhnte in meinen Ohren. Nichts.

Ich begriff langsam, dass Rolf recht hatte. Ronni hatte den Absturz nicht überlebt. Er hatte keine Chance, dafür war an dieser Stelle der Abhang zu steil und zu tief.

Ich hatte es so gewollt – es war so geschehen. Ich hätte zufrieden sein müssen, war es aber nicht. Ich musste mir eingestehen, dass direkt im Anschluss an Gewalt ein großes Stück Verzweiflung aufkommt.

Ich löste mich aus dem Bann der Absturzstelle und kletterte über die Felsen zurück zum Weg. Als ich mir den Rucksack über die Schulter hing, stutzte ich. War das eine Sinnestäuschung, die bei meiner jetzigen Anspannung durchaus verständlich wäre?

Aus der Schlucht, dem Barranc de Biniaraix, drang die Musik eines Dudelsacks zu mir hoch.

Wer spielte hier in dieser verlassenen Gegend Dudelsack? In einem Gelände, in dem vor kurzer Zeit ein Mensch ums Leben gekommen war. Im ersten Moment fand ich das äußerst makaber. Ich wurde nervös. Kann womöglich ein Zusammenhang zwischen dem Dudelsackspiel und Ronnis Todessturz bestehen?, überlegte ich.

Ich hatte das Gefühl, bald durchzudrehen. Ich stemmte mich gegen dieses Gefühl. Nein, entschied ich energisch. Es war kein Zusammenhang möglich. Es konnte nur Zufall sein.

Ich machte mich auf den Weg in die Tiefe des Barranc.

Der Weg war ein jahrhundertealter Pfad, der früher ein Zugangsweg zu den Olivenplantagen gewesen war und später als Pilgerweg genutzt wurde. Der Belag bestand ausschließlich aus rundgetretenem Kopfsteinpflaster. In regelmäßigen Abständen folgten Stufen und eine Serpentine reihte sich an die andere, in schier unendlicher Folge.

Der Abstieg war beschwerlich, auch wenn es bergab ging. Bereits nach kurzer Zeit klebte mir mein T-Shirt am Körper und meine Knie schmerzten.

Der Weg schmiegte sich auf der rechten Seite an schroff und störrisch abfallende Felswände. Links befand sich der Canyon.

Immer wieder suchten meine Augen die Felsen und Geröllfelder ab. Keine Spur von Ronni.

Der Weg ins Tal dauerte unendlich lange. Unterwegs fragte ich mich mehrmals, wo eigentlich mein schlechtes Gewissen blieb? Bei einem Menschen, der Schuld auf sich geladen hat, muss doch das schlechte Gewissen anklopfen, grübelte ich. Ich konnte dagegen keinerlei Gewissensbisse empfinden. Jedes Mal, wenn ich mir diese Frage stellte, hatte ich stattdessen das Bild meines Mannes, vereint im Liebesakt mit Lisa, vor Augen.

Trotzdem plagten mich Zweifel. Wie sollte es jetzt weitergehen? Ich hatte keinen Plan. Wie sollte ich auch? Ich war unvorbereitet in diese Situation geraten. Klar, ich hatte Rache gewollt. Ich hatte mir sogar vorgestellt, dass ich ihn aus Wut erschlagen würde. Er sollte auch leiden, aber als ich mich dann tatsächlich entscheiden musste, war ich planlos gewesen und hatte spontan reagiert.

Ich hatte jetzt während des Abstiegs Zeit, meine nächsten Schritte zu überlegen und nicht wieder spontan zu handeln.

Sollte ich nicht besser die Polizei einschalten und erklären, Ronni sei aus eigenem Verschulden abgestürzt? Man würde eine aufwendige Suchaktion starten und wenn man ihn gefunden hätte, ärztlich untersuchen. Aber wie sollte ich dann seine Handverletzungen und womöglich Brüche der Finger erklären? Auf jeden Fall würde mich die spanische Polizei so lange festhalten, vielleicht sogar ins Gefängnis stecken, bis die Obduktion durchgeführt wäre. Spätestens dann wäre unzweifelhaft klar, dass eine Fremdeinwirkung vorliegen musste.

Außerdem war völlig unklar, wie Rolf dazu stehen würde. So wie ich ihn einschätzte, würde er die Einschaltung der Polizei strikt ablehnen.

Nein. Mein Entschluss stand fest: keine Polizei!

Je weiter ich abstieg, desto mehr änderte sich die Landschaft. Der Barranc auf meiner linken Seite hatte sich in Terrassen verändert, die durch uralte Trockenmauern gehalten wurden auf denen knorrige Olivenbäume seit scheinbar ewigen Zeiten wuchsen.

Die Musik des Dudelsacks hatte vor einigen Minuten so überraschend geendet, wie sie begonnen hatte. Irgendwie war ich erleichtert darüber.

Bevor das Kopfsteinpflaster endete, musste ich ein Mal über eine alte Brücke und ein anderes Mal von Stein zu Stein einen Bach überqueren, der zu dieser Jahreszeit nur wenig Wasser führte. Ich hielt inne und spritzte mir das kalte Wasser ins Gesicht. Die Erfrischung setzte neue Kräfte in mir frei.

Am früheren Waschhaus kam ich in das Bergdorf Biniaraix. Der Weg war jetzt eine schmale Gasse, die weiter bergab an historischen, mallorquinischen Häuserfassaden vorbei zum Kirchplatz führte.

Ich betrachtete die alten Häuser ringsum. Die Kirche konnte ich nicht direkt ausmachen, da sie zwischen zwei Häusern eingezwängt war und praktisch keine Fassade hatte. Zum Hauptportal führte eine Treppe hoch. Daneben erhob sich der weiße Glockenturm, der zwischen Portal und Häusern eingezwängt und kaum erkennbar war.

Die Kirche zog mich unwiderstehlich an. Langsam stieg ich die Stufen hoch und öffnete die schmucklose, schwere Holztür in einem ebenso schmucklosen Portal. Ich trat ein und schaute mich um. Da ich aus dem gleißenden Sonnenlicht kam, empfand ich die Kälte und Dunkelheit im Kirchenraum als angenehm. Es dauerte einige Sekunden, bis sich meine Augen an das spärliche Licht gewöhnt hatten. Ich ging den Gang neben den Bänken entlang bis fast vor den Altar.

Die Kirche bestand aus nur einem Schiff. An den Seiten erkannte ich mehrere Kapellen. In den Bänken saßen einige ältere Frauen und schienen ins Gebet vertieft. Sie waren einfach gekleidet. Manche trugen ein Kopftuch.

Diesen Frauen ging es wahrscheinlich schlechter als mir. Sie suchten vielleicht Trost und Hilfe im Gebet. Der Pfarrer kreuzte den Altar, der aus Stein oder Marmor bestand, wobei ich mir Marmor in Anbetracht der allgemeinen Einfachheit des Gotteshauses nicht vorstellen konnte. Er machte einen Knicks, bekreuzigte sich und verschwand in einer Tür neben dem Altar. Die wenigen Gläubigen beachtete er nicht. Anscheinend ein uralter Mann, der nur mit Gott verbunden zu sein schien.

Ich wollte wieder hinaus in die Sonne. Mich fröstelte es in meinem durchschwitzten T-Shirt und ich fühlte mich hier drinnen fehl am Platz. Ich bin nicht gläubig, obschon ich in Spanien geboren bin. In einem Land, in dem der Großteil der Bevölkerung der katholischen Glaubensgemeinschaft angehört.

Bisher hatte ich Gott nichts zu sagen gehabt, auch jetzt nicht.

Und er mir scheinbar auch nicht.

Als ich mich zum Gehen umdrehte, fiel mein Blick auf einen männlichen Rücken, der sich zum Ausgang hinbewegte. Die Person hob sich von den übrigen Anwesenden ab. Nicht, weil es ein Mann war, sondern wegen seiner Kleidung: Weißes Hemd, rote Hose und Turnschuhe. Besonders jedoch wegen seiner Haltung. Groß, aufgerichtet, mit erhobenem Kopf. Genau wie Ronni. Auch die rote Hose, genau wie Ronnis Hose.

Der Mann hatte bereits die Eingangstür passiert und die Tür schloss sich hinter ihm.

Ich überlegte nicht lange. Ich reagierte sofort und rannte den Gang hinunter zum Ausgang. Meine Schritte hallten im Kirchenschiff. Eine ältere Dame in der letzten Reihe schaute mich an und schüttelte den Kopf. Ich hatte sie offensichtlich im Gebet gestört. Ich reagiert nicht auf ihre Geste und lief weiter. Auch ich wurde gerade gestört, gestört von einem Mann, der Ronni sein konnte, wenn das überhaupt möglich war. Konnte Ronni augenscheinlich völlig unversehrt und aufrecht durch die Kirchentür verschwinden?

Ich riss die Tür auf. Die Sonne blendete mich und ich musste einen Moment stehen bleiben. Dann schaute ich mich um. Am Ende des Platzes bog der Mann in eine enge Seitenstraße ein. Ich lief ihm hinterher.

Als ich nur noch wenige Schritte von ihm entfernt war, rief ich laut „Hallo, bleiben Sie bitte stehen!"

Der Mann blieb stehen und drehte sich zu mir um. Ein mir völlig unbekanntes Gesicht sah mich an. Wahrscheinlich war er ein Tourist, so wie ich.

„Ja bitte?", sagte der Mann auf Deutsch.

„Oh, Entschuldigung. Ich habe Sie verwechselt“, brachte ich außer Atem über meine Lippen.

Enttäuscht wandte ich mich um und schleppte mich zurück zum Kirchplatz.

Ich konnte die Tränen nicht vermeiden. Sie vermischten sich mit meinem Schweiß und rannen über meine Wangen. Ich spürte den salzigen Geschmack auf meinen Lippen.

Ich war nicht enttäuscht, dass es nicht Ronni gewesen war. Ich war erschrocken, als ich den Mann in der Kirche gesehen hatte. Jetzt war ich erleichtert und körperlich erledigt. Was viel schwerer wog, war die Tatsache, dass mir mein Kopf solch einen Streich spielen konnte.

Ich war niedergeschlagen und zweifelte an mir, ich zweifelte an meinen Gefühlen und ich bezweifelte, dass ich mit dem, was geschehen war, einfach würde weiterleben können.

Plötzlich schlangen sich Arme um mich und zogen mich an sich heran. Ich hatte nicht bemerkt, dass Rolf auf mich zugekommen war. Dankbar ließ ich es geschehen und legte meinen Kopf an seine Schulter. Ich benötigte Trost, wieder einmal Trost und Rolf war wieder da und tröstete mich. Er trocknete mir die Tränen mit einem Taschentuch.

„Was ist geschehen? Ich habe gesehen, wie du über den Platz gelaufen bist“, fragte er und schaute mich dabei mitleidig an.

Ich berichtete ihm in kurzen Worten, wie ich sehr mich geirrt hatte.

„Komm, lass uns da drüben in die Bar gehen und etwas trinken. Dann wird es dir wieder besser gehen“, sagte er und zog mich an der Hand über den Platz, zu einer kleinen Taberna.

Als wir eintraten, fiel mir sofort der intensive Geruch nach Knoblauch, Kräutern und Gewürzen auf. Links neben der Eingangstür befand sich ein kleiner Tresen. Von der Decke baumelte Knoblauch, der in einem langen Strang zusammengebunden war. Außerdem hingen dort verschiedene Kräutergebinde. Auf den ersten Blick erkannte ich Thymian, Kamille und Schafgarbe. Mit Sicherheit waren aber auch noch Baldrian, Salbei, Ringelblume und andere Heilkräuter vorhanden. In einigen Körben standen, auf einer Anrichte, Paprika, Ingwer und Peperoni.

Die Sitzgelegenheiten waren eher spartanisch. Die einfachen Holzstühle und Tische hatten im Laufe der Jahre und Jahrzehnte eine dunkle Farbe angenommen, die dem Raum einen rustikalen und gemütlichen Charakter verlieh.

Wir setzten uns gegenüber der Tür an einen kleinen Tisch, direkt neben einem Fenster. Rolf bestellte sich ein Bier. Ich bestellte mir ein großes Glas frisch gepressten Orangensaft. Der erste Schluck schmeckte köstlich. Der Saft war kalt und weckte meine Energie, die mir fast abhanden gekommen war.

„Wieso bist du eigentlich auch auf Mallorca? Und wie hast du es geschafft, plötzlich an der Absturzstelle zu sein? Seitdem wir aus dem Bus ausgestiegen waren, habe ich dich nicht mehr gesehen. Unterwegs habe ich mich mehrmals nach dir umgesehen. Du warst wie vom Erdboden verschwunden“, fragte ich Rolf.

Dabei konnte ich einen Unterton der Verwunderung und meines Ärgers in der Stimme nicht verbergen.

„Das Gelände bietet viele Möglichkeiten unbeobachtet jemanden zu verfolgen. Aber was soll's. Ich war zum richtigen Zeitpunkt am richtigen Ort. Oder wäre es dir lieber gewesen, ich hätte dir vorher gesagt, dass ich auch nach Mallorca fahre und ich hätte euch im Bus begrüßt und wir wären dann alle drei zusammen gewandert?“

Sein höhnisches Grinsen verleidete mir eine Antwort und weitere Fragen.

Rolf bestellte uns warme Tapas und eine Karaffe Wein. Nachdem die Wirtin uns den Wein und die Tapas gebracht hatte, langte Rolf sofort zu. Ich hatte keinen Appetit. Zu sehr waren mir die Ereignisse auf den Magen geschlagen.

Nach einigen Minuten kam die Wirtin an unseren Tisch. Bei der Bestellung und beim Servieren hatte ich der Frau keine besondere Beachtung geschenkt. Jetzt schaute ich sie zum ersten Mal bewusst an. Es war eine alte Frau, die einen langen, dunklen Rock und eine kurze Weste trug. Das schwarze Haar, das trotz ihres Alters noch keine graue Strähne aufwies, hatte sie straff zu einem Knoten zusammen gebunden. Ihr Gesicht war zerfurcht und hager, was auf ein anstrengendes, entbehrungsreiches Leben schließen ließ. Wachsame, aber zugleich liebevolle, dunkle Augen sahen mich an.

„Schmeckt es der jungen Dame nicht?“, fragte sie in gebrochenem Deutsch.

Wahrscheinlich hatte sie gehört, dass wir uns in Deutsch unterhielten.

„Nein, nein, ich bin nicht hungrig“, antwortete ich auf Spanisch.

„Oh, Sie sprechen Spanisch. Dann sind Sie bestimmt gebürtige Spanierin. Probieren Sie doch einfach einen kleinen Happen. Der Hunger kommt beim Essen.“

Ich wollte die alte Dame nicht beleidigen und probierte eine Tapa. Das frittierte Kabeljaubällchen mit Knoblauch und Petersilie schmeckte köstlich. Die Wirtin hatte recht, der Hunger kam tatsächlich beim Essen und ich ahnte bis dahin nicht, wie hungrig ich war.

In Kürze hatten wir alle Tapas vertilgt, nur unser Hunger war noch nicht gestillt. Rolf bestellte zwei weitere Portionen.

Als die Wirtin uns die zweite Bestellung servierte, lächelte sie mich an. Sie freute sich einfach, dass sie mich überzeugt hatte und dass es mir schmeckte.

„Ich war mir sicher, dass Sie hungrig waren. Manchmal verdrängt die Anspannung den Appetit“, sagte sie wieder auf Spanisch, sah mir in die Augen und lächelte gütig.

Die Worte waren nur für mich gedacht. Ich erwiderte ihr Lächeln und nickte nur. Es stimmte, was sie gesagt hatte.

„Was wollte die Alte von dir?“, fragte Rolf ungehalten, als wir wieder allein waren.

„Nichts Besonderes. Höflichkeitsfloskeln, das Übliche halt“, gab ich beiläufig als Antwort.

„Halte dich mehr zurück. Wir sind einfache Touristen und wollen nicht auffallen. Niemand soll sich an uns erinnern“, sagte Rolf und an seiner Stimme erkannte ich seine nervöse Gereiztheit.

Während des Essens berichtete ich Rolf von der Dudelsackmusik, die mich beinahe in Panik versetzt hatte und fragte ihn, ob er wüsste, was das zu bedeuten hatte.

Er lachte.

„Ich habe auch die Musik gehört. Keine Sorge, der Dudelsack gehört zur mallorquinischen Volksmusik und wird auf jedem Dorffest und zu allen möglichen Anlässen gespielt. Nur noch wenige Mallorquiner pflegen diese Tradition. Hier im Gebirge, insbesondere in Sóller, haben sich einige Männer zusammengetan, um regelmäßig bei Festen aufzutreten. Oft zieht ein Musiker mit seinem Instrument in abgelegene Teile des Gebirges, um dort zu üben. Also kein Grund zur Panik.“

Ich war zufrieden. Beruhigend legte er seine Hand auf meinen Unterarm. Ich zog meinen Arm an mich. Ich mochte diese Geste nicht. Nicht jetzt und nicht von ihm.

Ich hatte es geahnt. Als wir gesättigt waren, holte Rolf mich wieder in die Realität zurück.

„Isabelle“, sprach er mich zum ersten Mal mit meinem Vornamen an.

„Ich habe mir genau überlegt, wie es weitergehen kann.“

Er wirkte auf mich ausschließlich faktisch und eiskalt, als wenn es darum ginge, einen Stadtrundgang optimal zu organisieren.

Ich war dagegen noch zu durcheinander. Meine Gefühle spielten Achterbahn mit mir. Viel lieber wäre ich jetzt allein gewesen, um mit meinen Zweifeln und mit der Situation in Ruhe klar zu kommen.

Ich musste ihn wohl nicht gerade begeistert angesehen haben, denn er fuhr fort:

„Du musst jetzt einen klaren Kopf behalten und dich genau an meine Anweisungen halten. Nur so kommen wir unbeschadet aus der Sache heraus.“

Damit ich auch tatsächlich genau zuhörte, fügte er hinzu, dass auch ich, und besonders ich, bis zum Hals mit drinsteckte.

„Schließlich war Ronni dein Mann“, fügte er als Bekräftigung noch hinzu.

„Ich weiß. Du machst mir Angst. Was willst du?“

In der gemütlichen, kleinen Bar erläuterte er mir dann seinen Plan bis ins kleinste Detail. Dabei beugte er sich zu mir über den Tisch und flüsterte beinahe. Sein warmer Atem streifte mein Gesicht. Ich hatte keine andere Möglichkeit, ich musste seine Nähe ertragen. Er redete, als wären wir zwei Schauspieler, die ihren nächsten Auftritt vorbereiteten. Grundsätzlich konnte ich keine Einwände vorbringen. Ich bin ein detailorientierter Mensch und war es von der Arbeit in der Kanzlei gewohnt, mir Notizen zu machen. Sehr gerne hätte ich das auch jetzt gemacht, denn ich befürchtete, nicht jede Kleinigkeit behalten zu können. Als ich diesen Wunsch Rolf gegenüber behutsam äußerte, erntete ich einen tadelnden Blick und ein überhebliches Kopfschütteln.

„Das ist doch nicht dein Ernst?“, waren die einzigen Worte die Rolf über meinen Einwand vergeudete.

Folglich versuchte ich verzweifelt, mir alles genau einzuprägen.

Abschließend eröffnete er mir, dass wir uns das letzte Mal gesehen hätten.

„Vorläufig keinen Kontakt mehr zwischen uns“, bestimmte er.

Er würde sich bei mir melden, wenn er fände, dass der Zeitpunkt dafür richtig wäre, meinte er.

Ich war froh, ihn in nächster Zeit nicht mehr zu sehen. Seine Bevormundung hätte ich nicht länger ertragen können.

„Wenn wir das Lokal verlassen haben, werden wir uns trennen“, war seine letzte Anweisung.

Er bezahlte unsere Zeche, ein kurzes „mach‘s gut“ draußen vor der Taberna. Das war alles.

Ich setzte mich noch einige Minuten auf eine Bank unter einem Baum, der mir Schatten spendete und dachte nochmals über das nach, was wir besprochen hatten.

Nach seinem Plan sollte ich am nächsten Tag nach Palma fahren und am Tag danach abreisen. Er würde einige Tage später abreisen, damit man keine Verbindung zwischen uns erkennen könne.

In Palma sollte ich ...

*

Wie aus heiterem Himmel höre ich plötzlich lautes Hupen und das Quietschen von Autoreifen neben mir. Ich schrecke zusammen und werde unsanft aus meinen Erinnerungen gerissen.

Ich stehe mitten auf der Fahrbahn des Kreisverkehrs vor Altenrath. Ich war so in meine dunklen Erlebnissen versunken, dass ich auf meine Umgebung überhaupt nicht geachtet habe.

Schnell mache ich einige Schritte rückwärts aus der Gefahrenzone hinaus. Ich setze ein schuldbewusstes Gesicht auf und entschuldige mich durch eine freundliche Geste bei dem Autofahrer. Beim Vorbeifahren sehe ich, wie er mit einem Arm gestikuliert und mir einige Worte zuschreit. Ich kann nicht hören, was er krakeelt aber seine Miene lässt erahnen, dass es keine Freundlichkeiten sind.

Den restlichen Teil des Weges bis zu meiner Wohnung wiederhole ich in Gedanken immer wieder die Sätze, die Rolf beim Abschied zu mir gesagt hatte:

„Ich habe dir oben am Berg gesagt, dass ich zu dir stehe, wie auch immer du dich entscheiden wirst. Dazu stehe ich. Aber denk daran: Du schuldest mir etwas. Und ich werde es einfordern."

Die Worte klangen wie eine Drohung in meinen Ohren und waren es wohl auch.

Erst jetzt, da ich mir mit etwas Abstand zu den damaligen Ereignissen alles wieder in Erinnerung rufe, begreife ich, dass er mich total überfahren hat. Er hat mich in ein Schauspiel verwickelt, aus dem es kein Entkommen mehr gibt.

5

Sybille Baum, Frank Eisensteins Sekretärin, saß an ihrem PC. Seit Wochen war es im Kriminalkommissariat 11 für Tötungsdelikte sehr ruhig. Sie hatte Zeit, endlich die Vorgänge abschließend zu bearbeiten, die in der Vergangenheit liegen geblieben waren. Die Tür wurde aufgerissen und ihr Chef stürmte in das Büro. Es war kurz vor Mittag.

„Guten Tag, Sybille. Ich konnte leider nicht früher hier sein."

„Tag, Frank. Wie geht es Susanne?"

„Na ja, wie ich dir am Telefon gesagt habe, war ich mit ihr beim Arzt. Du kennst das bestimmt, Montagmorgen bedeutet ewig lange Wartezeiten. Jetzt ist sie erst mal versorgt und liegt im Bett."

„Hoffentlich steckst du dich nicht bei Susanne an. Das fehlte uns nämlich noch."

„Ach was. Du kennst mich doch. Ich bin hart im Nehmen. Ist denn etwas passiert?"

„Nein, nein, es ist völlig ruhig. Aber Ronni ist auch noch nicht hier. Womöglich liegt auch er krank im Bett. Wie ich gehört habe, hat uns die Grippewelle fest im Griff."

„Er hat sich demnach noch nicht gemeldet?"

„Nein. Ich verstehe das auch nicht. Normalerweise ruft er sofort an, wenn er verhindert ist. Wenn er krank im Bett liegt, hätte Isabelle doch anrufen können."

„Oder beide liegen krank im Bett. Lass uns noch bis nach dem Mittagessen warten. Vielleicht sitzt er auch beim Arzt und muss warten."

Das Thema war für Frank Eisenstein vorerst erledigt. Er setzte sich an seinen Schreibtisch und nahm die Arbeit auf. Eine Arbeit, die er hasste – Schreibtischarbeit, Akten ordnen und Berichte schreiben.

Ronni war bis zum Nachmittag weder zum Dienst erschienen, noch hatte er angerufen.

Weder Sybille noch Frank konnten sich das erklären.

„Fahr doch zu ihm nach Hause, das ist doch gar nicht so weit. Oder ruf zumindest bei ihm an", schlug Sybille vor, die sich Sorgen machte.

„Mhh, vielleicht", brummte Frank.

Er war von seinem Schreitisch aufgestanden und zum Fenster gegangen. Nachdenklich schaute er hinaus in den Regen. Seine Laune verschlechterte sich zusehends.

„Ronni hatte drei Wochen Urlaub. In der ersten Woche waren sie auf Mallorca und in den beiden restlichen Wochen waren sie zu Hause. Heute sollte er seinen Dienst wieder aufnehmen. Sag bloß, dass ihr euch in seinem Urlaub nicht einmal getroffen habt?"

Sybille war überrascht. Ronni und Frank waren gute Freunde und sie trafen sich mit ihren Frauen regelmäßig privat. Frank war schließlich der Trauzeuge von Isabelle und Ronni gewesen.

„Nein, haben wir nicht", antwortete Frank ziemlich einsilbig.

„Habe ich etwas nicht mitbekommen? Habt ihr Streit?", bohrte Sybille weiter.

„Nein, wir haben keinen Streit, aber Ronni und Isabelle ... Naja, da läuft es zurzeit nicht so gut. Vor dem Urlaub hatten sich die beiden wieder etwas angenähert. Wie Ronni mir sagte, sind sie daher so kurzfristig in Urlaub gefahren. Es sollte so eine Art Neubeginn werden."

Sybille schaute Frank fassungslos an. Das hätte sie nie erwartet. Für sie waren Isabelle und Ronni ein Traumpaar. Sie kannten sich schließlich seit Jahren. Streit gab es in jeder Ehe einmal. Das wäre daher auch bei den beiden nicht ungewöhnlich, aber dass sie eine dauerhafte Krise haben sollten, konnte sie sich nicht vorstellen.

„Sag bloß, Lisa hat damit zu tun? Ronni hat mir gegenüber einmal angedeutet, dass er sie ziemlich sexy fand. Aber Lisa ist doch tot, da kann doch nichts mehr sein."

„Ja, kann sein, dass es wegen Lisa war."

Frank wollte sich nicht weiter dazu äußern. Ronni hatte ihm bei einem Bier nach Dienstschluss im Groben erzählt, was los war. Wahrscheinlich hatte sein Freund ihm nicht alles erzählt, mehr wollte er aber auch gar nicht hören. Dass er mit Lisa eine Affäre hatte, war ihm seinerzeit nicht entgangen und Ronni hatte dies später auch eingestanden. Frank wollte die beiden im Urlaub nicht stören. Er hätte das Gefühl gehabt, neugierig zu sein und als möglichen Schlichter angesehen zu werden. Er vertraute den beiden, dass sie das wieder hinbekamen. Er wollte ihnen die Zeit dazu lassen und sie nicht durch seine Anwesenheit unter Druck setzen.

Er ging zurück zu seinem Schreibtisch und setzte sich hin.

„Okay. Ich fahre nach Dienstschluss bei ihm vorbei. Zufrieden?"

„Gut. Ruf mich kurz an oder schick mir eine WhatsApp, wenn du etwas erfahren hast", bat Sybille.

Eisenstein nickte zustimmend.

Frank Eisenstein fühlte sich nicht wohl in seiner Haut, als er den Klingelknopf von Isabells und Ronnis Wohnung betätigte. Er ahnte, dass er etwas erfahren würde, das ihn nicht glücklich stimmen würde.

Der Türöffner summte ohne vorherige Nachfrage durch die Sprechanlage und er betrat das Treppenhaus des Mehrfamilienhauses. Sein Kollege und dessen Frau wohnten in der ersten Etage. Eisenstein verzichtete auf den Aufzug und stieg gemächlich die Treppe hoch. Dadurch hatte er Zeit, sich mental auf die Begegnung mit Ronni oder Isabelle oder mit beiden vorzubereiten.

An der Wohnungstür bediente er nicht die Klingel, sondern klopfte mehrmals an die Tür, so wie er es immer handhabte, wenn er die beiden besuchte.

Isabelle öffnete die Tür und beide begrüßten sich sofort mit einer Umarmung und einem Wangenkuss. Er empfand die Begrüßung anfangs ganz normal, so wie immer. Als sie sich aber nicht mehr von ihm löste und den Kopf an seine Brust lehnte, war ihm klar, dass etwas geschehen war.

Frank spürte, wie ihre Atmung stoßweise ging und strich ihr sanft über den Rücken. Sie weinte.

Es dauerte eine Weile, bis sie sich von ihm löste. Sie trocknete ihre Tränen mit dem Ärmel ihres Oberteils. Ihre Wimperntusche war verschmiert.

„Was ist los, Isabelle? Wo ist Ronni?“

Frank hatte sich bereits umgesehen und registriert, dass Ronni nicht da war. Er ahnte das Schlimmste und Isabelle bestätigte seine Ahnung.

„Ronni ist weg. Er hat mich verlassen. Es ist aus!“, antwortete Isabelle und schnäuzte sich die Nase.

„Was heißt, er ist weg? Wo ist er hin?“

Der Kommissar, der nur genaue Angaben akzeptierte, trat bei Eisenstein hervor. Vage Angaben wie „er ist weg“, reichten ihm nicht.

„Ich weiß es nicht. Ich habe keinen blassen Schimmer“, antwortete Isabelle und schaute Frank dabei nicht an.

Inzwischen hatten sich beide auf das Sofa im Wohnzimmer gesetzt. Isabelle kauerte mit angezogenen Beinen in einer Ecke, den Blick vor sich auf den roten Teppich gerichtet.

Eisenstein hatte Isabelle lange angesehen, jetzt starrte er zum gegenüberliegenden Fenster hinaus. Die Aussage „es ist aus“ und die Endgültigkeit dieses Bekenntnisses schmerzte mehr, als er je gedacht hätte. Nicht nur wegen Isabelle, nein, auch wegen seines Freundes.

Als Ronni ihm von seinem Seitensprung mit Lisa erzählt hatte, hatte er befürchtet, dass dieser Augenblick einmal kommen würde. Jetzt war er da und er, Kriminalhauptkommissar Frank Eisenstein saß da, starrte zum Fenster hinaus und ihm fiel nichts Tröstendes ein, was er hätte sagen können.

„Wann hat er dich verlassen?“, fragte er stattdessen.

Dabei schaute er sich unauffällig im Wohnzimmer um. Alles stand am selben Platz, wie er sich von früheren Besuchen erinnern konnte. Das Zimmer wirkte pedantisch aufgeräumt und sauber.

Nicht gerade so, als wenn hier eine Frau lebt, die vom Ehemann verlassen wurde und am Boden zerstört ist, kam es ihm in den Sinn.

Er verwarf den Gedanken sofort wieder, denn woher wollte er wissen, wie eine Frau in solch einer Situation reagiert? Vielleicht versucht sich Isabelle mit Putzen und Aufräumen abzulenken, wer weiß das schon?

Isabelle schien bemerkt zu haben, dass Frank abgelenkt war und setzte sich gerade hin, um wieder seine Aufmerksamkeit zu erhalten.

„Wir waren kaum einmal ein, zwei Tage von Mallorca zurück, da haben wir uns fürchterlich gestritten. Wir haben uns angeschrien und ich habe mit den Fäusten wütend gegen seine Brust getrommelt, um ihn zur Vernunft zu bringen. Es half nicht. Er sagte, dass es keinen Sinn mehr mache, packte zwei Koffer und einige persönliche Sachen, wie sein Notebook und verschwand. Seitdem habe ich nichts mehr von ihm gehört und gesehen. Glaub mir, die letzten zwei Wochen allein in dieser Wohnung waren die Hölle für mich."

Dass es für Isabelle die Hölle war, zwei Wochen allein in der Wohnung zu sein, konnte Frank verstehen. Dagegen hatte er kein Verständnis dafür, dass sie ihm nichts gesagt hatte.

„Wieso hast du dich nicht bei mir gemeldet. Wir sind doch Freunde. Wir hätten reden können. Vielleicht hätte ich dir helfen können."

Frank schüttelte den Kopf, er verstand die Welt nicht mehr.

„Ja, du hast ja Recht. Ich hätte dich anrufen sollen. Entschuldige bitte, aber ich habe mich so geschämt. Du ..., ich ..."

Sie unterbrach sich und putzte sich erneut die Nase.

Sie holte einmal tief Luft und begann zu reden.

Sie eröffnete ihm, dass sie bereits vor der Urlaubsreise Probleme hatten. Im Urlaub hätten sie sich besser verstanden und alles schien wieder gut zu werden. Als sie dann wieder zu Hause waren, waren auch die Probleme wieder da und es kam zu dem fürchterlichen Streit.

„Und wie ich dir schon sagte, dann ist er abgehauen und hat mich allein in der Wohnung sitzen gelassen."

Wenn Frank Isabelle nicht direkt ansah, musterte sie ihn, als ob sie seine Reaktionen genau prüfen wolle. Eisenstein blieb das nicht verborgen. Er fand, dass sie ihn anders anschaute als früher, angespannter aber auch ängstlicher. Er konnte das nicht einordnen.

Als er sie fragte, ob sie wieder zur Arbeit ginge, wirkte sie etwas verlegen.

„Mmmh, nein. Ich habe noch den Resturlaub dieses Jahres genommen und danach kann ich unbezahlten Urlaub bekommen. Ich bin zurzeit nicht in der Lage, einer konzentrierten Tätigkeit nachzugehen. Ich kann nicht sagen, wann ich wieder soweit bin. Gott sei Dank ist mein Chef einsichtig."

Sie hing in der Sofaecke und schien nur noch ein Schatten ihrer selbst zu sein. Von der strahlenden, immer gut gelaunten Frau von früher, war nichts mehr übrig.

Frank versuchte in der Folge alles, sie zu trösten und aufzubauen. Offenbar hatte er Erfolg, denn Isabelle schien sich beruhigt zu haben. Auch ihre Körperhaltung zeigte wieder mehr Spannung.

Plötzlich sprang sie auf.

„Entschuldigung Frank, ich habe dir gar nichts angeboten. Möchtest du einen Kaffee oder etwas anderes?"

„Nein, nein, danke. Ich muss jetzt gehen. Wir bleiben in Kontakt. Wenn du Hilfe benötigst oder irgendetwas brauchst, ruf mich an."

Frank stand auf und umarmte Isabelle zum Abschied.

„Frank, ich muss dir noch etwas sagen", sagte sie, als sein Gesicht für den üblichen Wangenkuss nahe an ihrem war.

Sie schaute ihm in die Augen – ängstlich, schüchtern.

„Ich kann nicht weiter in dieser Wohnung bleiben. Alles erinnert mich an Ronni. Ich komme hier einfach nicht zur Ruhe. Ich ziehe schon morgen in eine kleine, möblierte Wohnung in Troisdorf-Altenrath."

Sie sagte das ruhig und sicher und machte dabei einen völlig anderen Eindruck als noch bis vor wenigen Minuten. Eisenstein war überrascht. Nicht nur von der Tatsache, dass Isabelle ausziehen wollte, sondern insbesondere über die Kurzfristigkeit ihres Vorhabens. Er wich instinktiv einen Schritt von ihr zurück.

Wieso teilt sie mir diese Entscheidung am Ende unseres Gespräches mit?, fragte er sich. Und dann mit dieser Entschiedenheit und Sicherheit. Wollte sie vermeiden, dass er weitere Fragen stellte oder Bedenken anmeldete? Obschon er sie nicht verstand, sagte er:

„Verstehe ich. Wahrscheinlich ist es der richtige Weg, damit du Ruhe und Abstand finden kannst. Wie ist deine Anschrift in Altenrath?"

Isabelle sagte ihm ihre neue Anschrift.

„Einen Festnetzanschluss habe ich dort nicht. Du kannst mich aber über mein Smartphone erreichen."

„Ich melde mich, wenn ich etwas über Ronni erfahren habe. Sag mir bitte Bescheid, wenn er sich bei dir meldet. Mach's gut", sagte er kurz und knapp.

Damit verließ er die Wohnung. Er hatte die Nase voll. Am Ende des Flurs schaute er nochmal zurück. Isabelle hatte bereits die Wohnungstür geschlossen.

Was blieb, war sein schlechtes Bauchgefühl, das sich bei ihm eingestellt hatte. Etwas stimmte nicht, Isabelle hatte ihm nicht alles gesagt. Davon war er überzeugt. Dafür kannte er sie zu gut und zu lange.

*

„Nun sag schon Frank, was ist los?", fragte Susanne, Franks Lebensgefährtin.

Eisenstein saß am Abendbrottisch und stocherte in seinem Essen herum, als suche er etwas Bestimmtes.

Es gab Nudelauflauf. Frank mochte Aufläufe. Susanne hatte heute in der Rechtsmedizin früher Schluss gemacht, um sich und Frank eine warme Mahlzeit zuzubereiten. An den meisten Tagen kamen beide nicht dazu, mittags essen zu gehen.

Frank schob seinen Teller von sich weg.

„Ronni und Isabelle sind auseinander", sagte er ohne Einleitung.

Susanne war sprachlos und genauso entsetzt wie Frank vorher. Frank berichtete seiner Freundin, wie das Gespräch mit Isabelle verlaufen war und dass er ein seltsames Gefühl danach hatte.

„Ich finde es eigenartig, dass Isabelle sich nicht gemeldet hat. Sie muss doch gewusst haben, dass wir Ronni am Montag erwarteten. Ich bin eng mit Isabelle und Ronni befreundet und ich bin sein Kollege. Ich bin ihr Trauzeuge. Wie kann es sein, dass ich keinerlei Information erhalte? Mit ihrem Chef hat sie offenbar gesprochen, denn sie will zuerst ihren Resturlaub nehmen und danach eventuell unbezahlten Urlaub. Dann wird sie ihm wahrscheinlich auch gesagt haben, wie es um ihre Ehe steht. Hat sie so ein gutes Verhältnis zu ihm?"

Frank war aufgestanden und ging um den Tisch herum.

Er war jetzt nicht mehr Privatperson, sondern Kommissar. An ein Abendessen war vorerst nicht mehr zu denken. Nach einer kurzen Pause, in der er einmal tief ein- und ausatmete, ging sein Monolog weiter.

„Keine Frage, ob sich Ronni vielleicht im Büro oder bei mir gemeldet hat. Keine Frage, ob ich als sein Freund eine Idee von seinem Aufenthaltsort habe. Nichts dergleichen."

Susanne saß noch immer vor ihrem, inzwischen kalten Abendessen und schaute ihrem Freund zu, wie dieser referierte und sich immer mehr in Rage redete. Er war enttäuscht und seine Enttäuschung wandelte sich langsam in Wut.

„Frank, du hast natürlich Recht. Ich kann dich verstehen. Aber können wir beurteilen, wie eine Frau reagiert, die erst vor Kurzem geheiratet hat und dann erfährt, dass ihr Mann sie betrogen hat und jetzt noch immer von seinem Seitensprung träumt? Wir sollten ruhig und neutral bleiben. Ronni und auch Isabelle sind unsere Freunde, und wir sollten versuchen beiden zu helfen."

Susanne stand auf und umarmte ihren Freund. Frank lächelte und gab ihr einen Kuss.

„Was habe ich doch für eine tolle und kluge Partnerin. Würdest du unser Abendessen aufwärmen? Ich rufe in der Zwischenzeit Sybille an und gebe ihr Bescheid. Ich habe versprochen, dass ich sie anrufe. Und dann soll das Thema für heute erledigt sein. Morgen werde ich sehen, was ich unternehmen kann."

Zur Unterstreichung seiner Worte umarmte er Susanne nochmals und küsste sie. Susanne nahm die Auflaufform vom Tisch und ging damit in die Küche. Eisenstein zog sein Smartphone aus seiner Hosentasche und informierte seine Sekretärin.

6

In der Nacht nach Ronnis Absturz hatte ich fast gar nicht geschlafen. Auf der einen Seite wusste ich nach dem Gespräch mit Rolf genau, was ich als nächstes zu tun hatte. Auf der anderen Seite herrschte totales Chaos in meinem Kopf und ich konnte keinen Gedanken zu Ende denken. Hinzu kam die Lautstärke im Hotel und am Pool, die bis spät in die Nacht andauerte. Zur Ablenkung hatte ich mir das Fernsehgerät eingeschaltet. Als ich feststellte, dass ich mir zwar die Bilder auf dem Plasmabildschirm ansah aber ihren Sinn nicht erfasste, schaltete ich das Gerät wieder aus.

Irgendwann in der Nacht, ich kann heute nicht mehr sagen, wie spät es war, hatte mein Körper mit meinem Gehirn eine Übereinkunft erzielt und ich schlief ein.

Früh am Morgen weckte mich die Sonne, die voll in mein Zimmer schien. Ich hatte am Abend versäumt, die Vorhänge zu schließen.

Ich fühlte mich wie gerädert und war müder, als am Abend zuvor. Die Dusche vertrieb meine Müdigkeit nur zum Teil. Trotzdem machte ich mich auf den Weg zum Frühstücksbuffet. Ich hatte Glück und fand einen Tisch auf der Dachterrasse. Dort saßen um diese Zeit nur wenige Gäste beim Frühstück. Auf den ersten Blick war keiner dabei, mit denen Ronni und ich an den vorherigen Tagen gesprochen hatten, was für mich vorteilhaft war. Niemand stellte unbequeme Fragen nach meinem Mann. Auch vom Personal schien niemandem aufzufallen, dass ich im Gegensatz zu den Tagen vorher, allein am Tisch saß. Vielleicht bemerkte es aber doch der eine oder andere Kellner, es sagte zumindest niemand etwas.

Nach der ersten Tasse Kaffee ging es mir ein weiteres Stück besser und ich konnte mich dazu aufraffen, ein wenig zu essen, was ich nach dem Aufwachen noch für völlig abwegig gehalten hatte.

Nachdem ich gefrühstückt hatte, fühlte ich mich gestärkt und war bereit, den Tag und meine Aufgaben anzugehen. Die Anspannung hatte sich gelegt und das Chaos in meinem Kopf gelichtet. Ich war wieder in der Lage, klar und strukturiert zu denken. Ich ließ meine Augen über das wunderschöne Panorama des Hafens von Port de Sóller und der Bergkette im Hintergrund gleiten. Wie ich mit Rolf abgesprochen hatte, würde es das letzte Mal sein, dass ich mich an diesem Ausblick erfreuen durfte. Am nächsten Tag würde ich abreisen – wenn alles nach Plan verlief, nach Rolfs Plan.

Bevor mein Aufenthalt zu Ende gehen würde, musste ich heute noch den, für mich schwierigsten Teil des Plans ausführen.

Ich musste nach Palma fahren. Ich hatte mir überlegt, dass es von Vorteil wäre, wenn ich mein Outfit stark aufhübschen und mich wesentlich mehr stylen würde, als an einem normalen Tag. Dadurch würde man mich später nicht so leicht wiedererkennen – falls es dazu kommen sollte, was Gott verhüten möge. Aber lassen wir Gott aus dem Spiel. Seine Sympathie hatte ich mir vermutlich für immer verdorben.

Ich wählte eine enge, weiße Stretchhose und ein Oberteil mit einem etwas tieferen, aber nicht zu tiefen Ausschnitt. Dazu die höheren, offenen Schuhe, das einzige elegantere Paar, das ich mitgenommen hatte. Mein Haar steckte ich hoch und wählte eine Haarforke, die auch bei Wind einen perfekten Halt der Frisur garantierte.

Dann verbrachte ich fast eine Stunde im Bad mit einem ausgiebigen, kreativen Gesichtsstyling. Am Ende war ich von meinem neuen Look selbst überrascht und begeistert. Jetzt noch die Sonnenbrille mit den großen Gläsern, die mir den letzten Glamour verlieh und endlich konnte ich mich auf den Weg machen.

Der Fußweg vom Hotel bis zum Hafen war nicht sehr weit, aber steil und in der ersten Hälfte mit vielen Stufen versehen. Die ausgewählten Schuhe waren dafür nicht das ideale Schuhwerk. Ich musste Acht geben, nicht umzuknicken.

Der kleine Endbahnhof befand sich auf der Hauptstraße, direkt an der Kaimauer. Der „Orangen-Express", wie das Eisenbahn-Unikum aus dem Jahre 1913 liebevoll genannt wurde, wartete bereits auf die Abfahrt. Alle drei offenen Sommer-Waggons waren vollgestopft mit Touristen. Ich bekam gerade noch einen Stehplatz im Triebwagen.

Mit einem Ruck setzte sich die Bahn ratternd in Bewegung. Ich musste mich mit beiden Händen festhalten, um nicht unbeabsichtigt auf den Schoß eines Fahrgastes zu fallen. Ab dem Stadtrand von Port de Sóller ging die Fahrt durch einen der schönsten Bereiche der Insel, das „Tal des Goldes". Hier reihten sich herrliche Gemüsegärten, Olivenhaine und vor allem Orangenplantagen, die der Region Wohlstand und Reichtum bescherten, aneinander. Nach wenigen Minuten drängte sich der Schaffner durch die Reisenden und kassierte den Fahrpreis. Sechs Euro, nicht gerade preiswert, dachte ich. Nach 4,9 Kilometern und fast dreißig Minuten gemütlicher Fahrt mit der altmodischen Bahn, überquerten wir den Hauptplatz, die Placa de sa Constilució von Sóller und erreichten kurz darauf den Endbahnhof.

Während dieser ersten Etappe auf dem Weg nach Palma konnte ich mich überhaupt nicht auf mein Vorhaben konzentrieren. Zu unbequem war mein Stehplatz und zu laut die vielen Mitreisenden. Ich hoffte, dass ich auf der weiteren Fahrt mit dem historischen Zug, dem „Roten Blitz", Gelegenheit bekommen würde, mich mental vorzubereiten. Mit dem Kauf des Tickets war nicht gleichzeitig das Anrecht auf eine Blitzgeschwindigkeit verbunden, auch wenn man das mit dem Namen in Verbindung hätte bringen können. Im Gegenteil, es würde eine Bummelfahrt werden und ich würde genügend Zeit haben, mir Gedanken machen zu können.

Nach circa fünfzehn Minuten Wartezeit, in der ich mir zwei Kugeln Eis in einem Hörnchen gönnte, stieg ich in den historischen Zug ein. Obschon ich die Bahn kannte, war ich doch wieder über die schmalen Gleise von gerade einmal 91 cm Breite erstaunt. Auch jetzt, nach über hundert Jahren Betriebstätigkeit, hatte die Bahn mit ihrer Holzverkleidung und den Messinggriffen nichts von ihrem Flair verloren.

Zum Glück war die Fahrt nicht so ausgelastet wie vorhin die Straßenbahn nach Sóller und ich konnte mich am Fenster in einen der salonartig angeordneten und weich gepolsterten Lederfauteuils des Erste-Klasse-Abteils sinken lassen. Der altehrwürdige Holzlook der 2. Klasse war mir doch etwas zu spartanisch. Zur Abfahrt blies der Schaffner nicht eine einfache Trillerpfeife, sondern es ertönte der Klang eines Messinghorns.

Endlich konnte ich mir eine genaue Strategie für mein Vorgehen überlegen. Die Schönheit der Landschaft, durch die wir in gemütlichem Tempo rollten, interessierte mich nicht. Auch die dreizehn Tunnels, die wir durchfuhren, lenkten mich nicht ab.

Ich musste mir genau überlegen, wie ich einen jungen Mann, der in etwa dem Aussehen von Ronni glich, finden könnte. Dieser Mann sollte dann auch noch Willens und in der Lage sein, mich auf dem Flug nach Deutschland zu begleiten – anstelle und mit den Papieren meines abgestürzten Mannes. Keine leichte Aufgabe. Meines Erachtens konnte die Aufgabe nur mit Geld, wahrscheinlich nur mit viel Geld, gelöst werden.

Ich würde mich in den Straßencafés umsehen, die ab der Mittagszeit immer gut besucht waren. Hier saßen in der Regel die Studenten, die sich zum Teil gerne ein paar Euros verdienen wollten.

Nach einer Stunde waren die siebenundzwanzig Kilometer Bahnfahrt geschafft und der Zug hielt im Endbahnhof in der Nähe der Placa d'Espanya im Zentrum von Palma.

Alle Fahrgäste stürmten aus dem Zug. Es schien, als wenn jeder als Erster die Altstadt und die Einkaufsmeile erobern wollte. Ich ließ mich in der Menschenmenge treiben. Nachdem ich die sechsspurige Straße zum Placa d'Espanya überquert hatte, hielt ich bereits Ausschau nach dem ersten Café. Der Platz ist durch einen Brunnen und große Bäume schön gestaltet. Hier war es schattig und windig. Nur wenige Menschen nutzten die Außengastronomie.

Ich folgte dem Menschenstrom in Richtung Altstadt. Im Gegensatz zum Placa d'Espanya war es hier sonnig und warm. Fast alle Tische draußen vor den Cafés und Restaurants waren von Touristen besetzt. Ich suchte jedoch keinen Touristen, sondern einen Einheimischen.

Am Placa Major versuchte ich mein Glück und fragte einen Spanier, der allein am Tisch saß und Zeitung las, ob noch ein Platz frei wäre. Der Mann war vielleicht Mitte Dreißig und blickte kurz auf. Mit einer Geste gab er mir zu verstehen, dass ich Platz nehmen könnte. Ich setzte mich und bestellte mir einen Espresso. Verstohlen schaute ich mir mein erstes

„Opfer“ von der Seite an. Na ja, besonders viel Ähnlichkeit mit Ronni hatte er nicht, aber als Übungsperson konnte er zumindest herhalten.

„Könnte ich vielleicht auch einen Blick in die Zeitung werfen, wenn Sie ausgelesen haben?“, begann ich.

Ich war beinahe erschrocken, als ich den Klang der Worte wahrnahm, die wie von selbst aus meinem Mund kamen. Aber es war tatsächlich meine Muttersprache. Ich hatte sie nicht verlernt.

Den Mann schien das hingegen nicht sonderlich zu beeindrucken.

„Ich schenke sie Ihnen, bitte.“

Er stand auf, gab mir die Zeitung und verschwand in der Menge der Menschen.

Ich registrierte: Erster Versuch total misslungen.

Es folgten weitere Versuche am Placa Major und am Passeig des Born, der breiten Flaniermeile. Alle nicht von Erfolg gekrönt.

Bei einem Mann, den ich auswählte, handelte es sich um einen Deutschen, der viel Ähnlichkeit mit Ronni hatte. Ich hatte nicht sofort erkannt, dass es sich nicht um einen Spanier handelte und sprach ihn daher auf Spanisch an. Er verstand mich nicht und fragte stattdessen, wie viel ich für eine Stunde verlangte.

Das schockte mich dann doch. Für eine Prostituierte gehalten zu werden, ist für eine Frau deprimierend.

Ich setzte mich auf eine der vielen Steinbänke unter einer Palme am Passeig des Born. Ich konnte es nicht verhindern. Die negativen Gedanken waren plötzlich da.

Wieso mache ich das alles? Was soll das? Ich kann doch allein nach Deutschland fliegen. Ich benötige keinen Begleiter.

Wer würde danach fragen, ob Ronni nach Hause zurückgekommen wäre?

Ich hatte erhebliche Zweifel am Sinn des Plans, den mir Rolf aufgebürdet hatte.

Natürlich waren diese Überlegungen Unsinn und resultierten aus meinem verletzten Stolz. Prostituierte – so offen hatte ein Mann noch nie seine Meinung über mich erkennen lassen. Ich musste diese Erfahrung abschütteln.

Wenn im ungünstigsten Fall die Polizei Nachforschungen nach Ronnis Verbleib anstellen würde, wäre es sinnvoll, wenn er mit mir nach Deutschland zurückgeflogen wäre. Man würde dann nie auf den Gedanken kommen, dass etwas mit ihm auf Mallorca geschehen war und niemand würde hier nach ihm suchen.

Ich überlegte, wie ich mein Vorhaben effektiver gestalten könnte. Die Flanier- und Einkaufsmeilen waren offensichtlich nicht die richtigen Plätze für meinen Plan. In den engen Gassen der Altstadt würde ich in den kleinen Cafés und Restaurants bestimmt eher jemand finden, den ich ansprechen könnte. Vielleicht einen Studenten, auch wenn der etliche Jahre jünger als Ronni wäre. Die Hauptsache wäre doch, dass eine gewisse Ähnlichkeit bestehen würde.

Ich verließ den Passeig des Born und kam zum Placa de Santa Eulália mit seinen angrenzenden engen Straßen. Am Anfang der Carrer del Sol wurde ich auf ein Café oder Restaurant an der Spitze einer Häuserzeile aufmerksam. Die Straße teilte sich dort in zwei enge Gassen, die rechts und links am Café vorbei führen. Es waren die alten, bunten Häuserfassaden, die für Spanien typisch sind.

Lediglich drei Bistrotische standen vor einem großen Eingangsportal. Neben dem Portal war gerade noch Platz für eine Speisekarte, die aus einer handbeschriebenen Schiefertafel bestand, die neben dem Eingang an der Wand hing. Mehrere junge Frauen, wie es sich anhörte, englische Touristinnen, hatten zwei Tische zusammengerückt und unterhielten sich angeregt. An dem anderen Tisch saß ein junger Spanier, der eine Latte Macchiato vor sich stehen hatte und gelangweilt den vorbeischlendernden Passanten zuschaute.

„Hela“, sagte ich unbekümmert auf Spanisch.

Ich war hinter den einzigen freien Bistrostuhl an seinem Tisch getreten und schaute durch die großen Gläser meiner Sonnenbrille auf ihn herab.

Schwarze, gegelte Haare, ovales Gesicht, das ein Dreitagebart zierte, braune Augen, sportliches Aussehen – insgesamt kam sein Erscheinungsbild Ronni sehr nahe. Die Größe ließ sich schwer einschätzen, sollte nach meinem Dafürhalten aber auch passen.

„Hallo“, erwiderte der junge Mann freundlich und blickte zu mir hoch.

„Darf ich mich zu Ihnen setzen? Das ist der einzige freie Platz hier draußen und wenn Sie meine Bitte ablehnen, muss ich weiter gehen und verdurste womöglich unterwegs.“

Eine so lange Einleitungsrede hatte ich bei meinen bisherigen Versuchen noch nicht gehalten.

„Selbstverständlich können Sie Platz nehmen. Bei einer so hübschen Frau wie Ihnen, könnte ich mir eine Ablehnung nicht verzeihen“, antwortete er und lächelte mich aufmunternd an.

Seine weißen Zähne blitzten dabei in der Sonne.

Das war heute die freundlichste Antwort, die mir ein Mann gegeben hatte. Ich wartete förmlich darauf, dass er aufsprang und mir den Stuhl zurechtrücken würde.

Er blieb jedoch sitzen, was mir äußerst lieb war. Denn wenn wir bereits zu Beginn eines möglichen Gespräches in gesellschaftlichen Konventionen erstarren würden, wäre das für ein unverfängliches Gespräch kein guter Start.

Ich setzte mich, nahm meine Sonnenbrille ab und lächelte ihn dankbar an.

„Ist die Latte Macchiato gut? Zumindest sieht sie gut aus."

„Ja, ja, die können Sie hier unbedenklich bestellen", antwortete er mit dem gleichen unaufdringlichen Lächeln wie vorhin.

Ich winkte dem jungen Kellner, einem Spanier mit schwarzer, langer Lockenfrisur, und bestellte mir eine „Latte".

Als er das Getränk brachte, rührte ich es kurz um und prostete meinem Tischnachbar zu, obschon das mit einem Kaffeegetränk durchaus nicht üblich ist.

„Dann bin ich mal gespannt, wie meine Empfehlung bei ihnen ankommt", sagte er und schaute mich erwartungsvoll an, wie ich das Glas an meine Lippen setzte.

„Zumindest sehr heiß. Aber ich denke, der Geschmack ist in Ordnung."

„Nur in Ordnung? Hier bekommen Sie die beste Latte Macchiato auf der Insel."

„Sie wohnen hier? Müssen Sie nicht arbeiten?", fragte er sofort hinterher.

Er lächelte jetzt nicht mehr, vielmehr schaute er mich interessiert, fast schon neugierig mit seinen braunen Augen an. Ich hielt seinem Blick stand und überlegte einen Augenblick, wie alt er wohl war. Vielleicht doch schon siebenundzwanzig oder sogar achtundzwanzig. Er war auf jeden Fall keiner dieser jungen Studenten, die gerade mit dem Studium angefangen haben. Er wirkte wesentlich älter, reifer. Vielleicht ein Spätberufener.

„Ja, nein, nein", antwortete ich und fügte ebenfalls sofort hinzu:

„Ja, diese Latte Macchiato ist die Beste, die ich bisher getrunken habe. Nein, ich wohne nicht hier. Und nochmals nein. Ich lebe in Deutschland und bin nur auf Urlaub auf Mallorca.“

„Und Sie sind Student?“, schloss ich direkt die Frage an.

„Ja. Wir können uns auch gerne in Deutsch unterhalten. Ich studiere Germanistik und Geschichte. Mein Vater ist in Deutschland geboren und hat lange dort gelebt. Daher sind bei mir gewisse Vorkenntnisse vorhanden“, sagte er jetzt in deutscher Sprache, wobei ein spanischer Akzent nicht zu leugnen war.

„Und wieso sind Sie so allein hier auf Mallorca? Eine Frau wie Sie muss doch einen Mann oder Freund haben?“, fragte er und ich bemerkte, wie ein besonderes Interesse an meiner Antwort in seinen Augen aufblitzte.

Sein Blick wanderte unauffällig zu meiner linken und dann zu meiner rechten Hand, um zu prüfen, ob ich einen Ehering trug. Ich hatte den Ring heute Morgen abgenommen. Wenn er die helle Stelle an meinem Ringfinger bemerkt hatte, dann ließ er sich das nicht anmerken.

„Ach, das ist eine lange Geschichte“, antwortete ich und versuchte ein ziemlich unglückliches Gesicht zu machen.

Ich kramte in meiner Tasche, als wenn ich etwas suchte. Ich benötigte Zeit zum überlegen.

Er wollte mehr von mir wissen. Hatte er angebissen? Jetzt ging es darum, ihm eine glaubwürdige Geschichte aufzutischen, um ihn später zu überreden, besser noch zu überzeugen, anstelle von Ronni mit mir nach Deutschland zu fliegen.

„Ich mag lange Geschichten und ich habe Zeit. Wenn Sie ebenfalls Zeit haben, bestelle ich uns einen dieser fantastischen Orangengetränke aus frisch gepressten Orangen.“

„Okay, und Sie wollen wirklich etwas über mein Leben erfahren? Dabei kenne ich noch nicht einmal Ihren Namen."

„Natürlich, Sie sind eine interessante Frau. Wie könnte ich dazu Nein sagen. Ich heiße übrigens Diego Alvarez."

Er winkte dem Kellner und bestellte zwei Orangensaftgetränke.

„Isabelle Kern. Wollen wir uns nicht duzen? Das mit dem „Sie" wirkt so steif und förmlich", schlug ich vor, um mögliche Barrieren abzubauen.

Der Kellner brachte in dem Moment gerade die beiden Getränke. Diego hob sein Getränk und bedeutete mir, dass ich auch meins erheben sollte. Wir stießen an und tranken einen Schluck. Der Orangensaft schmeckte tatsächlich fantastisch.

Er war inzwischen aufgestanden und kam um den Tisch herum auf mich zu. Ich hatte mich ebenfalls erhoben. Er umfasste gefühlvoll meine Schultern, Küsschen rechts, Küsschen links. Das war es. Nichts Aufdringliches, nichts Anstößiges, alles ganz normal.

„So, wie war das jetzt mit der langen Geschichte aus deinem Leben?", griff er den Faden auf, als wir uns wieder gesetzt hatten.

Also erzählte ich ihm eine Geschichte, die mir spontan einfiel. Teils Wahrheit, teils erfunden, aber so interessant, dass er sie gerne hören mochte und am Ende vielleicht aus Mitgefühl, aus Sympathie oder aus Neugierde auf meinen Vorschlag eingehen würde.

Ich erzählte ihm, dass Ronni und ich erst in diesem Jahr geheiratet hatten. Ich erzählte ihm, dass er mich mit seiner Kollegin betrogen hatte. Ich erzählte ihm, dass diese Kollegin umgebracht wurde und er danach noch immer von ihr geträumt hatte und beim Sex ihren Namen genannt hatte. Ich erzählte ihm, dass er mir danach gestanden hatte, was er für sie empfunden hatte und dass diese Urlaubsreise für ihn ein Neuanfang sein sollte. Und nur für ihn, nicht für mich, denn ich wollte Rache. Soweit die wahre Geschichte.

„Das ist ja fürchterlich. Und du konntest noch mit diesem Mann in Urlaub fahren?“

Diego schüttelte ungläubig den Kopf.

„Das Schlimmste kommt noch“, fuhr ich fort.

Jetzt war meine Fantasie gefordert und es hieß alles oder nichts.

„Hast du eine Zigarette für mich?“

„Du rauchst? Ich rauche nicht. Ich habe keine Zigarette. Soll ich dir eine Packung besorgen?“, fragte er mitfühlend.

„Nein, ich rauche an sich auch nicht. Ich dachte nur, jetzt ... Ach, Unsinn, ich brauche keine Zigarette.“

Ich suchte in meiner Tasche nach einem Taschentuch. „Hast du vielleicht ein Papiertaschentuch?“

Ich wusste, Männer haben fast immer Mitleid mit Frauen, die gerührt sind. Er holte aus seiner Hosentasche ein angebrochenes Paket heraus und reichte es mir. Ich nahm mir ein Taschentuch und putzte mir die Nase. Danach setzte ich mir die Sonnenbrille auf. Er dachte bestimmt, ich wollte eventuelle Tränen verdecken. Ich wollte vermeiden, dass er mir bei meiner Lügengeschichte in die Augen sah.

„Was gab es denn noch Schlimmeres, als das, was er dir bereits angetan hatte?“, fragte Diego und seine Neugierde schrie mich fast an.

„Bereits nach wenigen Tagen bemerkte ich, dass das mit dem Neuanfang nur Schall und Rauch war. Wenn ich abends müde war und ins Bett wollte, blieb er unter irgendeinem Vorwand noch an der Bar.“

„Sag bloß, er hat mit einer anderen ...?“

„Genau, er hat sich an eine andere Frau herangemacht, während ich im Bett lag und auf ihn wartete.“

Geschafft. Hoffentlich war das nicht zu platt und zu dick aufgetragen, dachte ich.

„Das lässt du dir doch sicher nicht gefallen. Ich glaube, wir müssen deinem Mann einmal einen Denkzettel verpassen.“

Diese Antwort gefiel mit außerordentlich gut. Besonders das „wir“ gab mir Hoffnung, dass mein Plan gelingen könnte.

„Du hast Recht. Als ich ihn zur Rede gestellt habe, sagte er mir ganz lapidar, dass er nicht mit mir zurückfliegen wolle. Er würde noch einige Tage auf Mallorca bleiben. Ich bin darauf hin aus dem Hotel ausgezogen und habe mit eine andere Unterkunft besorgt. Nun ist leider morgen mein Abflugtag. Schade, dass ich dich erst heute kennen gelernt habe.“

„Ja, das ist wirklich schade. Und daran lässt sich nichts ändern?“, frage Diego und ich hatte das Gefühl, dass er es ernst meinte und dass er das mit dem Denkzettel tatsächlich gerne mit mir zusammen durchgezogen hätte.

„Ich hätte so eine Idee, was wir machen könnten, um ihm einen Denkzettel zu verpassen. Vorausgesetzt, du hast ein paar Tage Zeit“, warf ich den Köder aus, den er tatsächlich schluckte.

„Na klar. Es beginnen bald die Semesterferien und es ist zurzeit sowieso nichts los auf der Uni. Was hast du vor?“, fragte er spontan und ich konnte erneut seine Neugierde fast mit den Händen greifen.

Ich sagte ihm, dass ich Ronnis Personalausweis und sein Flugticket hätte. Natürlich verschwieg ich, dass diese Unterlagen in seinem Rucksack gewesen waren, den er vor dem Absturz am Wegrand abgestellt hatte.

„Soll er doch schauen, wie er ohne Ausweis und Ticket zurück nach Deutschland kommt. Zumindest wäre das mit erheblichen Umständen und Kosten verbunden. Vorübergehenden Ausweis beantragen, neues Flugticket besorgen und einen Flug zu bekommen, wäre bestimmt auch nicht so einfach."

Dann machte ich beiläufig den Vorschlag, dass er, Diego, mit dem Ticket nach Deutschland mitfliegen könnte und sich dort ein paar schöne Tage machen sollte.

„Das geht doch nicht. Wie soll ich mit meinem Namen mit dem Flugticket deines Mannes fliegen? Und dann die Passkontrollen."

Er lachte und schüttelte den Kopf, als wenn ich einen guten Scherz gemacht hätte.

„Du fliegst natürlich als Ronni Kern. Ich habe doch den Ausweis meines Mannes und eine gewisse Ähnlichkeit mit ihm besteht auch. Niemand würde den Tausch bei dem Trubel am Flughafen bemerken."

Diego sagte zuerst einmal nichts. Er schaute mich nur ungläubig an.

Ich redete weiter und gab ihm noch einmal die Aussicht auf einige schöne Tage in Deutschland an denen ich auch Zeit hätte und ihm Köln und vielleicht auch noch andere interessante Sachen zeigen könnte. Dabei sah ich ihn an und lächelte verführerisch.

Nebenbei ließ ich durchblicken, dass ich keine finanziellen Sorgen hätte und ihm das Ticket zurück nach Palma zahlen würde und er zusätzlich einen Geldbetrag erwarten könne.

„Wenn du aber möchtest, kannst du natürlich auch am nächsten Tag zurückfliegen."

Aus dem Klang meiner Stimme musste er erkennen, dass diese Option nur rein theoretisch sein sollte.

„Ich würde mich jedenfalls sehr freuen. Ich hätte während des Flugs jemand Vertrautes neben mir, der mir bei meiner schrecklichen Flugangst zur Seite stehen würde. Aber nicht nur deswegen ..."

Ich hatte meine Sonnenbrille inzwischen abgesetzt und schaute ihm jetzt direkt in die Augen. Das war mein letzter Trumpf. Entweder er stach oder das ganze Gerede war vergebens gewesen.

Er erwiderte meinen Blick lange. Ich spürte, wie seine Gedanken sich überschlugen.

„Okay, ich fliege mit. Eine Bedingung habe ich. Du besorgst mir noch vor der Abreise das Rückreiseticket. Für ein paar Tage Urlaub in Deutschland benötige ich mindestens 500 Euro. Ich bin Student und ich muss sichergehen, dass ich ohne großen finanziellen Aufwand zurück nach Mallorca komme. Verstehe mich recht, das hat nichts mit Misstrauen dir gegenüber zu tun."

„Kein Problem. Ich danke dir von Herzen."

Ich sprang spontan auf und umarmte ihn und gab ihm einen Kuss auf die Wange. 500 Euro waren natürlich ein Batzen Geld, aber ich hatte fast damit gerechnet. Mir war natürlich klar, dass er mir nicht traute. Wie sollte er auch, schließlich hatten wir uns gerade erst kennen gelernt. Er wollte einen schnellen Euro machen. Ich war damit einverstanden, da mir praktisch auch keine andere Wahl blieb.

„Du bist nicht enttäuscht über meine Forderung und darüber, dass ich gerne sofort das Rückflugticket hätte?"

Er schien eine kurze Gefühlsregung in meinem Mienenspiel gesehen zu haben, aus der er geschlossen hatte, dass ich etwas enttäuscht über sein fehlendes Vertrauen war.

„Nein, wirklich nicht. Ich kann das verstehen. Das Ticket und die Hälfte des Betrags bekommst du vor Abflug, den Rest, wenn wir in Deutschland sind."

Zur Bekräftigung meines Versprechens legte ich meine Hand fest auf seinen Unterarm. Als er mich anlächelte, wusste ich dass ich gewonnen hatte. Mein Plan hatte funktioniert, zwar zu einem hohen Preis und obschon ich anfangs solche Bedenken gehabt hatte.

Wir besprachen noch, wann und wo wir uns am Flughafen treffen würden und unter einem Vorwand verabschiedete ich mich von ihm.

Meine Anspannung hatte sich gelegt und ich bemerkte erst jetzt, was für ein attraktiver Mann Diego war. Dass er mich zum Abschied kurz auf den Mund küsste, war mir unter diesen Umständen gar nicht unangenehm. Ich freute mich bereits auf den nächsten Tag und den gemeinsamen Flug nach Köln.

7

Frank Eisenstein fand keine Ruhe. Er überlegte, ob und gegebenenfalls wann er versuchen sollte, Ronni anzurufen. Die gesamte Zeit des Abendessens war er sehr schweigsam. Susanne bemühte sich zwar immer wieder, ein Gespräch mit ihm zu führen, aber jeder ihrer Vorstöße scheiterte an seinen knappen Antworten. Am Ende sah sie ein, dass es sinnlos war.

„Wozu bis morgen warten. Du kannst Ronni auch jetzt hier von zu Hause anrufen. Vielleicht hast du Glück und er geht ans Telefon."

„Vielleicht ist abends sogar die bessere Zeit, ihn zu erreichen. Wenn ich ihn jetzt nicht erreiche, habe ich morgen immer noch den ganzen Tag Zeit, es zu versuchen", stimmte Frank erleichtert zu.

Er nahm sein Smartphone und drückte die Kurzwahl mit Ronnis Nummer. Sofort kam die Ansage: „Der gewünschte Gesprächspartner ist zur Zeit nicht erreichbar."

„Verdammt", entfuhr es Eisenstein.

Ronnis Smartphone war nicht eingeschaltet. Oder vielleicht war auch nur der Akku leer. In beiden Fällen war das äußerst ungewöhnlich. Ronni hatte sein Smartphone immer eingeschaltet und er achtete pedantisch darauf, dass sein Akku nicht leer war.

Bevor er zu Bett ging, drückte er nochmals Ronnis Schnellwähltaste. Aber auch dieser Versuch brachte keinen Erfolg.

Am nächsten Morgen, noch vor dem Frühstück, versuchte Frank erneut Ronni telefonisch zu erreichen. Wieder erfolglos.

Wo war Ronni? Wieso war sein Smartphone ausgeschaltet? Frank Eisenstein machte sich um seinen Freund ernsthaft Sorgen.

Im Präsidium war ebenfalls keine Nachricht von Ronni eingegangen.

„Ich muss etwas unternehmen. Ronni verschwindet nicht so einfach spurlos. Auch nicht nach einem Streit mit Isabelle. ‚Ronni ist weg, er hat mich verlassen.' Verhältnismäßig emotionslos war das über Isabelles Lippen gekommen. Ich bin sicher, da ist mehr, als mir Isabelle erzählt hat", überlegte er laut.

Eisenstein ging im Büro auf und ab. Sybille beobachtete ihren Chef und hörte ihm zu, ohne einen Kommentar abzugeben. Sie stimmte ihm zu. Das war nicht Ronni, wie sie beide ihn kannten.

„Hat er dir gesagt, welches Hotel sie auf Mallorca gebucht hatten? Ich habe noch nicht mal eine Ahnung, in welchem Ort sie gewohnt haben", fragte er seine Sekretärin.

„Er hat mir gesagt, dass sie nach Port de Sóller wollten. Aber welches Hotel? Keine Ahnung. Wieso willst du das wissen?", fragte Sybille.

„Nur so. Ich werde Isabelles Kolleginnen aufsuchen. Vielleicht können die weiterhelfen. Außerdem werde ich meiner Bank einen Besuch abstatten. Ronni hat dort ebenfalls ein Konto. Mal sehen, was ich dort erfahre."

Sybille kannte Frank Eisenstein lange genug. Ihr war klar, Frank konnte nicht im Büro herumsitzen und abwarten. Er musste tätig werden.

„Dann bis später", schaffte sie gerade noch zu sagen, bevor die Tür hinter Frank ins Schloss fiel.

*

Frank betrat die Bankfiliale und schaute sich um. Er konnte den Filialleiter nirgendwo entdecken. Er ging zu der jungen Dame am Auskunftsschalter.

„Mein Name ist Frank Eisenstein. Ich hätte gerne Herrn Richter gesprochen", sagte er und zeigte der Dame seinen Dienstausweis.

„Ich sage Herrn Richter Bescheid. Einen Augenblick bitte", sagte die Dame und setzte dabei ein verbindliches Lächeln auf.

Sie ließ Eisenstein am Tresen stehen und verschwand durch eine Glastür an der rückseitigen Wand, die ebenfalls in der gesamten Länge aus Glas bestand.

Es dauerte noch nicht einmal eine halbe Minute, bis die Dame zurückkam.

„Herr Richter erwartet Sie."

Axel Richter stand auch bereits in der Glastür zu seinem Büro und winkte Frank zu sich. Die beiden Männer kannten sich schon seit Jahren. Genau genommen seitdem Ronni nach Bonn versetzt wurde. Er und Axel Richter waren Schulfreunde und Frank hatte Axel durch Ronni kennengelernt. Dass die beiden Kommissare im Laufe der Zeit ihre Bankgeschäfte über diese Bank abwickelten, verstand sich von selbst.

„Hallo Frank, ich freue mich, dich zu sehen. Du warst lange nicht mehr hier."

Axel und Frank schüttelten sich herzlich die Hände.

„Du weiß doch, ich habe nie Zeit und meine geringen Bankgeschäfte tätige ich online", entgegnete Frank.

Axel führte seinen Gast in sein Büro und bot ihm einen Platz in einem der beiden schwarzen Ledersessel in der kleinen Besucherecke an. Er nahm in dem anderen Sessel Platz.

„Darf ich dir etwas anbieten, einen Kaffee, einen Saft oder nur ein Mineralwasser?"

„Nein, danke. Ich habe vorhin im Büro bereits einen Kaffee getrunken. Das wird mir zu viel. Mein Herz. Außerdem möchte ich deine Zeit nicht zu sehr in Anspruch nehmen."

„Apropos Herz. Wie geht es deiner Herzdame Susanne? Ihr seid doch noch zusammen?", erkundigte sich Axel vorsichtig, da ihm bekannt war, dass Frank einige gescheiterte Beziehungen hinter sich hatte.

„Ja natürlich. Ihr geht es gut. Und seitdem ich nach meiner kurzen Auszeit wieder im Dienst bin, geht es uns noch besser", lachte Frank.

„Stimmt, du hattest einige Zeit unbezahlten Urlaub oder Vorruhestand genommen. Ronni hat mir das berichtet. Daran siehst du, wie lange wir uns nicht mehr gesehen haben. Es wird Zeit, dass wir uns wieder mal auf ein Bier treffen."

„Das empfinde ich ebenso. Ich rufe dich demnächst an und wir vereinbaren einen Termin. Versprochen!"

„Was kann ich für dich tun?", fragte Axel direkt, denn ihm war klar, dass Frank nicht ohne Grund so unvermittelt bei ihm aufgetaucht war.

„Ronni ist weg! Spurlos verschwunden!", polterte Frank los.

„Was heißt weg? Was ist mit Isabelle, sie wird doch wissen, wo er ist. Oder ist sie auch weg?“

„Nein. In der Ehe gibt es wohl Probleme. Beide waren auf Mallorca in Urlaub. So als Neuanfang, du verstehst?

Danach scheint es richtig geknallt zu haben. Er ist wohl ausgezogen, er hat sie verlassen. So hat es mir zumindest Isabelle gesagt. Sie scheint keine Ahnung zu haben, wo er sich jetzt aufhält.“

„Ist er denn nicht zum Dienst erschienen, oder hat er sich nicht bei dir gemeldet?“

Axel war fassungslos.

„Nein, weder das eine noch das andere.“

„Das ist doch nicht unser Freund Ronni. So würde er sich doch freiwillig nie verhalten.“

„Genau das ist der Punkt. Ich mache mir echt Sorgen. Hoffentlich ist nichts mit ihm passiert“, sprach Frank erstmals seine Befürchtungen aus.

„Du meinst, er hat sich womöglich etwas angetan?“

Axel sprang auf und drehte eine Runde in seinem Büro.

„Nein, das würde er nicht tun. Niemals“, sagte er und ließ sich wieder in den Sessel fallen.

„Deshalb bin ich hier. Kannst du auf dem kurzen Dienstweg feststellen, ob und wann Ronni etwas von seinem Konto abgehoben hat, oder ob er mit seiner EC-Karte gezahlt hat?“

Eisenstein war klar, dass er von Axel etwas Illegales verlangte. Aber schließlich war Ronni ihr gemeinsamer Freund und auch ihm musste daran gelegen sein, Ronni aufzufinden. Einen Gerichtsbeschluss zu beantragen, dauerte Frank viel zu lange.

Axel war aufgestanden und hatte die Besucherecke verlassen. Er setzte sich an seinen Schreibtisch. Dort bearbeitete er intensiv bereits die Tasten seines PCs. Keiner sagte mehr ein Wort. Nur das mechanische Klicken der Tasten war zu hören.

Die Angespanntheit der beiden Freunde war fast greifbar.

Nach wenigen Minuten brach Axel das Schweigen. Seine Worte hallten im Raum und Eisenstein zuckte unwillkürlich zusammen.

„Da ist nichts! Keine Abhebung, keine Zahlung mit seiner EC-Karte. Nichts."

Eisenstein hatte es befürchtet. Trotzdem musste er schlucken. Wut flammte in ihm auf oder war es Enttäuschung? Er gab jedoch keinen Kommentar ab, da Axel weiterhin auf den Bildschirm seines PCs starrte.

„Da ist lediglich eine Abhebung mit der EC-Karte von Isabelle."

„Wann war das?", fragte Frank.

„Am 26. September. Es wurden tausend Euro in Spanien abgehoben."

„Das müsste am Tag vor ihrer Rückreise gewesen sein", überlegte Frank laut.

„Mehr kann ich dir nicht sagen."

Axel lehnte sich in seinem Schreibtischsessel zurück und schaute Frank ratlos an.

„Ich danke dir, Axel. Du hast mir sehr geholfen. Das bleibt selbstverständlich unter uns. Ich finde, das sind keine positiven Erkenntnisse."

„Nachdem was du mir erzählt hast, finde ich das auch."

„Ich werde sehen, wie ich weiter komme. Noch eine Bitte habe ich. Wenn sich neue Erkenntnisse ergeben oder Kontenbewegungen stattfinden, die mir vielleicht weiterhelfen könnten, rufst du mich bitte an?"

„Na, klar."

Sowohl Frank als auch Axel hatten sich erhoben. Beide wirkten nicht glücklich.

„Das wird sich bestimmt alles klären. Mach dir keine Sorgen", versuchte Axel seinen Freund zu beschwichtigen, obschon er wusste, dass das was er sagte, eine leere Phrase war.

„Ich melde mich, sobald ich etwas herausgefunden habe", sagte Frank zum Abschluss.

Eisenstein verließ nachdenklicher die Bank, als er sie betreten hatte. Nun blieb als letzte Option nur noch ein Besuch bei Isabelles Arbeitgeber. Er hoffte, dass er dort von ihrem Chef oder von den Arbeitskolleginnen etwas erfahren würde, das ihn weiterbringen würde. Andernfalls blieb ihm dann nur noch der offizielle Weg über eine Vermisstenanzeige. Die Aussichten daraus waren normalerweise recht gering.

Isabelle war seit mehreren Jahren in einer Anwaltskanzlei in Bonn beschäftigt. Ihr Organisationstalent, ihr Fleiß und ihre Verlässlichkeit und nicht zuletzt ihre Loyalität zum Senior-, als auch zum Junioranwalt war vor zwei Jahren belohnt worden. Sie wurde Bürovorsteherin der Kanzlei.

Zu ihren wichtigsten Aufgaben gehörten unter anderem der Erstkontakt zu neuen Mandanten, die Organisation des Arbeitsablaufs und die Buchhaltung, sowie die Überwachung der Fristen und Termine, womit sie den Anwälten den Rücken frei hielt. Sie war praktisch unentbehrlich. Frank wusste das alles. Er hatte diese Informationen im Laufe der Zeit von Ronni und von ihr selbst erhalten.

Und dieser Frau gewährte man nach drei Wochen Urlaub anschließend auch noch den restlichen Jahresurlaub und gegebenenfalls noch unbezahlten Urlaub. So war zumindest

Isabelles Aussage Frank Eisenstein gegenüber gewesen. Je mehr er darüber nachdachte, desto sonderbarer fand er das.

Er betrat die Kanzlei. Die junge Frau am Empfang hatte keinen Blick für ihn übrig. Sie telefonierte und wühlte in einem Berg von Papieren. Eisenstein wartete geduldig und schaute sich um. Drei Türen gingen von diesem Empfangsraum ab. Gegenüber dem Schreibtisch befand sich ein Fenster, das geschlossen war. Die Luft im Raum wirkte abgestanden.

Aus dem, was sie ins Telefon sagte, schloss er, dass es sich um ein internes Gespräch handelte. Nach einiger Zeit legte sie auf, ohne jedoch den Kopf zu heben. Sie war weiterhin in ihren Papieren vertieft und blätterte Seite um Seite in einer Geschwindigkeit um, dass Eisenstein vermutete, dass sie wahrscheinlich kein Wort auf der umgeblätterten Seite hatte lesen können.

Eisenstein räusperte sich und der Kopf der jungen Frau fuhr sichtlich erschrocken hoch. Frank konnte nicht erkennen, ob die Röte ihrer Wangen bereits vorher vorhanden gewesen war, oder ob sie erst bei seinem Räuspern entstanden war. Er vermutete, dass es sich um eine Auszubildende handelte, die allein einen Job übernehmen musste, dem sie nicht gewachsen war.

„Oh ... warten Sie schon lange hier? Was kann ich für Sie tun?“, fragte sie verlegen.

„Ich hätte gerne Ihren Chef gesprochen. Ich bin Kriminalhauptkommissar und mein Name ist Frank Eisenstein.“

Zur Unterstützung seiner Worte zeigte er ihr seinen Dienstausweis.

„Welchen der beiden Anwälte hätten Sie denn gerne gesprochen? Den Senior oder den Junior? Wobei der Senior heute nicht im Büro ist.“

„Dann ergibt sich die Antwort auf Ihre Frage von selbst. Den Junior natürlich“, antwortete Eisenstein.

„Ich melde Sie kurz an. Einen Augenblick bitte. Darf ich Ihren Dienstausweis mitnehmen?“

„Nein, das dürfen Sie nicht. Ich gebe Ihnen aber gerne meine Visitenkarte.“

Eisenstein, der das Verhalten der jungen Frau für eine Rechtsanwaltskanzlei nicht würdig fand, reichte ihr seine Visitenkarte. Sie verschwand durch die Tür neben ihrem Schreibtisch.

Eisenstein hätte sich jetzt die Unterlagen, die die Frau vorher durchgeblättert hatte, unbehelligt ansehen können. Er schüttelte nur den Kopf. Datenschutz, ein oft strapaziertes Wort. Aber in dieser Kanzlei, zumindest bei der Empfangsdame, schien das Wort unbekannt zu sein.

Die junge Frau kam zurück und hielt ihm die Tür offen, durch die sie vorhin verschwunden war.

„Herr Dabinghaus erwartet Sie.“

Eisenstein betrat das Büro. Der Junioranwalt erhob sich aus einem wuchtigen Ledersessel hinter einem noch wuchtigeren Schreibtisch und kam ihm mit ausgestreckter Hand lächelnd entgegen.

„Guten Tag, Herr Kommissar. Ein seltener Fall, dass die Kriminalpolizei bei mir im Büro erscheint. Was kann ich für Sie tun?“

Eisenstein gab dem Anwalt die Hand, der sie so kräftig drückte, dass es Eisenstein schmerzte. Er kannte das. Vielfach wollten seine Gesprächspartner durch einen übermäßig starken Händedruck ihre Unsicherheit der Polizei gegenüber verbergen. Aber wieso sollte der Anwalt ihm gegenüber unsicher sein?

„Nehmen Sie bitte Platz.“

Herr Dabinghaus wies auf einen nicht gar so wuchtigen Stuhl gegenüber von seinem Schreibtisch. Er selbst nahm wieder hinter dem Schreibtisch Platz und legte die gefalteten Hände demonstrativ auf die Schreibtischplatte, die von keinem Blatt Papier oder von einer Akte verunstaltet wurde.

Eisenstein war überzeugt, dass er alle Unterlagen vom Schreibtisch in eine Schublade verstaut hatte, als er seine Visitenkarte gelesen hatte. Aber wieso eigentlich? Er hatte doch nichts zu verbergen. Oder wollte er durch einen leeren Schreibtisch einen makellosen Eindruck hinterlassen?

„Herr Dabinghaus, wie Sie wissen, ist Ihre Bürovorsteherin Isabelle Kern die Ehefrau meines Mitarbeiters Ronni Kern."

„Ja, natürlich."

Dabinghaus nickte mehrmals kräftig.

„Eine tolle Mitarbeiterin. Immer fleißig und zuverlässig. Sie hat hier alles im Griff und ist die gute Seele der Kanzlei", unterstrich er mit Worten sein vorheriges, kräftiges Kopfnicken.

„Wie sie Ihnen sicherlich gesagt hat, hat ihr Mann sie verlassen. Sie haben ihr freundlicherweise den restlichen Jahresurlaub gewährt und danach eventuell sogar unbezahlten Urlaub in Aussicht gestellt. So zumindest hat es mir Isabelle berichtet."

„Ja, das stimmt. Sie hat so etwas mit ihrem Mann angedeutet", versuchte Dabinghaus auszuweichen.

„Angedeutet? Und Sie verzichten sofort für längere Zeit auf Ihre beste Mitarbeiterin und gute Seele der Kanzlei?", fragte Frank etwas lauter im Tonfall.

Er hatte Mühe sich zu beherrschen.

„Na ja, sie sagte, dass ihr Mann sie verlassen hat und sie noch nicht einmal wüsste, wo er sich jetzt aufhält. Sie war völlig durch den Wind. Ich kann mir vorstellen, wie sie sich fühlt und dass sie zurzeit nicht in der Lage ist, ihre Arbeit aufzunehmen. Ich habe ihr den gewünschten Urlaub gegeben. Man ist ja nicht nur Arbeitgeber, man ist ja auch Mensch. Aber mehr hat sie nicht gesagt und ich habe seitdem auch noch nicht wieder mit ihr gesprochen."

Die Hände von Rolf Dabinghaus lagen nicht mehr ruhig auf dem Schreibtisch. Er hatte sie auf die Lehne seines Sessels gelegt und malträtierte unablässig das schwarze Leder. Er schien nervös zu sein.

„Herr Kommissar, darf ich Sie fragen, was Sie für ein Interesse an der Sache haben?", fragte der Anwalt scheinheilig.

„Was ich für ein Interesse an der Sache habe? Ronni Kern, Isabelles Mann, ist mein Mitarbeiter, der bisher weder zum Dienst erschienen ist, noch sich telefonisch gemeldet hat. Außerdem bin ich Trauzeuge von Isabelle und Ronni. Sind das nicht Gründe genug?"

Eisenstein wartete keine Antwort ab. Stattdessen fragte er weiter.

„Isabelle und Herr Kern waren, wie Sie sicherlich wissen, in der ersten Woche ihres Urlaubs auf Mallorca. Hat sich Isabelle oder Ronni aus Mallorca oder danach bei Ihnen gemeldet und haben Sie vielleicht eine Ahnung, wo sich Ronni aufhalten könnte?"

Dabinghaus überlegte kurz.

„Isabelle war nur einmal, im Anschluss an ihren Mallorca-Aufenthalt hier im Büro. Das war, nachdem ihr Mann sie verlassen hatte. Wir mussten besprechen, wie es weiter gehen sollte. Würde sie wieder arbeiten wollen und falls ja, ab wann? Dann haben wir das mit dem Urlaub abgesprochen. Außerdem waren da noch Fragen aus der täglichen Arbeit, die sich in der Zwischenzeit ergeben hatten und die es zu klären galt."

Er machte eine kurze Pause, als wenn er erneut überlegen müsste.

„Keine Ahnung, wo Herr Kern sich aufhalten könnte. Wo geht ein Mann hin, wenn er seine Frau verlässt? Zuerst wohnt er wahrscheinlich in einem Hotel oder in einer Pension, bis er später in eine eigene Wohnung zieht. Aber wir hatten nur selten Kontakt. Ich kann das wirklich nicht beurteilen. Außer dem, was Isabelle erzählt hat, weiß ich recht wenig über Herrn Kern."

„Aus Spanien hat sich Isabelle nicht bei Ihnen gemeldet?"

„Wieso sollte Sie? Ich kann es aber nicht mit Sicherheit sagen, denn ich war zu der Zeit selbst einige Tage nicht im Büro."

„Gut. Das war es von meiner Seite. Ach, noch etwas. Dürfte ich vielleicht Ihre Mitarbeiterinnen fragen, ob die etwas von Isabelles Mann gehört haben oder etwas über seinen Aufenthalt wissen?"

„Selbstverständlich, Herr Eisenstein. Kommen Sie bitte mit. Ich stelle Sie meinen Mitarbeiterinnen vor."

Mit einem tiefen Ausatmen erhob er sich aus seinem Sessel und ging vorweg. Eisenstein folgte ihm durch eine Tür in ein angrenzendes Großraumbüro. Er hatte den Eindruck, der Anwalt war erleichtert, dass das Gespräch beendet war.

Das Gespräch mit den Mitarbeiterinnen brachte keine neuen Erkenntnisse. Lediglich eine Kollegin wusste zu berichten, dass Isabelle und Ronni ein Hotel in Port de Sóller oberhalb vom Hafen gebucht hatten. Den Namen des Hotels konnte sie nicht nennen. Bei keiner der Kolleginnen hatte sich Isabelle seit ihrem Urlaubsantritt gemeldet. Dass sie ihren Chef besucht hatte, hatte niemand mitbekommen. Lediglich die junge Frau vom Empfang, die Eisenstein als Auszubildende im zweiten Ausbildungsjahr vorgestellt worden war, ließ sich ihren Unmut darüber anmerken, dass Isabelle sich bisher nicht gemeldet hatte.

„Das kann ich gar nicht verstehen, dass Frau Kern sich nicht aus dem Urlaub gemeldet hat. Sie ruft sonst immer an, auch wenn Sie nur ein paar Tage nicht da ist“, sagte sie.

Frank entging nicht der strafende Blick einer Kollegin. Wie der Chef reagierte, konnte er nicht sehen, da dieser hinter ihm stand. Zu weiteren Äußerungen konnte Frank die Empfangsdame danach nicht mehr ermutigen.

Frank überlegte: Sollte Isabelle eine dieser Chefsekretärinnen sein, die sich als mächtigste Frau im Unternehmen und als Chefin aller anderen Angestellten sah?

Und hatte sie daher keine Freunde in der Kanzlei?

Nein, das konnte er nicht glauben. Das würde auch im Gegensatz zu der Aussage der jungen Frau stehen, nach der Isabelle immer anrief, wenn sie einige Tage fehlte.

Nachdem was Ronni bisher erzählt hatte und auch Isabelle immer bestätigte, herrschte in der Kanzlei ein gutes Betriebsklima.

Eisenstein verabschiedete sich.

Es war kein guter und schon gar kein erfolgreicher Tag gewesen. Ronni war und blieb unauffindbar.

8

Jeder Mensch träumt nachts im Schlaf. Manchmal betragen die Traumphasen bis zu zwei Stunden.

In den meisten Fällen können wir uns nicht mehr an die Träume erinnern. Wenn wir uns jedoch daran erinnern, können sie für uns interessant sein. Sie helfen uns, mehr über uns selbst zu erfahren.

Manche Träume sind auch rätselhaft, dunkel und geheimnisvoll und machen uns daher Angst. Das sind dann die Albträume, in denen verdrängte oder unverarbeitete Konflikte hervorbrechen. In Traumbildern werden diese emotionalen, inneren Spannungen in Träumen, die nahe an der Realität liegen, dargestellt.

Die Trauminhalte dieser Albträume handeln meistens von erlittenem Betrug, Abweisung, Versagen, Hilflosigkeit oder Tod.

Nachdem wir erwacht sind, leiden wir noch lange unter den negativen Gefühlen dieser Träume. Albträume führen aber auch zu einem positiven Effekt: Wir verarbeiten schrittweise unsere Traumata.

Ich fühle mich als Musterbeispiel in punkto Albträume. Nach Ronnis Geständnis seiner Untreue konnte ich mich oft an meine Träume erinnern. Alle hatten die unterschiedlichsten Arten von Rache zum Inhalt. Oft bestand die Rache darin, dass ich meinerseits Ronni mit irgendeinem Mann ohne Gesicht betrog. Aber auch andere Inhalte, in denen ich körperliche Gewalt gegen Ronni ausübte, kamen vor. Ich erinnere mich noch genau, dass ich ihn in einem Traum mit einer riesigen chinesischen Vase erschlug. Morgens konnte ich mich immer genau an den nächtlichen Traum erinnern und manchmal erschrak ich darüber, wie ich mich selbst darin aufführte. Aber letzten Endes hatte ich ein positives Gefühl und spürte eine innere Genugtuung.

Nach den Ereignissen auf Mallorca änderten sich meine Traumbilder grundlegend. Es handelt sich vom Inhalt her immer um den gleichen Traum. Nur die einzelnen Bilder sind manchmal ausgeprägter und intensiver, manchmal verschwommen und manchmal nur angedeutet.

Immer beginnen die Träume damit, dass Ronni mit einer Frau im Bett liegt. Sie lieben sich und ich stehe am Ende des Bettes und schaue zu, gewissermaßen als unsichtbarer Voyeur, wobei ich keinerlei sexuelle Erregung verspüre. Meine Fäuste sind geballt, dass es schmerzt. Ronni verbirgt sein Gesicht in der Halsbeuge der Frau und stöhnt, so wie nur er stöhnt. Die Frau schaut mich über seine Schulter hinweg an. Nicht lustvoll, sondern triumphierend. Das Gesicht kenne ich nur zu gut. Es ist das Gesicht von Lisa. Ich will weglaufen, kann mich aber nicht bewegen. Ich bin gezwungen, dem Liebesakt bis zum Ende zuzusehen. Dann stößt Lisa Ronni von sich und er liegt blutüberströmt auf dem Rücken neben ihr. Sein Gesicht ist für mich nicht zu erkennen. Aus dem weit aufgerissenen Mund von Lisa dröhnt ein schauerliches Lachen. Das ist dann immer der Auslöser, der mich erwachen lässt.

So war es auch in dieser Nacht. Ich erwachte und fuhr mit einem Ruck hoch. Ich bekam keine Luft mehr und rang nach Atem. Mein Herz hämmerte unter meinem Sleepshirt, bis ich begriff, dass ich wieder einmal geträumt hatte. Wie jedes Mal war ich schweißgebadet. Danach lag ich scheinbar unendlich lange wach, aber gegen alle meine Erwartungen schlief ich tatsächlich wieder ein.

Seitdem ich aufgestanden bin, fühle ich mich aufgewühlt. Immer wieder habe ich die Traumbilder in all ihren Facetten vor Augen. Unter der Dusche, beim Ankleiden und jetzt beim Frühstücken lässt mich der Traum nicht los. Ich kann mich nicht ausschließlich auf das konzentrieren, was ich gerade mache.

Als ich eine Scheibe Brot mit Butter bestreichen will, kommt mir in den Sinn, dass es vielleicht ein Fehler war, was ich getan habe. Ich mache mir Vorwürfe und frage mich, ob das die Strafe für mein Handeln ist. Soll das mein Schicksal sein, mein Leben lang so schreckliche, so schlimme Albträume zu haben, damit ich nicht vergesse, was geschehen ist? Wenn ich nach einem Traum wach im Bett gelegen bin, habe ich anfangs mehrere Male ernsthaft überlegt, noch mal nach Mallorca zu reisen. Ich könnte Ronnis Leiche suchen und zumindest für eine anständige Beerdigung sorgen. Aber manche Entscheidungen im Leben sind nicht einfach. Oft werden sie so lange hinausgeschoben, bis die Entscheidung nicht mehr getroffen werden kann.

Ich zwinge mich in die Realität zurück und dazu meinen Verstand einzuschalten.

Jetzt muss ich doch grinsen, als ich feststelle, dass ich mein Messer ohne Butter hin und her über das Brot bewege.

Ich kenne das von den früheren Tagen nach einem nächtlichen Albtraum. Träume können eine Qual sein.

Alles, was ich mir tagsüber mit positiven Gedanken aufgebaut habe, zerfällt in einer Nacht, in der mich der Albtraum überfällt. Der nächste Tag kann nur normal verlaufen, wenn ich mich immer wieder zwinge, die Grübeleien und Erinnerungen daran auszuschalten und nur positive Gedanken zuzulassen.

Gestern Nachmittag hatte ich die restlichen Kartons ausgeräumt und mir zur Stimmungsauffrischung eine CD meiner Lieblingssängerin Adele angehört. Nachdem ich mir die CD zum dritten Mal angehört hatte, war meine Stimmung zwar sehr gut, aber drei Mal Adele reichte dann auch. Ich schaltete den Radiosender WDR 2 ein. Ich hatte das Bedürfnis, eine menschliche Stimme zu hören und sei es nur ein paar Worte zwischen den Musikbeiträgen oder die Nachrichten.

Gegen Abend stellte sich der Hunger bei mir ein. Ich bestellte mir eine Pizza, auf deren Lieferung ich fast eine dreiviertel Stunde warten musste. Wahrscheinlich liegt das an der Abgeschiedenheit des Heidedorfes, in dem ich jetzt wohne. Daher war es nicht verwunderlich, dass ich sie mit Heißhunger verschlang.

Danach machte ich es mir unter einer Decke auf dem Sofa gemütlich. Ich wollte einen Film streamen und entschied mich für „127 Hours" von Danny Boyle.

In dem Film stürzt der Hauptdarsteller James Franco in einen Canyon und sein Arm wird von einem unbeweglichen Felsen eingeklemmt. Ohne Verbindung zur Außenwelt verbringt er fünf Tage und Nächte in der Schlucht, bevor er sich in mehreren dramatischen Aktionen seinen Arm amputiert und sich befreien kann.

Noch vor dem Ende der Amputationsszene schaltete ich das Gerät aus. Der Film wühlte mich zu sehr auf. Keine Spur von einem gemütlichen Abend.

Ich glaube, der Beginn dieser grauenhafte Szene der Amputation, aber noch viel mehr die Vergleichbarkeit mit Ronnis Absturz auf Mallorca, waren die Auslöser für meinen neuerlichen Albtraum in dieser Nacht gewesen.

Ich habe das Gefühl, in der Wohnung zu ersticken. Der Traum lässt mich nicht los. Ich muss hier raus. Ich muss unter Menschen, damit ich die Erinnerung verdrängen kann.

Ich schaue aus dem Fenster. Es ist immer noch trübes Wetter aber es regnet zumindest nicht. Trotzdem ziehe ich die Regenjacke an und mache mich auf den Weg.

Ich will nach Troisdorf gehen und dort ein wenig durch die Fußgängerzone bummeln. Ich schätze, dass ich in anderthalb Stunden dort sein werde. Vielleicht finde ich in einem Geschäft ein schönes Oberteil für die anstehenden kühleren Tage. Zu Mittag werde ich irgendwo essen gehen und danach mit dem Linienbus nach Hause fahren. Das ist mein Plan für einen ruhigen, stressfreien Tag.

*

Seit meinem letzten Besuch in Troisdorf hat sich die Fußgängerzone verändert. Der Fischerplatz wurde neu gestaltet und präsentiert sich wesentlich ansprechender, als ich ihn in Erinnerung habe. Dagegen ist der obere Teil der Fußgängerzone eine einzige, große Baustelle. Dort werden Kanal- und Pflasterarbeiten durchgeführt.

Ich bin eine ganze Weile entspannt durch die Stadt gebummelt. Von einem Stadttor am Beginn bis zum anderen am Ende der Fußgängerzone. Es handelt sich dabei nicht um mittelalterliche Stadttore, sondern um moderne Edelstahlkonstruktionen mit transparenten, spiegelnden und wasserüberlaufenden Glasflächen, die 1984 aufgestellt wurden. Ich bin der Meinung, gelungene Konstruktionen, die vor allem bei den Kindern wegen des Wassers viel Anklang finden.

Zu meiner Freude habe ich jedenfalls auch etwas Schickes zum Anziehen gefunden und bin unterwegs zu einem Café.

Für ein Mittagessen fehlt mir der richtige Hunger. Ich denke, dass ein Tasse Kaffee und ein belegtes Brötchen reichen.

Ich freue mich, dass ich einen Platz direkt am Fenster bekomme. Ich bestelle und nach wenigen Minuten stellt die Kellnerin den Kaffee und einen Teller mit einem Käsebrötchen vor mir auf den Tisch. Ich nehme einen ersten Bissen und beginne genussvoll zu kauen. Dabei schaue ich aus dem Fenster dem Treiben in der Fußgängerzone zu. Plötzlich höre ich neben mir eine mir bekannte, männliche Stimme.

„Guten Tag, schöne Unbekannte. Heute mal nicht in der Wahner Heide?"

Ich schaue erschrocken hoch. Neben mir steht der Mann, den ich neulich beim Wandern in der Heide getroffen habe. Er scheint meine Überraschung zu bemerken.

„Oh, Entschuldigung. Habe ich Sie schon wieder erschreckt? Hier im Rheinland sagt man: Wenn einem das Gleiche zum zweiten Mal geschieht, ist es ein Ritual. Beim dritten Mal ist es Brauchtum. Ich hoffe, es wird kein Brauchtum, wenn wir uns noch einmal treffen."

„Wie meinen Sie das? Ich war tatsächlich wieder in Gedanken versunken, genau wie bei unserem ersten Treffen in der Heide."

„Damit ich Sie nicht zum dritten Mal unverhofft treffe und erschrecke, darf ich Sie vielleicht zum nächsten Treffen einladen?", dabei lächelt er mich so charmant an, dass ich fast nicht ablehnen kann.

„Mal sehen", sage ich trotzdem und gehe damit auf Distanz.

Als ich es ausgesprochen habe, ärgere ich mich über mich selbst. Wieso habe ich nicht zugestimmt. Ein wenig Abwechslung würde mir guttun.

„Darf ich Ihnen denn Gesellschaft leisten und mich zu Ihnen an den Tisch setzen?"

„Selbstverständlich“, stimme ich zu und freue mich, dass ich meine Ablehnung wieder gutmachen kann.

„Ich störe Sie auch nicht beim Essen? Oder erwarten Sie noch Ihren Mann oder Freund?“

„Aber nein. Wieso sollte ich einen Mann erwarten? Ich könnte doch auch auf meine Freundin warten“, antworte ich etwas schnippisch.

„Bei so einer attraktiven Frau wie Ihnen, erwartet man automatisch, dass sie auf einen Mann wartet“, sagt er und nimmt neben mir auf dem freien Stuhl Platz.

Er legt seine Hände gefaltet vor sich auf den Tisch. Es sind gepflegte Hände, wie ich sofort bemerke. Der Duft, den er verströmt, irritiert mich. Es ist das gleiche Parfum, das Ronni meistens benutzte.

„Ich erwarte niemand und ich freue mich auf ein wenig Unterhaltung. Sie haben doch sicher nichts dagegen, wenn ich weiter mein Brötchen esse? Möchten Sie nichts essen?“

„Essen Sie ruhig weiter. Ich bestelle mir auch ein Brötchen, dann können wir uns gemeinsam kauend unterhalten.“

Er lacht und ich bewundere wieder einmal, wie bei unserer ersten Begegnung, seine strahlend weißen Zähne, die sich von seiner gebräunten Haut extrem abheben.

Er bestellt sich ein Wurstbrötchen und ebenfalls eine Tasse Kaffee.

„Jetzt treffen wir uns bereits zum zweiten Mal rein zufällig und ich glaube, es ist an der Zeit, dass ich mich vorstelle. Mein Name ist Carlos Mendoza.“

Ich habe beinahe erwartet, dass er bei der Namensnennung aus Höflichkeit aufspringen würde. Er bleibt dann doch sitzen und nickt mir lediglich freundlich zu.

Natürlich komme ich nicht umhin, ihm auch meinen Namen zu nennen.

„Isabelle Kern“, sage ich lediglich und beobachte, ob ich eine Regung in seinem Gesicht wahrnehme. Aber da ist nichts. Woher sollte er auch meinen Namen kennen?

„Oh, ein deutscher Name. Ich hätte vermutet, dass Sie im Süden Europas geboren sind.“

„Ihre Vermutung ist richtig. Ich bin in Spanien geboren, lebe aber seit meiner Kindheit in Deutschland.“

„Dann vermute ich, haben Sie einen Deutschen geheiratet.“

„Ja, das stimmt.“

„Aber ich lebe zur Zeit allein“, füge ich schnell hinzu.

„Das tut mir leid.“

Keine Frage, ob ich geschieden bin oder wie lange ich schon allein lebe. Er fragt noch nicht einmal, wo ich in Spanien geboren bin. Ist er nur höflich zurückhaltend oder interessiert es ihn nicht?

„Das muss Ihnen nicht leid tun. Er hat mich betrogen. Kurz vor unserer Hochzeit. Ein paar Monate nach der Hochzeit hat er es mir gestanden. Mit einer Kollegin. Dann haben wir uns fürchterlich gestritten und er ist abgehauen, einfach abgehauen – verstehen Sie?“

„Mhh“, mehr kommt nicht von ihm.

„Wir wollten ja neu anfangen – auf Mallorca – im Urlaub ... Dann kam etwas dazwischen. Als wir wieder in Deutschland waren – der Streit. Und dann war er weg. Und ich habe keine Ahnung wo er ist.“

Ich stammele das so vor mich hin. Ich habe das Gefühl, ich muss ihm das alles sagen, ich muss ihm erklären, wieso ich allein im Café sitze. Zum Glück finde ich rechtzeitig wieder den Weg zur Normalität.

„Mhh."

Mehr sagt er wieder nicht.

Jedoch seine Augen schauen mich die ganze Zeit intensiv an. Keine Regung von mir entgeht ihm. Er scheint meine innere Unausgeglichenheit zu spüren.

Ich reiße mich zusammen. Ich schweige jetzt auch und schaue auf meine Kaffeetasse, die ich mit Daumen und Zeigefinger hin und her bewege.

Es kommt mir wie eine Ewigkeit vor, bis er endlich das Schweigen bricht. Tatsächlich sind aber nur wenige Sekunden vergangen.

„Und Sie wohnen allein in Altenrath? Bei unserem ersten Treffen erwähnten Sie, dass Sie nach Altenrath zurückgehen wollten. Wo wohnen Sie in Altenrath? Hoffentlich nicht direkt am Wald? In dem Dorf, so weit ab von Troisdorf wohnt man sowieso recht einsam und dann womöglich noch am Wald ..."

„Ach, das macht mir nichts", antworte ich jetzt wieder selbstsicher.

Bei meinem nächsten Satz kommt mir viel zu schnell meine Anschrift über die Lippen. Ich kann es nicht mehr rückgängig machen. Aus Ärger schiebe ich mir das letzte, viel zu große Stück vom Brötchen in den Mund.

„Das ist tatsächlich direkt am Wald. Haben Sie denn nachts keine Angst?"

Ich registriere, dass er sich in Altenrath auskennt.

„Wovor sollte ich Angst haben? Es weiß doch niemand, dass ich dort allein wohne", antworte ich mit noch halbvollem Mund.

Verdammt, was rede ich da? Wieso gebe ich dies alles von mir preis? Ich kenne den Mann doch gar nicht. Wer weiß, ob er tatsächlich Carlos Mendoza heißt?

„Doch, ich weiß es jetzt. Wenn ich demnächst einmal nach Altenrath komme, vielleicht bei meiner nächsten Wandertour, weiß ich zumindest, wo ich mir einen Kaffee holen kann."

Sein Lachen ist irgendwie entwaffnend. Dann stopft er sich den Rest des Brötchens in den Mund und kaut mit vollen Backen, wobei mich seine Augen jetzt schelmisch ansehen. Nicht mehr so intensiv, wie vorhin.

Ich kann nicht anders und lächele ebenfalls, obschon ich das mit dem Kaffee reichlich anmaßend finde.

Wir machen noch etwas Konversation über das Wetter, das Café und über die Stadt. Ich habe mich wieder mehr in der Gewalt. Als er auf den Beruf meines Mannes zu sprechen kommen will, habe ich wieder die Sicherheit, nicht darauf einzugehen.

Seine Einladung zu einem zweiten Kaffee lehne ich dankend aber entschieden ab. Ich rufe die Kellnerin, bezahle, obschon er sich anbietet, das gerne zu übernehmen und verabschiede mich von Carlos Mendoza.

Ich gehe zum Busbahnhof und nehme den Linienbus nach Altenrath. Während der Fahrt schaue ich aus dem Fenster und denke über das Treffen mit Carlos Mendoza nach. Ich bin durcheinander. Wieso habe ich unüberlegt so viel von mir erzählt? Und das einem Mann, den ich gerade das zweite Mal unverhofft getroffen habe. Empfinde ich im Unterbewusstsein eine Zuneigung zu diesem Mann? Habe ich sogar Vertrauen zu ihm, das mich dazu veranlasst, manches zu sagen, was ich ansonsten verschwiegen hätte?

Aber war das Treffen tatsächlich so unverhofft, wie es aussah?

Fragen, auf die ich keine Antwort finde.

Spätestens als ich den Schlüssel in das Schloss der Wohnungstür einstecke, wird mir schlagartig klar, dass ich für den Rest des Tages, für die Nacht und wer weiß wie lange noch danach, wieder allein bin. Ich bin mir sicher, dass die Gedanken, die Erinnerungen in meinem Gehirn erneut Rennen veranstalten werden und mich nicht zur Ruhe kommen lassen. Sie werden wieder da sein, die Bilder des Traums von letzter Nacht. Die Bilder, die ich in den letzten Stunden total vergessen habe.

Neue Träume in Bildern, die ich größtenteils kenne, werden mich in der nächsten Nacht heimsuchen, wenn ich nichts dagegen unternehme.

Inzwischen habe ich herausgefunden, dass es eine Medizin gegen diese Traumnächte gibt. Wenn ich vor dem Schlafengehen ein, zwei Gläser Wein trinke, schlafe ich tief und traumlos. Ich habe diese Therapie bereits einige Male ausprobiert. Sie hilft.

Auch heute werde ich vor dem Zubettgehen meinen „Therapiewein" trinken und hoffen, dass er auch dieses Mal seinen Dienst erfüllt.

Aber bis dahin dauert es noch und ich muss mich noch einige Stunden ablenken.

9

Seitdem ich von meinem Troisdorf-Besuch zu Hause bin, laufe ich planlos in der Wohnung umher. Auf der einen Seite bin ich von dem Treffen mit Carlos Mendoza aufgedreht und erregt, auf der anderen Seite frage ich mich, wieso mich dieser Mann so durcheinander bringt.

Und dann ist in meinem Hinterkopf ständig die Frage, weiß er etwas von dem, was auf Mallorca geschehen ist?

Schließlich betreibt er mit seiner Mutter in Biniaraix die kleine Taberna, in der Rolf und ich eingekehrt sind.

Wie er mir beim ersten Treffen gesagt hat, betreibt seine Mutter in Biniaraix eine Taberna, in der er in den Sommermonaten aushilft. Ich bin mir sicher, dass es sich um dieselbe Taberna handelt, in der Rolf und ich seinerzeit eingekehrt sind Die ältere Frau, die uns bediente, war wahrscheinlich seine Mutter.

Zu meiner Beruhigung rede ich mir ein, dass er bestimmt die Polizei benachrichtigt hätte, wenn er etwas wüsste oder gesehen hätte. Oder will er mich mit seinem Wissen erpressen? Aber wieso ist er dann so freundlich und höflich zu mir? Wenn er mich erpressen wollte, hätte er dann nicht längst eine Forderung gestellt?

Es darf nicht sein, dass ich mich ständig mit solchen Fragen oder mit meinen Traumbildern beschäftige. Ich stelle immer mehr fest, dass es mir seit der Rückkehr von Mallorca immer schlechter geht. Eigentlich habe ich keinen Grund dafür. Im Grunde könnte ich gelassener sein. Was geschehen ist, ist geschehen und kann nicht mehr rückgängig gemacht werden. Wenn Rolf seinen Mund halten wird, und das wird er schon aus eigenem Interesse, kann mir nichts geschehen. Niemand wird mich mit Ronnis Verschwinden in Zusammenhang bringen. Früher sind Ronni und ich gerne ausgegangen, zum Essen, in eine Bar oder nur ins Kino. Heute kann ich mich allein zu nichts dergleichen überwinden. Ich habe jeden Tag das Gefühl, darauf zu warten, dass etwas geschieht, dass es zu Ende ist. Ich bin noch nicht an dem Punkt, dass ich sage, dass das Leben sinnlos ist, aber es ist langweilig, extrem langweilig. Ich schaffe nichts, ich denke nur nach. Dabei sehne ich mich nach Menschen, mit denen ich reden kann. Freundinnen oder Freunde habe ich keine. Vielleicht Arbeitskolleginnen, aber so intensiv war dieser Kontakt nicht, als dass ich mich jetzt mit einer Kollegin treffen könnte. Ja, früher zu Duisburger Zeiten, als ich Ronni noch nicht kannte, da hatte ich einen großen Bekanntenkreis. Doch seit ich Ronni kenne, drehte sich alles nur um ihn. Vielleicht wühlen mich deshalb die Treffen mit Carlos so auf, weil ich froh bin, dass ich mit jemandem reden kann. Mein Gott, jetzt nenne ich ihn in meinen Gedanken schon bei seinem Vornamen.

Ich frage mich, wie soll das weitergehen? Seitdem ich in Altenrath wohne, habe ich von Rolf nichts mehr gehört. Das ist auch gut so. Ihn vermisse ich am wenigsten. Und Frank Eisenstein? Ich mag ihn, ohne Zweifel, aber zurzeit ist er bestimmt nicht der richtige Umgang für mich. Er sucht Ronni und falls ich mich auch nur ein wenig versprechen würde, er würde es bemerken. Er ist halt Kommissar und ein gerissener Spürhund. Vielleicht kann ich später, wenn Gras über die Sache gewachsen ist, wieder den Kontakt zu ihm aufleben lassen.

Ich gebe mir einen Ruck, hole einen Eimer mit Wasser und einen Schrubber und beginne die Wohnung zu putzen. Danach noch die Fenster und zum Abschluss sortiere ich die gebrauchte Wäsche und stelle die Waschmaschine an. Das ist produktive Arbeit und lässt die Zeit wie im Flug vergehen.

Es wird langsam dämmrig, als ich mich erschöpft, aber wesentlich glücklicher als vorher, in den Sessel sinken lasse. Nach einer kurzen Verschnaufpause stehe ich nochmals auf und hole mir ein Glas und eine Flasche Rotwein. Meine Medizin gegen Albträume. Ich setze mich in die Sofaecke und lege die Beine ebenfalls aufs Sofa. Nach dem ersten kräftigen Schluck Wein nehme ich mir die Frauenzeitschrift, die ich aus Troisdorf mitgebracht habe und blättere darin.

Jetzt, wo ich wieder zur Ruhe komme, kann ich mich trotzdem nicht auf das Lesen konzentrieren. Ich schalte den Fernseher ein. Es läuft wieder eine dieser unzähligen Quizsendungen. Ich schaue eine Weile zu, ohne jedoch den Sinn zu erfassen. Ich schenke mir etwas Wein nach.

Was mag eigentlich aus meinem Flugbegleiter, Diego Alvarez, geworden sein?, überlege ich. Wahrscheinlich ist er wieder in Palma. Zumindest ist diese Aktion wie geplant verlaufen und ich brauche mir darüber keine Gedanken zu machen.

*

Am Folgetag unseres Treffens in Palma hatten wir uns wie vereinbart zwei Stunden vor dem Abflug im Flughafen getroffen. Diego erwartete mich bereits und hielt in der linken Hand lässig eine Sporttasche. In ihr befand sich wahrscheinlich Kleidung für den Kurztrip nach Deutschland. Er trug eine verwaschene Jeans, Turnschuhe, T-Shirt und eine dunkle Sonnenbrille. Sein braun gebranntes Gesicht zierte, wie am Vortag, ein Dreitagebart. Mit Ronni hatte das alles wenig Ähnlichkeit, aber es würde niemandem auffallen. Lediglich mit seinen schwarzen Haaren, seinem ovales Gesicht und seinen braunen Augen glich er Ronni.

Wir begrüßten uns etwas reserviert, aber freundlich. Ich gab ihm Ronnis Flugticket und seine Geldbörse, in der sich sein Ausweis und Führerschein, sowie die zweihundertfünfzig Euro Anzahlung befanden. Die Geldbörse steckte er kommentarlos in seine Hosentasche. Den Ausweis nahm er vorher heraus und schaute ihn sich genau an. Ich hatte den Eindruck, er versuchte sich alle Angaben genau einzuprägen. Ich fand das in Ordnung, schließlich spielte er meinen Ehemann und bei Fragen zu seiner Person sollte seine Antwort spontan und richtig kommen. Bevor wir zum Einchecken gingen, steckte er den Ausweis wieder in die Geldbörse.

Der Check-in und auch die spätere Kontrolle verliefen unspektakulär. Hierüber verlor er ebenfalls kein Wort. Keine Nervosität, keine Hektik. Es schien für ihn völlig normal zu sein.

Während des beinahe zweieinhalbstündigen Flugs kam ein Gespräch nur schleppend in Gang. Er erzählte mir von seinem Studium, das er recht spät begonnen hatte und von seiner Freundin, die ihn vor einem halben Jahr mit einem seiner Freunde betrogen hatte. Er hatte sich daraufhin verständlicherweise von ihr getrennt. Vielleicht erzählte er mir das auch nur, um seine Solidarität mit mir zu bezeugen. Ich hatte meine Zweifel an der Echtheit der Geschichte. Am Ende interessierte mich seine Beziehung recht wenig. Er hatte nur seine Abmachung mit mir zu erfüllen. Nur das interessierte mich.

Natürlich erkundigte er sich, was ich beruflich machte und wo ich wohnte. Ich sah grundsätzlich keine Veranlassung, ihm das zu verschweigen. So sagte ich ihm, dass ich Bonn in einer Anwaltskanzlei tätig sei. Rolf, meinen Chef, erwähnte ich dabei nicht. Auch meine genaue Anschrift ließ ich unerwähnt. Ich erinnere mich nur noch, dass ich im Eifer des Redeflusses „Troisdorf“ und auch „Altenrath“ nannte.

Irgendwie verlief der Flug nicht so, wie ich mir das gestern noch vorgestellt und auch ein wenig erhofft hatte. Ein attraktiver, junger Mann an meiner Seite, ein anregendes Gespräch, vielleicht auch ein wenig flirten, aber nichts von alledem trat ein. Die Zeit verstrich nicht „wie im Flug“. Das nicht im übertragenen Sinn, sondern wortwörtlich.

Nachdem wir auf dem Flughafen Köln/Bonn gelandet waren, begleitete er mich noch zur Kofferausgabe und wartete, bis ich meinen Koffer erhalten hatte.

Ich gab ihm den Rest der fünfhundert Euro, den er wortlos in seine Hosentasche steckte, ohne ein Wort des Dankes zu verschwenden.

Ich hingegen dankte ihm für seine Begleitung und wünschte ihm noch einige schöne Tage in Deutschland. Ein weiteres Treffen war meinerseits nicht mehr gewünscht und ich war mir sicher, dass das ebenfalls in seinem Sinn war. Reserviert wünschte er mir alles Gute. Ein flüchtiger Kuss auf meine Wange – das war alles.

Ich drehte mich um und wandte mich dem Ausgang zu, als hinter mir seine Stimme erklang:

„Isabelle!“

Ich fuhr herum. Wieso beschlich mich so ein unangenehmes Gefühl?

„Was war eigentlich mit deiner, ach so schrecklichen Flugangst, die du gestern erwähnt hast? Ich habe nichts dergleichen bemerkt."

Verdammt! Das hatte ich völlig vergessen. Na ja, dachte ich, diese kleine Lüge wird wohl nicht so schlimm sein.

Meine überraschte Miene machte einem verbindlichen Lächeln Platz.

„Ich weiß auch nicht. Das lag wohl an Dir", sagte ich gerade noch so laut, dass er es hören konnte.

Dabei schenkte ich ihm mein verführerischstes Lächeln, drehte mich um und ging mit ruhigem, gleichmäßigem Schritt zum Ausgang.

*

Wenn ich aus dem Fenster schaue, sehe ich, dass es jetzt draußen dunkel ist. Ich habe das Gefühl, dass sich die Nacht hier am Waldrand früher ausbreitet, als anderswo. Ich bin müde. Die Wanderung nach Troisdorf, der Stadtbummel und danach die Hausarbeit haben mich über die Maßen körperlich beansprucht.

Ich schenke mir zum wiederholten Mal Wein nach – immer mit dem Gedanken, dass der Wein meine Albträume vertreiben wird. Im Fernsehen läuft noch diese Quizsendung. Ein Kandidat muss Fragen im Wettstreit mit mehreren Prominenten beantworten. Der Moderator ist anscheinend genauso begeistert vom Wissen des Kandidaten, wie das Publikum, das bei jeder richtigen Antwort frenetisch Beifall klatscht.

Mir hingegen werden die Augen müde und ich muss gähnen. Noch einen letzten Schluck Wein und dann ins Bett, denke ich. Ich freue mich, dass wieder ein Tag vorüber ist und mir wahrscheinlich eine traumlose Nacht bevorsteht. Ich schalte das Fernsehgerät aus.

Als ich mich erhebe, registriere ich, dass ich etwas benommen bin und halte mich vorgebeugt an der Sofalehne fest. Dabei fällt mein Blick auf das gegenüberliegende Fenster.

In der rechten Ecke des Fensters sehe ich ein Gesicht. Ganz deutlich – das Gesicht eines Mannes.

Vor Schreck falle ich in die Polster zurück.

Als ich wieder hochschaue, ist das Gesicht verschwunden. War das eine Halluzination, die durch den Weinkonsum hervorgerufen wurde oder war das real?

Ich sitze wie versteinert auf dem Sofa. Die Müdigkeit von vorhin ist wie weggeblasen.

Da ich keine Gardinen am Fenster habe, sondern lediglich einige, wenige Pflanzen, hatte ich einen uneingeschränkten Blick. Das Gesicht kam mir bekannt vor, ich kann es aber wegen der Kürze des Augenblicks in dem ich es gesehen habe, im Nachhinein niemandem zuordnen.

Viel wichtiger erscheint mir die Frage, was bezweckt derjenige damit, indem er in mein Wohnzimmer schaut? War das vielleicht nur ein Jugendlicher oder mehrere Jugendliche, die sich einen Spaß machen wollten. Oder läuft hier im Ort ein Spanner umher, der Frauen in ihrer Intimsphäre beobachtet?

Während ich darüber nachdenke, ist mein Blick unablässig auf das Fenster gerichtet. Das Gesicht taucht nicht mehr auf. Ich könnte hinausgehen und nachschauen, ob jemand in der Nähe ist. Diesen Gedanken verwerfe ich sofort wieder. Das wäre viel zu gefährlich. Stattdessen stehe ich auf und gehe zur Türe, um zu prüfen, ob sie richtig abgeschlossen ist. Die Tür ist wie immer abgeschlossen und die Sicherheitskette ist vorgelegt. Der Schlüssel steckt noch im Schließzylinder. Ich bin beruhigt und gehe zurück ins Wohnzimmer.

An Schlaf ist jetzt nicht mehr zu denken. Ich bin aufgedreht, aber auch ängstlich.

Soll ich die Polizei anrufen? Sie könnte nach dem Rechten sehen und die nähere Umgebung nach verdächtigen Personen absuchen.

Ich schenke mir noch einen Schluck Wein ein. Dieses Mal nicht, um die Albträume zu vertreiben, sondern zur Beruhigung.

Als ich das Glas zum Mund führe, klingelt es an der Tür.

Ich fahre erschrocken zusammen. Ich schaffe es gerade noch, das Glas, ohne den Wein zu verschütten, auf dem Tisch abzustellen. Ich bleibe wie versteinert sitzen.

Wer kann das sein? So spät am Abend! Was soll ich tun?

Ich bin mir sicher, dass es sich um dieselbe Person handelt, deren Gesicht ich vorhin am Fenster gesehen habe.

Erneut klingelt es, länger und damit drängender. Ich zucke wiederum zusammen.

Trotz meiner Angst siegt die Neugierde. Ich stehe auf und gehe langsam zur Tür.

„Wer ist da?“, frage ich, wobei ich ein Zittern der Stimme nicht vermeiden kann.

Ich erhalte keine Antwort. Stattdessen klopft es heftig an der Tür.

„Wer ist da?“, frage ich nochmals. Dieses Mal mit festerer Stimme.

Ein Teil der Angst ist dem aufkommendem Ärger gewichen.

„Mach schon auf! Ich bin es!“

Ich kenne die Stimme, kann sie aber nicht zuordnen. Ich bin anscheinend zu aufgeregt – aber auch zu neugierig.

Wie ferngesteuert drehe ich vorsichtig den Schlüssel um und drücke die Türklinke nieder. Die Sicherheitskette lasse ich vorgelegt.

Langsam ziehe ich die Tür auf, die sich wegen der Kette nur einen Spalt öffnen lässt. Ich blinzle um die Tür durch den offenen Spalt hinaus.

„Mein Gott, was machst du denn hier? Dich hätte ich nicht erwartet."

10

Frank Eisenstein stürmte ins Büro und schmiss sich auf seinen Schreibtischstuhl, die Beine ausgestreckt, den Oberkörper nach hinten gebogen.

„Da stimmt einiges nicht! Keiner sagt die volle Wahrheit! Alle lügen mich an! Ich fliege nach Mallorca!"

Er hatte die Sätze ohne Luft zu holen herausposaunt und musste jetzt innehalten und tief durchatmen. Sybille Baum, seine Sekretärin, nutzte den Augenblick.

„Ganz ruhig, Chef. Atme noch einmal tief durch und berichte mir in aller Ruhe, was los ist, wer dich belügt und wieso du nach Mallorca fliegen möchtest."

Sybille war hinter ihrem Schreibtisch aufgestanden und setzte sich Frank gegenüber an dessen Schreibtisch.

Frank beruhigte sich tatsächlich und richtete sich auf.

Er berichtete Sybille, dass er von Axel Richter, seinem Freund bei der Bank, erfahren hatte, dass Ronni in letzter Zeit kein Geld abgehoben hatte und auch nicht mit der EC-Karte gezahlt hatte.

„Dagegen hat Isabelle tausend Euro einen Tag vor der Rückreise aus Spanien mit ihrer EC-Karte abgehoben. Jetzt frage ich dich, wieso hebt sie so viel Geld ab? Hotel, Flug, alles war bezahlt. Und dann einen Tag vor der Abreise. Das macht doch keinen Sinn. Kein normaler Mensch macht das."

Frank begann, sich erneut aufzuregen. Nervös spielte er mit seinem Kugelschreiber. Sybille sagte nichts. Sie kannte ihren Chef lange genug, um zu wissen, dass jetzt jeder Einwand unangebracht war.

„Und dann ihr Chef, der Junior der Kanzlei! Ein mir unsympathischer Typ, aalglatt, der keine verbindliche Aussage machte. Rolf Dabinghaus heißt er. Ich hatte bisher in all den Jahren noch keine Gelegenheit, ihn kennenzulernen. Von sich aus sagte er gar nichts. Er bestätigte nur das, was ich bereits wusste und ihm vorher erzählt habe. Keine weitere brauchbare Information. Dabei spielte er die Rolle des fürsorglichen Chefs, der volles Verständnis für seine Mitarbeiterin hat."

„Vielleicht ist er tatsächlich so fürsorglich", wandte Sybille nun doch ein.

„Na klar. Aus rein sozialen Gründen gibt er seiner besten Mitarbeiterin, die unersetzbar zu sein scheint, den vollen Resturlaub mit der Möglichkeit auf anschließende unbezahlte Freistellung. Der spielt mir doch etwas vor."

Eisenstein hatte eine Meinung, von der er nicht bereit war abzuweichen.

„Zuerst werde ich jetzt zu den Kollegen hinuntergehen und eine Vermisstenanzeige aufgeben."

„Ist das denn jetzt schon möglich?", fragte Sybille.

„Ja, natürlich. Nur im Fernsehen muss man 24 Stunden und noch länger warten. Wahrscheinlich werden die Kollegen umgehend eine Fahndung einleiten."

„Aber Isabelle hat dir doch gesagt, dass Ronni zwei Koffer gepackt hat und gegangen ist. Dann kann man doch nicht sofort von ‚Vermissen' sprechen", entgegnete Sybille skeptisch.

„Da Ronni sich nicht mehr in seinem gewohnten Umfeld aufhält, sein Aufenthalt der Ehefrau und dem Arbeitgeber unbekannt ist und er vielleicht sogar in Gefahr ist, denke ich, dass die Kollegen eine Fahndung einleiten werden."

Eisenstein stand auf und ging zur Tür.

„Ach, Sybille, noch etwas. Such mir bitte die Telefonnummern aller Hotels in Port de Sóller heraus, die oberhalb vom Hafen liegen. Eine Mitarbeiterin in der Anwaltskanzlei hat mir gesagt, dass Ronni und Isabelle dort ein Hotel gebucht hatten. Und dann ruf bitte die Fluggesellschaften an und versuche herauszubekommen, welchen Rückflug die beiden genommen haben. Zeit, Flugnummer, Sitzplatznummer, du kennst das ja. "

Nachdem Frank das Büro verlassen hatte, begann Sybille sofort mit der Suche.

Im Internet fand sie schnell eine Seite mit den Hotels in Port de Sóller. Alle Hotels waren abgebildet. Das erste Hotel, das sie auswählte, lag oberhalb vom Hafen, von wo man einen fantastischen Blick auf die Bucht von Port de Sóller hatte.

Sie wusste, dass Frank mehr von ihr erwartete, als nur eine Liste mit den möglichen Hotels. Sie sollte in Erfahrung bringen, in welchem Hotel Ronni und Isabelle gewohnt hatten.

Sie meldete sich bei der Dame an der Rezeption mit „Kriminalpolizei Bonn" und empfand nach diesen ersten Worten, dass ihr die Dame erhöhte Aufmerksamkeit schenkte.

Sybille gab ihr die erforderlichen Daten und wartete, während die Dame in ihrem Computer suchte.

Welch ein Zufall. Dieser erste Anruf war bereits erfolgreich. Die Dame hatte Ronni und Isabelle in ihrem Computer gefunden. Die beiden hatten das Hotel gebucht und dort gewohnt.

Sybille stellte keine weiteren Fragen. Sie wollte Frank nicht vorgreifen und kündigte daher den Anruf ihres Chefs an. Dann legte sie auf.

Als Nächstes begann sie, die Fluggesellschaften anzurufen. Dabei hatte sie nicht beim ersten Anruf Glück. Aber bereits der zweite Anruf brachte ihr den erhofften Erfolg. Es dauerte einige Zeit, schließlich erhielt sie aber alle gewünschten Informationen.

Kurz darauf erschien Eisenstein wieder im Büro. Er hatte die Vermisstenanzeige gestellt. Er berichtete Sybille, dass die Kollegen sehr bestürzt über das Verschwinden ihres Kollegen waren und versprachen, alles Mögliche zu unternehmen, um ihn zu finden. Viel Hoffnung hätten sie ihm aber nicht gemacht, sagte er enttäuscht.

Anschließend informierte Sybille ihn, was sie herausgefunden hatte.

„Ronni und Isabelle flogen am 27.9. zurück nach Köln. Hier habe ich dir Abflug- und Ankunftszeit, Flug- und Sitzplatznummer aufgeschrieben. Sie hatten einen Mittelplatz und einen Gangplatz gebucht. Jetzt zum Hotel."

Sie nannte ihm Namen und Anschrift des Hotels, in dem Ronni und Isabelle gewohnt hatten.

„Die Frau an der Rezeption war sehr zuvorkommend. Ich habe deinen Anruf angekündigt."

Eisenstein war wieder einmal von seiner Sekretärin überrascht und beeindruckt.

„Danke Sybille. Das hast du wirklich gut und schnell erledigt", lobte Eisenstein seine Mitarbeiterin und wählte dann sofort die Nummer des Hotels.

Die Dame an der Rezeption war tatsächlich sehr zuvorkommend und sprach ein mittelmäßiges Deutsch. Sie konnte sich an das deutsche Ehepaar Kern erinnern. Frau Kern sprach immer spanisch mit ihr und war sehr nett, berichtete sie. Auch das Trinkgeld, das sie ihr beim Auschecken gab, war sehr ansprechend, so drückte sie sich aus.

„War Herr Kern beim Auschecken auch dabei?“, fragte Eisenstein nach.

„Nein, wahrscheinlich war er bereits in den Bus für den Flughafentransfer eingestiegen, der vor dem Hotel wartete“, entgegnete die Dame.

„Also gesehen haben Sie Herrn Kern nicht?“, wollte Eisenstein genau wissen.

„Nein, gesehen habe ich ihn nicht. Wenn ein Teil der Gäste abreist, ist hier immer so viel los, dass ich nicht darauf geachtet habe“, sagte sie fast als Entschuldigung.

Eisenstein bedankte sich und beendete das Gespräch.

„War doch alles ganz normal“, sagte Sybille, die das Gespräch mitgehört hatte.

„Ja, grundsätzlich schon.“

Bei Eisenstein zeichneten sich Falten auf der Stirn ab. Ein sicheres Zeichen, dass für ihn nicht alles ganz normal war.

11

„Lass mich rein! Oder willst du, dass man mich vor deiner Haustür sieht?“

Ich schließe die Tür, um die Sicherheitskette zu entfernen und lasse Diego Alvarez herein.

„Ich dachte, du bist längst wieder auf Mallorca!“, sage ich ziemlich fassungslos.

Diego geht zielstrebig zu einem der beiden Sessel und lässt sich in die Polster fallen. Ich folge ihm und setze mich in die Sofaecke ihm gegenüber.

„Du sagtest doch, ich solle mir ein paar schöne Tage in Deutschland machen. Das habe ich auch getan.“

Er lächelt unverschämt und ich rieche seine Alkoholfahne. Es ist nicht mehr der galante, freundliche Diego, den ich in Palma kennengelernt habe. Seine Haare sind nicht mehr gut sortiert, sondern die Spitzen stehen nach allen Seiten ab. Die Frisur wirkt struppig. Aus dem gepflegten Dreitagebart ist mindestens ein Fünftagebart geworden.

„Und was willst du jetzt von mir?“, frage ich naiv, obschon mir klar ist, worauf das Ganze hinausläuft.

„Ich brauche Geld. Ich möchte noch einige Zeit in Deutschland bleiben und dieses schöne Land erkunden. Ich dachte mir, dass du mich dabei unterstützen wirst“, sagt er und die Worte triefen vor Sarkasmus.

So wie er auftritt und aussieht, habe ich mir das bereits gedacht.

„Und mit was für einem Betrag, denkst du, soll ich dich unterstützen?“, frage ich ebenso sarkastisch.

„Nicht so eilig. Willst du deinem Gast nicht zuerst etwas anbieten? Vielleicht ein kühles Bier?“

Bier habe ich natürlich keines im Haus.

„Tut mir leid, Bier gib es bei mir nicht. Ich kann dir einen Kaffee oder einen Wein anbieten, wenn es denn Alkohol sein muss“, sage ich widerwillig.

„Wein ist auch gut. Ich stelle fest, du hast Stil. Hoffentlich hast du auch Stil, wenn es um meine finanzielle Zuwendung geht.“

Sein Spott ekelt mich an.

Ich gehe in die Küche und hole eine Flasche Rotwein, zwei Gläser und den Korkenzieher. Er nimmt mir die Flasche und den Korkenzieher sofort aus der Hand, entkorkt die Flasche und schenkt Wein in die beiden Gläser.

„Salud“, prostet er mir zu und nimmt einen großen Schluck.

Ich erwidere nichts und nippe nur kurz am Glas.

„Also noch einmal. Wie viel verlangst du?“, frage ich ungeduldig.

Ich will das zu Ende bringen. Ich will, dass er geht.

„Zwanzigtausend!“

Ich schlucke herunter, was wütend über meine Lippen will. Er schaut mich nicht an, sondern schaut über mich gegen die Wand. Aber dort gibt es nichts zu sehen. Sie ist kahl.

Ich atme lang und dramatisch aus.

„Du spinnst“, bringe ich lediglich heraus.

„Nein, ich spinne nicht. Das ist der Preis für mein Schweigen.“

Von Sarkasmus ist jetzt in seinen Worten nichts mehr zu spüren. Er hat sich das vorher ausgedacht und stellt jetzt seine Forderung. Eiskalt.

„Wieso soll ich für dein Schweigen etwas bezahlen? Was gibt es, was du weißt und was du verschweigen könntest? Und wem gegenüber willst du etwas verschweigen? Ich glaube du hast zu viel getrunken. Verschwinde, und wir vergessen die Angelegenheit. Andernfalls rufe ich die Polizei. Erpresser sind in Deutschland nicht gut gelitten."

Ein Gegenangriff ist immer die beste Verteidigung, denke ich mir. Isabelle sei selbstsicher, dieser Kerl kann dir nicht das Wasser reichen, rede ich mir ein.

„Dass ich mit leeren Händen verschwinde, das hättest du wohl gerne. Das kann ich verstehen."

Er lacht aus vollem Hals. In aller Ruhe schenkt er sich Wein nach und trinkt genüsslich.

„Aber das würde dir schlecht bekommen, wenn ich verschwinde und dann kurz bei der Polizei vorbeischaue. Ich glaube, sowohl die spanische, als auch die deutsche Polizei würden sich für unseren gemeinsamen Flug sehr interessieren. Ich habe mich informiert. Dein Mann ist sogar selbst Polizist – welch ein Zufall. Was wohl seine Kollegen sagen werden, wenn sie erfahren, dass ich an seiner Stelle und mit seinem Ausweis und Flugticket seine Frau nach Deutschland begleitet habe? Ich kann mir vorstellen, dass insbesondere sein Kollege Eisenstein ganz wild darauf ist, die Geschichte zu erfahren."

Wahrscheinlich hat er im Internet recherchiert und einen Zeitungsbericht gefunden, in dem Ronni und Frank als Kommissare genannt werden, überlege ich.

Diego hat seinen Blick von der Wand abgewandt und schaut mich provozierend an. Er grinst dieses Grinsen, das Überlegenheit ausstrahlen soll.

Um Zeit zu gewinnen und meine Gedanken zu ordnen, nehme ich mein Glas und trinke langsam etwas Wein.

Inzwischen hämmert mein Herz wie wild. Ich habe einen Fehler begangen. Ich hätte einen anderen Mann suchen sollen. Aber das ist jetzt nicht mehr zu ändern. Wie es aussieht, blufft er nicht. Er hat natürlich Recht. Frank würde sofort auf seine Story anspringen. Als er mich besuchte, war er schon so seltsam, als wenn er mir nicht glaubte, dass Ronni mich einfach verlassen hatte. Zwanzigtausend Euro könnte ich notfalls zusammenbekommen, wenn ich all unsere Ersparnisse zusammenziehe. Bevor ich ihm das Geld gebe, muss ich mit Rolf reden. Schließlich ist er auch beteiligt und es war immerhin seine Idee.

„Oder soll ich dreißigtausend sagen? Je länger du überlegst, desto teurer wird mein Schweigen. Wo ist eigentlich dein Mann? Mit Sicherheit ist er noch auf Mallorca, das weißt du doch bestimmt?“

Er sagt das so provozierend, dass ich Mühe habe, ruhig sitzen zu bleiben.

„Dass er auf Mallorca eine andere Frau hat, ist doch genauso ein Märchen, wie deine Flugangst“, fügt er hinzu und gibt mir das Gefühl, dass er mich durchschaut hat.

Er weiß etwas, da bin ich mir jetzt ganz sicher. Ich muss ihn davon abhalten, zur Polizei zu gehen und das geht nur, wenn ich auf seine Forderung eingehe. Das ärgert mich ungemein. Innerlich schäume ich vor Wut.

„Okay, du hast gewonnen. Du kannst dir sicherlich vorstellen, dass ich nicht so viel Geld hier habe. Ich benötige ein paar Tage.“

„Morgen haben die Banken geöffnet, dann kannst du das Geld besorgen. Morgen Abend ist Zahltag.“

„Aber ich möchte nicht, dass du mich noch mal hier aufsuchst. Wir vereinbaren einen anderen Ort zur Geldübergabe. Was hältst du vom Fischerplatz in der Fußgängerzone von Troisdorf, dort wo der nackte Mann aus Bronze steht?"

„Auf keinen Fall. Viel zu belebt und von überall einzusehen", er springt auf und mit einer eindeutigen Handbewegung schmettert er den Vorschlag ab.

„Dann vielleicht ein Parkplatz. Wenn du von Troisdorf kommst, gibt es nach einigen hundert Metern rechts und links der Altenrather Straße einen Parkplatz am Rand der Heide. Sagen wir übermorgen achtzehn Uhr? Früher kann ich das Geld nicht besorgen. Einverstanden?"

Ich hatte die beiden Parkplätze gesehen, als ich nach Troisdorf gewandert war und es fällt mir spontan kein anderer Ort ein. Und direkt morgen ist mir zu früh. Ich muss nachdenken, mit Rolf reden und das Geld besorgen. Ich benötige einfach Zeit, je mehr, desto besser.

„Einverstanden, meinetwegen übermorgen. Ich bin doch kein Unmensch. Die Parkplätze werde ich finden. Wir treffen uns auf dem linken Parkplatz. Aber nicht achtzehn Uhr, sondern zweiundzwanzig Uhr. Dann wird dort bestimmt kein Mensch mehr sein. Und du kommst allein. Andernfalls ist unser Deal geplatzt. Was das für dich bedeutet, muss ich nicht nochmals erwähnen. Und jetzt sind es dreißigtausend. Klar?"

Ich spüre formlich, wie seine Genugtuung die Luft in meinem Wohnzimmer schwängert.

„Du bist ein Schwein. Du hattest zwanzigtausend gesagt."

„Das war, bevor du lange überlegt hast und einen Tag Aufschub wolltest. Jetzt sind es dreißigtausend. Denk daran, wenn du weiter überlegst oder mit mir handeln willst, wird es noch teurer."

„Okay, okay. Einverstanden."

In diesem Augenblick ist mir klar, dass seine Erpressung nie aufhören wird. Er wird mich melken wollen wie eine Kuh. Ich will nur noch, dass er geht. Ich muss unbedingt mit Rolf sprechen. Er muss mir helfen. Bis übermorgen Abend wird uns bestimmt etwas einfallen, was wir unternehmen können.

Mein Wunsch geht in Erfüllung. Diego steht wirklich auf und geht zur Tür.

„Schöne Frau, wir sehen uns in zwei Tagen. Ich freue mich bereits."

Sein Spott ist wieder da. Ich muss mich zusammenreißen, um ihn nicht meine Hand ins Gesicht zu schlagen.

Als er die Wohnung verlassen hat, schließe ich die Tür, lege die Sicherheitskette vor und lasse mich mit dem Rücken gegen die Tür fallen.

So wie die Anspannung nachlässt, so fließen die Tränen über meine Wangen. Ich schluchze hemmungslos.

Ich schleiche zum Sofa und kauere mich in eine Ecke.

Wie konnte ich nur so einfältig sein und annehmen, dass er nur meinetwegen mit nach Deutschland fliegen wollte. Nur weil mein Mann mich betrügt und ich Flugangst habe. Es war nicht so, dass ich ihn geködert hatte mitzufliegen – er hatte sich ködern lassen. Er ahnte wahrscheinlich sofort, dass etwas nicht stimmte und versuchte, seinen Vorteil daraus zu ziehen. Er brauchte nur noch einige Recherchen in Deutschland durchzuführen und der Nährboden für eine lukrative Erpressung war angelegt.

Nachdem ich ein Päckchen Papiertaschentücher verbraucht habe, lassen die Tränen nach und ich beruhige mich etwas.

Ich nehme mein Telefon und rufe Rolf an.

Es dauert lange bis er sich meldet. Im Hintergrund höre ich Gekicher. Bestimmt hat er Frauenbesuch.

„Du?“, ist die Antwort, nachdem ich meinen Namen genannt habe.

„Ist dir nicht klar, wie spät es ist?“, hält er mir vor Augen, als wenn ich das nicht selbst weiß.

„Entschuldigung, wenn ich dich störe. Ich habe mir die Zeit leider auch nicht ausgesucht. Es ist etwas passiert. Wir müssen reden.“

„Doch nicht jetzt. Hat das nicht bis morgen Zeit?“

„Nein, hat es ganz bestimmt nicht. Schick‘ dein Liebchen nach Hause und hör mir zu.“

Vermutlich hält er die Sprechmuschel zu, denn ich höre nur undeutlich, wie er etwas sagt.

„So, dann schieß los.“

Ich glaube, er hat tatsächlich die Frau nach Hause oder ins Bad geschickt, denn es ist jetzt ruhig im Hintergrund.

Ich erzähle ihm, dass Diego mich besucht hat und wie das Gespräch verlaufen ist. Er unterbricht mich kein einziges Mal.

„Ein schöner Mist ist das“, sagt er am Ende meines Berichts.

„Kannst du jetzt herkommen, damit wir überlegen, was wir machen können?“

„Nein, jetzt nicht. Ich muss nachdenken. Heute können wir eh nichts mehr unternehmen. Der Kerl ist weg und wir haben immerhin zwei Tage Zeit. Ich komme morgen so gegen zehn Uhr zu dir. Bis dahin ist mir bestimmt etwas eingefallen und wir haben noch viel Zeit bis übermorgen zweiundzwanzig Uhr.“

„Okay, ich warte auf dich. Bis morgen.“

„Bis morgen. Schlaf gut.“

Ich knalle das Telefon auf den Tisch. Diese Bemerkung hätte er sich sparen können. Als wenn ich ins Bett gehen und friedlich schlafen könnte. Bestimmt war sein Liebchen nur für die

Zeit des Telefonats im Bad und er vergnügt sich jetzt weiter mit ihr, während ich hier herumsitze und meinen Geist anstrenge und Überlegungen anstelle, welche Möglichkeiten wir haben.

So lange und so angestrengt ich auch überlege, es fällt mir keine Lösung ein. Vielleicht bin ich im Augenblick nur zu verkrampft, um effektiv nachzudenken. Meine einzige Hoffnung scheint Rolf zu sein. Wie schrecklich. Wieder einmal bin ich auf eine Idee von ihm angewiesen.

Irgendwann schrecke ich hoch. Ich muss auf dem Sofa eingeschlafen sein. Das Licht in der Wohnung brennt natürlich noch. Draußen ist es stockfinster. Ich schaue auf die Uhr. Drei Uhr zehn. Mein Nacken schmerzt. Ich ziehe es vor, für den Rest der Nacht mein Bett aufzusuchen.

Doch ich bin jetzt wach. Ich wälze mich von einer Seite auf die andere. Meine Gedanken lassen mich nicht zur Ruhe kommen. Erst gegen Morgen verbündet sich mein Körper mit meinem Geist und ich schlafe ein.

12

Verschlafen öffne ich die Augen. Ein anhaltendes Geräusch hat mich geweckt. Ich stütze mich auf meine Unterarme und schaue zum Fenster hin. Ich hatte die Vorhänge nicht zugezogen, als ich in der Nacht vom Sofa ins Bett gewechselt bin. Der Regen prasselt gegen die Fensterscheibe. Es scheint zwar schon heller Tag zu sein, aber richtig hell ist es nicht. Ich schaue auf die Uhr und schrecke zusammen. Es ist kurz vor neun Uhr. Dann habe ich doch einige Stunden geschlafen. Als ich mich hinsetze, spüre ich, wie mein Nacken noch immer schmerzt. Ich bin verspannt von der unbequemen Stellung auf dem Sofa, wo ich gestern Abend eingeschlafen war.

Ich muss Gas geben, denn um zehn Uhr wird Rolf kommen. Ich gehe ins Bad und stelle mich unter die heiße Dusche. Das weckt meine Lebensgeister. Dann kleide ich mich an und gehe ins Wohnzimmer. Die Weinflasche und die Gläser stehen noch auf dem Tisch und auf dem Sofa liegen die von mir benutzten Papiertaschentücher. Ich räume schnell auf und gehe in die Küche, um mir mein Frühstück zu machen. Es ist kein Käse und keine Wurst mehr im Kühlschrank, aber auch kein Brot mehr im Schrank.

Als ich überlege, ob ich zum Bäcker zu Fuß gehen soll oder wegen des Regens doch besser mit dem Auto fahre, klingelt es an der Tür. Auf dem Weg dorthin schaue ich auf die Uhr. Neun Uhr dreißig. Das wird sicherlich Rolf sein, denke ich.

Es ärgert mich ein wenig, denn das bedeutet, dass ich auf mein Frühstück verzichten kann und mich mit einer Tasse Kaffee begnügen muss.

Ich öffne die Tür und bleibe mit halb geöffnetem Mund wie angewurzelt stehen.

„Guten Morgen, Isabelle. Wie ich sehe, bist du überrascht. Du hast wohl nicht mit mir gerechnet“, sagt Frank Eisenstein und lächelt mich wie immer charmant an, als wäre ich der Sonnenschein, obschon es in Strömen regnet.

Frank hat keinen Schirm und die Tropfen rinnen ihm von den Haaren aus über das Gesicht. Es scheint ihm nichts auszumachen.

„Morgen, Frank. Nein, das habe ich wirklich nicht“, entgegne ich sichtlich überrascht.

Ich bleibe gegen den Türrahmen gelehnt stehen und versperre unbeabsichtigt den Weg in meine Wohnung.

„Darf ich reinkommen oder komme ich ungelegen?“, fragt Frank noch immer lächelnd.

„Ja, natürlich. Komm rein und trockne erst einmal deine Haare.“

Erst jetzt werde ich mir des vollen Umfangs der Situation bewusst. Ich kann Frank unmöglich nicht hereinbitten. Einerseits ist er nass, wie ein begossener Pudel, andererseits kommt in Kürze Rolf. Es wäre nicht gut, wenn beide sich bei mir begegnen. Was soll ich Frank für einen Grund nennen, weswegen mich mein Chef besucht?

Ich gehe vor zum Wohnzimmer. Die Tür ist offen und ich bitte Frank hineinzugehen. Ich hole ihm schnell ein Handtuch, damit er sich abtrocknen kann.

„Hübsch hast du es hier.“

Frank bleibt mitten im Zimmer stehen und schaut sich demonstrativ um. Dabei trocknet er sich die Haare.

„Naja, ich bin zufrieden. Es erinnert mich wenigstens nicht so viel an Ronni, wie in der alten Wohnung."

„Hast du die alte Wohnung denn noch, oder wird die jetzt anderweitig vermietet?"

„Ja, natürlich habe ich die noch. Das hier ist nur eine Übergangslösung. Falls Ronni doch wieder zurückkommt und zwischen uns wieder alles gut wird, gebe ich diese Wohnung auf. Das habe ich seinerzeit mit dem Vermieter so abgesprochen."

„Und sollte Ronni nicht mehr zu dir zurückkommen, kündigst du die Wohnung in Bonn", stellt Frank folglich fest.

Ich bestätige das mit einem einfachen „Ja".

„Weswegen bist du gekommen?", frage ich ungeduldig.

Frank scheint meine Ungeduld zu bemerken.

„Erwartest du noch jemand?"

„Nein, nein. Ich habe heute nur länger geschlafen und noch nicht gefrühstückt. Als du geklingelt hast, wollte ich mich gerade anziehen, um Brot und etwas Käse einzukaufen. Ich habe nichts mehr fürs Frühstück in der Wohnung."

„Dann will ich dich nicht lange aufhalten. Ich wollte nur einmal sehen, wo du jetzt wohnst und wie es dir geht. Und ich habe noch ein paar Fragen."

Verstohlen schaue ich zur Uhr. Es ist kurz vor zehn. Rolf wird jeden Augenblick kommen.

„Wie du siehst, geht es mir relativ gut, falls es jemandem in meiner Situation überhaupt gut gehen kann. Was hast du für Fragen?"

Ich bin ungeduldig und nervös. Mach voran, Frank, damit du endlich gehst.

„Hast du etwas von Ronni gehört?“, ist seine erste Frage.

„Nein, nichts. Konntest du etwas in Erfahrung bringen? Du hast doch bestimmt viele Möglichkeiten.“

„Nein, leider auch nicht. Ich habe eine Vermisstenanzeige aufgegeben. Dann wird ziemlich intensiv nach ihm gefahndet. Vielleicht bringt das etwas. Hatte Ronni viel Bargeld bei sich oder mitgenommen? Oder hat er inzwischen Geld vom Konto abgehoben?“

„Ich kann dir nicht sagen, wie viel Geld Ronni bei sich hatte. Das Bargeld, das wir in der Wohnung aufbewahrt hatten, war nicht mehr da, als er weg war. Vermutlich hat er es mitgenommen“, log ich spontan.

„Wie viel war das denn ungefähr?“

„Vielleicht drei oder vierhundert Euro. Auf keinen Fall mehr als fünfhundert Euro.“

„Und hat er etwas vom Konto abgehoben?“

„Auch das kann ich nicht sagen. Ich habe zwar vor einigen Tagen in Troisdorf Geld abgehoben aber leider keinen Auszug gezogen.“

Ich bin richtig stolz auf mich, wie gut mir das Lügen gelingt.

„Du kommst aber allein klar? Wenn ich dir ...“

In dem Moment klingelt es an der Tür.

„Es scheint, als wenn du doch noch mehr Besuch erhältst“, sagt Eisenstein mit einem Lächeln.

„Nein, das kann ich mir nicht vorstellen. Ich erwarte niemanden.“

Ich bin erstaunt, wie selbstverständlich und gelassen die Worte über meine Lippen kommen, obschon ich innerlich vibriere.

Ich stehe auf und lasse Eisenstein im Wohnzimmer allein. Vorsichtshalber ziehe ich die Zimmertür hinter mir zu, denn ich muss Rolf warnen, bevor er Frank begegnet.

Ich öffne die Tür und wie erwartet steht Rolf davor. Bevor er auch nur die erste Silbe herausbekommt, lege ich ihm meinen Zeigefinger auf den Mund und bedeute ihm zu schweigen.

„Frank Eisenstein ist hier", flüstere ich.

„Ich wusste nicht, dass du mich besuchst. Du möchtest wissen, wie es deiner Kollegin geht und ob ich weiter Urlaub benötige", flüstere ich ihm Anweisungen zu.

„Hallo Rolf. Was führt dich denn nach Altenrath?", sage ich laut.

„Ich hatte einen Außentermin in Lohmar und habe mir gedacht, dass ich einmal bei dir vorbeikomme, um zu sehen, wie es dir geht."

Rolf spricht laut. Ich finde, zu laut. Für mich wirkt das fast zu theatralisch, zu gestelzt.

„Schön. Ich freue mich. Komm doch ins Wohnzimmer. Ich habe zwar noch Besuch, aber das macht nichts."

Ich gehe vor. Rolf folgt mir.

„Frank, ich weiß nicht, ob ihr euch bereits kennt. Ich möchte dir meinen Chef Rolf Dabinghaus vorstellen.

„Rolf, das ist Ronnis Chef, Frank Eisenstein."

Frank ist bereits aufgestanden und geht auf Rolf zu. Die Männer schütteln einander die Hand.

„Wir kennen uns bereits", sagt Frank zu mir.

Zu Rolf gewandt sagt er: „Und Sie wollen sehen, wie es Ihrer Mitarbeiterin geht? Das finde ich aber sehr sozial."

„Nun, sie hat es ja zurzeit auch nicht gerade leicht. Ich war gerade in Lohmar und über Altenrath zu fahren ist kein großer

Umweg. Außerdem wollte ich mit ihr den weiteren Urlaub abklären."

„Isabelle, von meiner Seite gibt es nichts mehr zu sagen. Ruf mich an, wenn du Fragen hast oder meine Hilfe benötigst. Aber ich glaube, wenn du Hilfe benötigst, wird dir bestimmt auch dein Chef helfen. Nicht wahr, Herr Dabinghaus?"

Frank setzt ein gefrorenes, geschäftsmäßiges Lächeln auf. Für mich ist seine Anspielung ein klares Zeichen, dass er vermutet, zwischen Rolf und mir ist mehr als nur eine arbeitsmäßige Beziehung.

„Ja, zweifelsohne", antwortet Rolf geflissentlich.

„Noch einen schönen Tag", sagt Frank zum Abschied zu Rolf, ohne ihm die Hand zu geben.

Ich begleite Frank bis zur Türe. Zum Abschied drückt er mich wie immer und gibt mir einen Kuss auf die Wange.

„Pass auf dich auf", flüstert er mir ins Ohr.

Dann geht er. Es hat aufgehört zu regnen. Ich stehe in der geöffneten Tür und bin irritiert. Wieso sagt Frank das?

Gedankenverloren gehe ich zurück ins Wohnzimmer.

„Ich finde, das ist doch gut verlaufen. Der hat nichts gemerkt und hat keine Ahnung."

Rolf ist von seinem Auftritt überzeugt. Seine typische Art. Er hat keine Zweifel, er hinterfragt sich nicht, er begeht keine Fehler.

„Ja, hoffentlich hast du Recht", antworte ich geistesabwesend.

„Klar habe ich Recht. So und jetzt kommen wir zu deinem Problem."

„Stopp! Unser Problem. Das ist nicht nur mein Problem. Das betrifft dich genauso wie mich."

Wieder diese selbstherrliche Art. Die anderen machen Fehler. Die anderen haben ein Problem. Ich hasse ihn deshalb.

„Okay, okay, reg dich nicht auf. Diego war zwar deine Wahl, aber wir können es nicht mehr ändern.“

„Hast du dir etwas überlegt? Oder war dein Liebchen wichtiger?“

Ich kann meine Abneigung und meinen Ärger nicht mehr verbergen.

„Lass das mit dem ‚Liebchen‘. Das geht dich nichts an.“

Ich sehe ein, dass er damit Recht hat. Ich will mich künftig zusammenreißen.

„Wird nicht wieder vorkommen“, gebe ich kleinlaut zu.

„Du weißt genau, dass mir andere Frauen nichts bedeuten. Nur du bedeutest mir etwas“, sagt er und schaut mich dabei gierig an.

Mir dreht sich der Magen um. Nur weil wir an einem Abend miteinander getanzt haben, uns etwas näher gekommen sind und uns geküsst haben, diese verliebten Sprüche. Ich dachte, wir hätten das geklärt und das wäre vorbei. Ich scheine mich geirrt zu haben.

„Mach uns einen Kaffee, danach werde ich dir meinen Plan erklären.“

Er scheint sich wieder gefangen zu haben, denn das ist ausnahmsweise mal eine gute Idee von Rolf. Bisher hatte ich weder Frühstück noch Kaffee, dafür aber genügend Stress.

Rolf folgt mir in die Küche. Als ich den Kaffee zubereite, steht er hinter mir und streichelt mit den Händen meine linke und rechte Schulter.

„Sei locker, alles wird gut. Ich regele das schon.“

Ich warte darauf, dass der Kaffee fertig wird und presse meine Arme gegen meinen Oberkörper. Seine Hände wandern von der Schulter den Oberarm hinab. Dabei streichen seine Finger wie unbeabsichtigt über meinen Busen.

„Hast du gestern Abend nicht genug bekommen? Mir steht danach nicht der Kopf“, sage ich barscher, als ich wollte und trete zwei Schritte zur Seite.

„Du hast es doch nicht vergessen? Mir steht noch eine Belohnung zu. Denk daran.“

Er geht zurück ins Wohnzimmer und ich bin endlich allein.

Ich habe immer mehr das Gefühl, dass ich nichts mehr im Griff habe. Mir scheint alles über den Kopf zu wachsen.

Bei Eisenstein weiß ich nicht woran ich bin. Ahnt er etwas? Was hat er vor?

Diego war ein Fehlgriff, für den ich verantwortlich bin. Wie kommen wir aus dieser Sache raus?

Und dann Rolf. Ein geiler Kerl. Für Sex mit mir würde der alles machen. Wie kann ich ihn mir nur auf Distanz halten? Ich will kein Verhältnis und auch nicht nur Sex mit ihm. Andererseits kann ich es mir nicht leisten, ihn zu verprellen. Ich brauche ihn. Jetzt mehr als früher.

Dann bleibt noch Ronni. Er scheint mir das geringste Problem zu sein. Aber sicher sein, kann ich da auch nicht. Wer weiß, ob nicht doch alles herauskommt?

Der Kaffee ist durchgelaufen und ich gehe mit beiden Tassen ins Wohnzimmer. Rolf sitzt im Sessel, den Kopf weit zurück auf das Polster gelehnt, die Augen geschlossen. Es scheint fast so, als wenn er schläft. Es würde mich nicht wundern.

Als ich die Tassen auf den Tisch stelle, hebt er den Kopf und sieht mich an.

„Ist dir eigentlich klar, dass du eine verdammt hübsche Frau bist und du mich total verrückt machst?“

Er mustert mich von oben bis unten mit einem lüsternen Blick, als wenn er mich in Gedanken ausziehen würde.

Ich drehe mich um und setze mich in den anderen Sessel.

„Ich glaube, wir sollten einen klaren Kopf behalten. Wir haben ein schwieriges Problem zu lösen. Wenn dir deine Hormone zu Kopf steigen, solltest du ins Bad gehen und den Kopf unter die Dusche halten."

„Ich weiß, ich weiß. Aber es ist halt nicht einfach mit dir."

Er trinkt etwas von seinem Kaffee. Ich folge seinem Beispiel. Der Kaffee rinnt wie Feuer durch meine Kehle und breitet eine wohltuende Wärme in mir aus. Ich halte die Tasse weiter in den Händen. Aus Verlegenheit? Soll die Tasse eine gewisse Schranke zwischen uns darstellen? Ich kann es nicht erklären.

„Dieser Diego ist doch ein Einzelgänger, wenn ich das richtig verstanden habe. Er wird doch niemandem gesagt haben, dass er nach Deutschland fliegt. Und für den Flug hat er sich als Ronni Kern ausgegeben. Demnach gibt es in Deutschland keinen Diego Alvarez."

Rolf schaut mich fragend an.

„Das ist richtig. Was willst du damit sagen?"

Mir wird übel im Magen. Ich fürchte das Schlimmste.

„Nehmen wir einmal an, dieser Diego käme nicht mehr nach Mallorca zurück. Es würde ihn doch keiner in Deutschland vermuten und suchen, denn ein Diego Alvarez ist nie in Deutschland eingereist."

Ich stiere Rolf an. Ich weiß, worauf er hinaus will. Da kann ich nicht mitmachen. Nicht das auch noch.

„Du willst ihn doch nicht umbringen?", frage, nein flüstere ich.

„Umbringen, welch ein schreckliches Wort. Einfach einen Mord zu begehen ist zu simpel. Einen Mord zu begehen und es so aussehen zu lassen, als hätte es keinen gegeben, als wäre etwas völlig anderes geschehen, ist doch wesentlich intelligenter, das ist doch genial."

Er schaut mich triumphierend an. Ich bin nicht in der Lage, auch nur ein Wort dazu zu sagen.

„Wir wissen doch, wie so etwas geht. Ist Ronni auf Mallorca umgekommen? Nein, ist er nicht. Nachweislich ist er von Palma nach Köln geflogen. Wurde er in Deutschland umgebracht? Wieder nein. Es gibt keine Leiche in Deutschland. Wenn man eine Leiche ohne Ausweispapiere in den Bergen von Mallorca irgendwann findet, wird keiner an Ronni denken. Es wird ein unbekannter Tourist sein, der abgestürzt ist."

Ich muss mich schütteln. Mich schaudert es. Nicht nur vor dem, was geschehen ist, sondern vor Rolf, wie eiskalt er darüber spricht und wie er erneut plant. Die Tasse gleitet mir aus der Hand und fällt zu Boden. Der restliche Kaffee ergießt sich über den Teppich. Weder ich noch Rolf schenken dem Beachtung.

„Und so wird es auch mit Diego sein. Er ist offiziell gar nicht hier. Folglich kann er auch nicht hier ermordet werden."

Er legt erneut eine Pause ein und schaut mich an, um zu sehen, wie ich wohl reagiere. Ich glaube, es bereitet ihm eine Genugtuung, wenn nicht sogar Freude, wie er sieht, dass es mich schaudert. Wie sich eine Gänsehaut über meinen Körper ausbreitet und wie mir aus Schwäche die Tasse aus der Hand gleitet.

„Ich kümmere mich darum und gebe dir anschließend Bescheid. Nur eines musst du wissen. Ich erwarte, dass meine Belohnung immer reichhaltiger werden wird. Und lange aufschieben solltest du sie nicht mehr."

Ich kann keinen klaren Gedanken mehr fassen. Was ist hier los? Was hier geschieht, ist schlimmer als die Traumbilder in meinen Albträumen. Ein Mann erpresst mich und will Geld, der andere erpresst mich und will Sex. Ich habe keine

Vorstellung, wie ich da je wieder rauskommen werde. Aber einem eiskalt geplanten Mord zustimmen, das kann ich nicht.

„Nein, da mache ich nicht mit. Du kannst Diego nicht einfach umbringen. Soviel Geld gibt es nicht, das einen Mord rechtfertigt. Ich bekomme die Dreißigtausend schon zusammen, wenn du auch einen Teil dazu beisteuerst."

„Du bist verrückt. Der wird dich nicht in Ruhe lassen. Auch nicht, wenn du ihm das Geld gibst. Irgendwann steht er wieder vor deiner Tür und will Geld. Vielleicht dann noch mehr. Willst du dich bis zum Lebensende erpressen lassen?"

Wie kann er nur so scheinheilig sein. Er selbst erpresst mich doch ebenfalls, mit seiner „Belohnung", wie er sich auszudrücken pflegt. Wenn ich ihm seine „Belohnung" geben würde, wüsste ich auch nicht, ob er mich danach in Ruhe lassen würde.

„Trotzdem. Einem Mord stimme ich nicht zu", sage ich mit der Bestimmtheit, die mir im Augenblick möglich ist und die ist leider nicht sehr groß.

„Muss du auch nicht. Es geht auch ein wenig um mich. Dann treffe ich halt die Entscheidung für mich. Nur raus aus der Geschichte bist du dennoch nicht."

Ich sage nichts mehr. Was soll ich auch noch sagen? Argumente habe ich keine mehr und ihn mit Gewalt hindern, kann ich nicht.

„Ich denke, es ist gesagt, was zu sagen ist. Ich habe bis morgen noch einiges zu erledigen. Ich werde mir den Treffpunkt vorher genau ansehen und auch sonst gibt es für mich noch einiges zu tun."

Er steht auf und verlässt die Wohnung.

Ich bin nicht in der Lage, mich zu erheben und ihn hinauszubegleiten, sondern bleibe wie ein Haufen Elend im Sessel sitzen. Ich zittere am ganzen Körper. Meine Nerven machen das nicht mehr mit. Ich wünsche mir, es gäbe einen Knall und alles wäre nur ein fürchterlicher Albtraum gewesen. Aber es gibt keinen Knall. Es ist Realität – grauenhafte Realität.

Und das geschieht alles, obschon ich nur Rache wollte. Schlichte, problemlose Rache. Ich habe einmal dieses deutsche Sprichwort gelesen:

‚Auch ein Toter ist imstande, das an ihm begangene Unrecht zu rächen, denn der Gott, der alles erblickt, teilt jedem sein gerechtes Schicksal zu.'

Wenn der Tote im Sprichwort Ronni ist, kann ich mir ausrechnen, was für ein gerechtes Schicksal mich erwartet.

13

Eisenstein stieg in seinen Wagen ein. Er startete noch nicht den Motor. Er überlegte.

Was mochten dieser Rolf Dabinghaus und Isabelle wohl jetzt besprechen?, ging es ihm durch den Kopf. Dass es sich nicht um einen Höflichkeitsbesuch ihres Chefs handelte, davon war er überzeugt. Sollten die beiden ein Verhältnis haben? Das konnte er sich allerdings nicht so recht vorstellen. Isabelle und dieser Dabinghaus. Das passte nicht. Aber wer weiß, was im Kopf einer Frau vor sich geht, deren Mann sie betrogen und sie dann verlassen hat. So wie Rolf Dabinghaus Isabelle anschaute, hätte er bestimmt nichts gegen ein Verhältnis mit ihr.

Was hatten die beiden im Wohnungsflur zu tuscheln? Eisenstein konnte im Wohnzimmer kein Wort verstehen, so sehr er sich auch angestrengt hatte. Er vernahm nur ein undeutliches Gemurmel. Dann plötzlich wurden die Stimmen laut und er konnte, oder sollte sogar, jedes Wort verstehen.

Vielleicht hatte Isabelle ihn nur vorbereitet, dass er Eisenstein im Wohnzimmer begegnen würde. Sie wusste womöglich nicht, dass die beiden Männer sich bereits kannten. Demnach wäre das Getuschel harmlos gewesen.

Er fragte sich, wieso er nur so ein unheilvolles Bauchgefühl hatte, was diesen Rolf Dabinghaus betraf? In der Regel konnte er sich immer auf sein Bauchgefühl, seinen Instinkt verlassen. Etwas Handfestes gegen ihn hatte er nicht.

Eisenstein startete den Wagen. Doch sofort schaltete er die Zündung wieder aus. Es kam ihm ein neuer Gedanke.

Hatte Dabinghaus ihm nicht anlässlich seines Besuches gesagt, dass er zur gleichen Zeit, als Ronni und Isabelle auf Mallorca waren, einige Tage ebenfalls nicht im Büro gewesen war?

Richtig. Eisenstein erinnerte sich genau.

Wieso war auch der Chef nicht da, wenn schon seine beste Mitarbeiterin fehlte? Hatte er geschäftliche oder private Termine wahrzunehmen oder war er sogar auch im Urlaub? Auf jeden Fall musste ein wichtiger Grund vorliegen. Und den wollte er schon gerne kennen.

Eisenstein holte sein Smartphone aus der Jackentasche und rief Sybille Baum im Büro an.

„Hallo Sybille, ich bin auf dem Weg ins Büro. Versuch doch einmal herauszubekommen, wo Isabelles Chef, dieser Rolf Dabinghaus, zu der Zeit war, als Ronni und Isabelle auf Mallorca waren."

Sybille entgegnete, dass sie keine Idee hätte, wie sie das herausfinden sollte.

„Ich habe ebenfalls keine Ahnung. Ruf die Mitarbeiter in der Kanzlei an. Die Zeit ist günstig. Deren Chef ist gerade jetzt nicht da. Er besucht zurzeit Isabelle in Altenrath. Oder unternimm sonst irgendetwas. Du hast bestimmt eine Idee."

Er beendete das Gespräch und steckte das Smartphone wieder in seine Tasche. Er war zufrieden. Der unverhoffte Besuch bei Isabelle hatte mehr gebracht, als er zu hoffen gewagt hatte.

Wo Ronni sich befand, dieser Frage war er allerdings keinen Schritt näher gekommen.

*

„Ich hab etwas für dich. Du wirst staunen“, empfing Sybille Eisenstein im Büro.

„Schieß los! Was hast du herausgefunden?“

Eisenstein vermutete sofort, dass es mit Rolf Dabinghaus zu tun hatte – und er lag richtig mit seiner Vermutung.

„Ich habe unter falschem Namen in der Kanzlei angerufen. Ich habe der Frau an der Zentrale ziemlich energisch eine Geschichte aufgetischt und sie hat sie mir sofort abgenommen. Ohne Bedenken teile sie mir mit, dass ihr Chef zu der fraglichen Zeit im Urlaub war. Sie plauderte einfach drauflos, wie schlimm diese Tage ohne Isabelle und ihren Chef waren. Viele Klienten wollten etwas wissen oder hatten sogar einen Termin mit dem Chef und niemand im Büro konnte helfen. Von Datenschutz oder dergleichen schien sie noch nichts gehört zu haben. Nur wohin der Chef in Urlaub war, konnte sie nicht sagen.“

Eisenstein hing förmlich an den Lippen seiner Mitarbeiterin.

„Nun sag schon, wohin? Du hast es doch garantiert herausgefunden?“, fragte er ungeduldig.

„Ich wollte nach dem Gespräch alle Fluggesellschaften anrufen. Bereits beim ersten Anruf hatte ich Glück.“

Sybille machte eine Pause. Sie schlachtete ihren Erfolg wie immer bis zuletzt aus.

„Nun rate mal, wohin er geflogen ist?“

„Sybille, wir wollen doch keine Ratespiele veranstalten. Sag es schon.“

„Nach Mallorca!“

„Da brat‘ mir einer einen Storch“, entfuhr es Eisenstein.

„Das ist ja interessant.“

Eisenstein kratzte sich seine spärlich gewordenen Haare. Ein sicheres Zeichen seiner Überraschung. Eine ganze Weile sagten weder Sybille noch Eisenstein ein Wort. Sybille starrte ihren Chef abwartend an.

„Ich nehme die nächsten Tage Urlaub. Buch für mich einen Flug nach Mallorca und ein Zimmer im gleichen Hotel, in dem Ronni und Isabelle gewohnt haben. Wenn sie kein Zimmer frei haben, reicht mir auch eine Abstellkammer oder ein Bett am Pool. Die Kosten trage ich selbst. Das ist mir die Sache wert."

14

Nachdem Eisenstein und später auch Rolf gegangen sind, herrscht Stille in meiner Wohnung. Grabesstille. Die Lautlosigkeit und das Schweigen um mich herum bereiten mir körperliche Schmerzen und Dröhnen in meinen Ohren.

Nur um menschliche Stimmen zu vernehmen, schalte ich das Fernsehgerät ein. Aber auch dieser Versuch scheitert. Im Gegensatz zu der Stille vorher, nervt mich jetzt das ständige Gerede. Ich schalte das Gerät wieder aus.

Über Eisenstein mache ich mir keine Gedanken mehr. Ich finde, ich konnte ihm schlüssige Erklärungen auf seine Fragen liefern. Lediglich seine Worte beim Abschied geben mir zu denken. „Pass auf dich auf", hatte er gesagt, fast geflüstert. Vielleicht mache ich mir darüber auch nur zu viele Gedanken und der Satz hatte keinen besonderen Hintergrund, war einfach nur so dahergesagt. Ein allgemeiner Rat eines guten Freundes.

Wesentlich mehr Gedanken mache ich mir über Rolf. Er will Diego aus dem Weg räumen – ihn umbringen!

Dieser Gedanke lässt mich frieren. Je länger ich darüber nachdenke, desto mehr wird mir klar, dass ich mit diesem Wissen nicht leben kann.

Diego ist ein Erpresser, er mag auch gewissenlos und berechnend sein, aber ihn deswegen umbringen? Das kann, nein, das darf nicht die Lösung sein.

Wie kann ich Rolf bloß von seinem Plan abbringen?

Diese Frage beschäftigt mich den restlichen Tag über und die ganze, grauenvolle Nacht hindurch.

Das Rad in meinem Kopf dreht sich unablässig, dann die Stille und die Finsternis der Nacht. Ich drehe mich von einer Seite auf die andere, stehe auf, gehe planlos durch die Wohnung und lege mich wieder hin. Ich finde keine Ruhe. Wie soll das auch möglich sein? Wie soll eine Komplizin eines Mörders Ruhe finden?

Ich schlafe so gut wie nicht. Hin und wieder fallen mir die Augen zu. Das ist aber immer nur für wenige Minuten, dann haben mich meine Gedanken wieder eingeholt und geweckt. Wieder einmal fallen mir die Augen erst gegen Morgen, aus Erschöpfung für ein, zwei Stunden zu.

*

Der neue Tag ist nicht besser als der vergangene. Womit der vorherige Tag endete, beginnt der neue Tag – mit Grübeleien und Fiktionen.

Das Toastbrot zum Frühstück bleibt mir im Hals stecken. Ich bekomme keinen Bissen runter. Ein Becher heißen Kaffee tut mir dagegen sehr gut.

Zur Mittagszeit stehe ich vor dem Kühlschrank und überlege, was ich mir machen könnte. Im Gefrierfach liegt ein Kotelett, das ich mir vor einigen Tagen gekauft habe. Ich nehme es in die Hand und wende es von links nach rechts. Nein, ein Stück eines toten Tieres essen, geht heute gar nicht. Im Gemüsefach befinden sich einige Möhren. Dazu vielleicht ein paar Kartoffeln? Wenn ich daran denke, etwas Essbares in den Mund zu nehmen, schnürt sich meine Kehle zu.

Ich entschließe mich zu einem weiteren Becher heißen, starken Kaffee.

Den Nachmittag verbringe ich wieder einmal mit dem Aufräumen und Putzen der Wohnung. Das lenkt mich etwas ab. Als die Dämmerung hereinbricht, muss das Fernsehen wieder einmal herhalten und die Stille vertreiben. Dieses Mal nervt mich das Gerede nicht so sehr. Manchmal schaue ich mir die Bilder an, ohne jedoch den Inhalt der Filme oder der Gespräche aufzunehmen oder zu verstehen.

Jetzt ist es nur noch eine Stunde bis zur Geldübergabe, zu der ich nicht erscheinen werde. Ich habe weder das Geld bei der Bank abgehoben, noch habe ich mit Nachdruck versucht, Rolf von seinem Plan abzubringen.

Wie wird Diego reagieren, wenn er an meiner Stelle Rolf antrifft? Wird er die Änderung akzeptieren oder wird er sofort die Übergabe abbrechen und wegfahren?

Und der Zeiger der Uhr schreitet unaufhaltsam auf zweiundzwanzig Uhr zu.

Verdammt, ich habe es mir einfach gemacht – zu einfach. Man kann es auf einen Nenner bringen: ich habe viel überlegt, verschiedene Möglichkeiten in Erwägung gezogen, aber am Ende keine Entscheidung getroffen.

Und wieder einmal überlege ich und die Zeit verrinnt weiter.

Ich kann nicht fortwährend untätig zusehen. Ich muss den Wahnsinn verhindern und Rolf stoppen – wenn es nicht schon zu spät ist.

Ich ziehe schnell Schuhe an, werfe mich in eine Jacke und renne hinaus zu meinem Auto. Es ist bereits zweiundzwanzig

Uhr. Vielleicht verspätet sich Diego oder Rolf und ich habe noch eine Chance. Ich muss es versuchen.

Es sind nur wenige Kilometer bis zu dem von mir ausgewählten Parkplatz. Durch die verwinkelten Straßen im Ort fahre ich viel zu schnell. Ich muss achtgeben, keinen Unfall zu bauen. Das würde mir gerade noch fehlen. Zum Glück ist zu dieser Zeit überhaupt kein Autoverkehr im Ort. Bis zu der Straße, die nach Troisdorf führt, ist mir nicht ein Auto begegnet.

Nachdem ich den Ort verlassen habe, trete ich das Gaspedal durch und rase in Richtung Troisdorf. Rechts und links der Straße ist Waldgebiet und ich rechne jeden Augenblick damit, dass mir ein Reh oder Wildschwein vor den Wagen läuft. Die Gefahr ist in der jetzigen Jahreszeit sehr groß.

Die Straße macht eine Rechtskurve und ich weiß, nach wenigen hundert Metern liegen links und rechts der Straße Parkplätze. Auf dem rechten Parkplatz soll die Übergabe stattfinden.

Ich mache fast eine Vollbremsung, damit ich die Einfahrt nicht verpasse und biege auf den Parkplatz ein. Steine spritzen gegen das Blech meines Autos, als ich den Wagen abbremse und zum Stillstand bringe.

*

Rolf war bereits eine Stunde vor der vereinbarten Zeit auf dem Wanderparkplatz an der Altenrather Straße in Troisdorf gewesen. Er hatte sein Auto auf dem Parkplatz auf der gegenüberliegenden Straßenseite geparkt – aus Vorsicht, aus reinem Bauchgefühl.

Es war stockfinster. Kein Mond und keine Sterne erhellten die Szenerie. Der Himmel war den gesamten Tag über wolkenverhangen gewesen und bis vor wenigen Stunden hatte es geregnet. Hier und da befand sich eine Pfütze auf dem schotterigen Untergrund.

Rolf war ganz allein. Der Platz lag etwas tiefer, als die vorbeiführende Straße. Deswegen und wegen einiger Büsche am Rand der Straße, war der Platz von vorbeifahrenden Autofahrern nur schwer einzusehen. Hinzu kam, dass um diese Zeit das Verkehrsaufkommen nur sehr gering war. Um zweiundzwanzig Uhr würden noch weniger Autofahrer die Straße befahren. Er fand, dass Isabelle eine günstige Stelle für die Übergabe ausgesucht hatte.

Sorgfältig erkundete Rolf das gesamte Gelände. Dazu hatte er sich eine starke Taschenlampe mitgebracht. Außerdem führte er noch eine Stirnlampe mit sich, falls er für etwas beide Hände benötigen würde.

Zwei Waldwege führten vom Parkplatz ab. Ein Weg führte direkt in den Wald, ein anderer in die sandige Heidelandschaft. Jeden Weg begutachtete er, indem er mindestens hundert Meter dem Weg folgte. Eine Seite des Parkplatzes war mit Bäumen und Buschwerk bewachsen. Dorthinein würde sich mit Sicherheit kein Wanderer verirren. Das ideale Gebiet für sein Vorhaben.

Er stand am Ende des Parkplatzes gegenüber der Einfahrt mit dem Rücken gegen einen Baum gelehnt. Von seinem Standort konnte er frühzeitig erkennen, wenn ein Auto einbiegen würde.

Es war nicht mehr lange bis zweiundzwanzig Uhr. Er war nervös. Es konnte schließlich immer etwas dazwischen kommen. Was wäre, wenn sich zum ungünstigsten Zeitpunkt ein Liebespaar den Parkplatz für seine Liebesspiele aussuchen würde. Oder wenn ein Jäger seinen Wagen hier abstellen würde, um zur Jagd zu gehen. Es gab einige Gründe, die sein Vorhaben zum Scheitern bringen konnten.

Dann lasse ich die Übergabe platzen. Dieser Spanier wird bestimmt einen neuen Termin mit Isabelle vereinbaren und nicht direkt zur Polizei rennen. Schließlich will er Geld und das wird er sich nicht so einfach entgehen lassen, sagte er sich.

Auf der Straße näherte sich das Motorengeräusch eines von Troisdorf kommenden Autos. Scheinwerfer fraßen sich ihren Weg durch die nachtschwarze Dunkelheit. Vor dem Parkplatz bremste der Wagen ab und die Scheinwerfer schwenkten auf den Parkplatz.

Rolf machte schnell zwei Schritte hinter den Baumstamm.

Der Wagen fuhr zu der Seite, wo sich die Bäume und das Buschwerk befanden – aus Sicht des Autofahrers die nächstgelegene Seite. Das Licht ging aus und das Motorgeräusch erstarb. Die Wagentür öffnete sich nicht.

Rolf wartete. Er schaute auf seine Armbanduhr. Es waren noch zehn Minuten bis zweiundzwanzig Uhr. Trotzdem war er sicher, dass das Diego Alvarez war.

Rolf trat hinter dem Baum hervor und ging langsamen Schrittes zu dem Wagen. Seine Hände hatte er tief in den Taschen seiner Regenjacke vergraben. Seine rechte Hand lag auf dem Umschlag mit dem Bündel Geld. Wobei nur der obere und der untere Schein ein echter Fünfhunderteuroschein war. Dazwischen befand sich wertloses Zeitungspapier. Seine linke Hand umfasste einen vollgeladenen Elektroschocker. Er wollte ihn damit überwältigen. Dadurch würde er im Auto oder auf dem Parkplatz keine Spuren hinterlassen und kein Blut vergießen.

Er ging um das Auto herum und klopfte gegen das Seitenfenster auf der Fahrerseite.

„Alvarez?“

„Ja“, kam die knappe Antwort.

Die Zündung des Wagens war eingeschaltet. Im geringen Licht der Armaturenbeleuchtung sah er, wie der Mann ihm den Kopf zuwandte.

Das Gesicht des Mannes konnte er nur schemenhaft erkennen. Der Sprache nach zu urteilen und nach dem, was er erkennen konnte, schien der Mann noch jung zu sein. Das glänzende schwarze Haar könnte zu einem Spanier passen und erinnerte ein wenig an Ronni, dachte er.

„Wo ist Isabelle?“, fragte Diego Alvarez gerade mal so laut, dass er ihn verstehen konnte.

„Zu Hause. Sie traut sich nicht und hat mich geschickt. Ich habe das Geld.“

Rolf zog seine rechte Hand mit dem Umschlag aus der Tasche und wedelte damit vor der Scheibe.

„Aufmachen und zeigen.“

Rolf öffnete den Umschlag und zeigte das Bündel.

„Alles Fünfhunderter und ein paar Zweihunderter. Kleiner ging es nicht. Der Umschlag wäre zu dick geworden. Hätten Sie weniger gefordert, wäre eine kleinere Stückelung möglich gewesen“, sagte er und es klang überzeugend.

„Wirf es rein“, sagte Diego und die Scheibe glitt fast geräuschlos hinunter.

Rolf beugte sich nach vorne und warf das Bündel dem Mann auf den Schoß. Gleichzeitig riss er seine linke Hand aus der Tasche und drückte den Elektroschocker gegen die Schulter des Mannes. Die Entladungsblitze verursachten ein fürchterliches Geräusch. Trotzdem hielt er ihn möglichst so lange gedrückt, bis der Mann in sich zusammensackte und vollständig gelähmt schien.

„Das ist für deine Geldgier!“, schrie er lauter als er beabsichtigte.

Jetzt handelte Rolf blitzschnell. Er hatte sich vorher informiert und wusste daher, dass die Lähmung nur wenige Minuten andauern würde. Als wenn er es geübt hätte, setzte er die Stirnlampe auf, die bisher lose um seinen Hals baumelte. Dann riss er die Autotür auf und zog den Mann am Arm aus dem Wagen und ließ ihn daneben zu Boden sinken. Schnell ging er um ihn herum, stieß mit dem Fuß die Autotür zu, packte ihn unter den Armen und zog ihn weit ins nahe Gebüsch hinein. Er spürte, wie sich der Körper aufbäumen und sich wehren wollte. Seine Beine zuckten wirkungslos über den Boden.

Als er der Meinung war, weit genug ins Gebüsch vorgedrungen zu sein, hielt er an und ließ Diegos Oberkörper und Kopf unsanft auf den Boden aufschlagen.

Unter seiner Jacke holte er ein mit Blei beschwertes Stahlrohr hervor. Er hielt kurz inne, als wenn er eine letzte Überlegung anstellte. Die Lampe beleuchtete das verkrampfte Gesicht und die flackernden, flehenden Augen seines Opfers. Rolf Dabinghaus wandte den Kopf zur Seite. Er konnte sich nicht überwinden, in die Augen seines Opfers schauen. Das Gesicht von Alvarez lag jetzt fast in völliger Dunkelheit. Ohne hinzusehen, ließ Rolf den Totschläger auf den Schädel seines wehrlosen Opfers niedersausen. Er wartete einen Augenblick, als wenn er überlegte, ob er es tatsächlich zu Ende bringen sollte. Doch dann schlug er noch einige Male zu. Die Schläge klangen dumpf. Das widerwärtige, knirschende Geräusch brechender Knochen war nicht zu überhören. Etwas Blut spritzte gegen seine Kleidung. Der Rest versickerte im Waldboden.

Rolf musste würgen. Schnell ging er einige Schritte zur Seite und erbrach sich.

Er ließ das Stahlrohr fallen und rannte, ohne sein Opfer nochmals anzusehen in Richtung Parkplatz zurück. Bevor er aus dem Gebüsch trat, schaute er sich vorsichtig um. Der Platz war bis auf Diegos Auto leer. Dann rannte er zu dem Baum, wo er vorher gestanden hatte.

Er fand den Klappspaten sofort, den er dort hingelegt hatte und hatte sich gerade auf den Rückweg gemacht, als die Scheinwerfer eines Autos den Parkplatz erhellten. Der Wagen fuhr mit hoher Geschwindigkeit auf den Platz und vollführte kurz vor ihm eine Vollbremsung. Rolf hörte, wie der Schotter zur Seite und gegen das Blech des Wagens spritzte.

Ohne dass der Motor abgestellt wurde und die Scheinwerfer gelöscht wurden, sprang Isabelle aus dem Wagen.

„Wo ist Diego, was ist geschehen?“ schrie sie Rolf an, der mit dem Spaten in der Hand im Lichtkegel der Scheinwerfer stand.

„Was willst du hier? Es ist vorbei! Mach dass du verschwindest!“, schrie er zurück.

Isabelle rannte direkt auf Rolf zu und hämmerte mit den Fäusten gegen seine Brust. Rolf ließ den Spaten fallen und fasste sie mit beiden Händen an der Schulter und hielt sie auf Abstand.

„Du kannst hier nichts mehr machen. Verschwinde!“, sagte er und stierte sie dabei an, als käme sie aus einer anderen Welt.

„Du hast ihn umgebracht!“, schrie sie mehr als Feststellung, denn als Frage, als sie die Blutspritzer auf seiner Kleidung sah.

Die Energie, die Wut, die sie kurz vorher noch gehabt hatte, war wie verflogen. Sie stand vor Rolf mit hängenden Armen und ausdruckslosem Gesicht.

„Komm mit.“

Rolf nahm Isabelle bei der Hand und zerrte sie zu ihrem Wagen hin, schaltete die Zündung und das Licht aus. Dann zog er sie mit sich zu der Stelle, wo Diego lag. Sie ließ es geschehen, sie leistete keinen Widerstand. Er achtete darauf, dass der Schein seiner Stirnlampe nicht den Kopf von Diego anleuchtete. Isabelle blieb einige Schritte abseits stehen, inmitten von Strauchwerk und konnte sich weder rühren noch bekam sie einen Ton heraus. Sie starrte den Körper von Diego an, der von Rolfs Lampe nur schemenhaft beleuchtet wurde.

„Wir vergraben ihn hier. Kein Mensch wird ihn je finden“, flüsterte Rolf, der sich wieder in der Gewalt hatte.

Er stieß den Spaten in die Erde und begann ein Grab für Diegos Leiche auszuheben. An der Stelle war der Boden nicht hart. Es handelte sich um lockeren, mit Sand durchzogenen Waldboden. Auch wenn die Grube verhältnismäßig schnell ausgehoben war, rann Rolf der Schweiß in Bächen vom Gesicht. Seine Kleidung klebte an seinem Körper.

„So, das reicht“, stöhnte er und kletterte aus der Grube.

Isabelle hatte stumm und starr dabeigestanden und zugesehen. Er schaute zu ihr hinüber. Verflucht, wieso steht die nur da und schaut zu? Er fand es unangenehm, dass sie einfach nur da stand und nichts tat und nichts sagte. Eine Scham vor Isabelle erfasste ihn, er sagte aber nichts zu ihr.

Er schüttelte seine Empfindung ab und packte stattdessen den leblosen Körper an den Füßen, stieg selbst in die Grube und zog ihn hinein. Hastig durchsuchte er die Taschen von Diegos Kleidung. Er fand die Geldbörse mit seinem Ausweis. Die Geldbörse ließ er achtlos fallen, den Ausweis steckte er in seine Tasche. Dann kletterte er aus der Grube, wischte auf dem Totschläger mit seinem Pullover seine Fingerabdrücke ab und warf ihn auf den Leichnam. Mit letzter Kraft schaufelte er das Grab zu.

Dann nahm er den Spaten, schaltete die Stirnlampe aus und ging zu Diegos Auto. Isabelle ließ er einfach stehen. Er war sich sicher, sie würde schon noch nachkommen.

Aus seiner Tasche zog er zwei Latexhandschuhe, die er über seine Hände streifte. Er öffnete die Beifahrertür und beugte sich in den Innenraum des Wagens. Das Paket mit dem Geld war in den Fußraum gerutscht. Er hob es auf und steckte es in seine Tasche.

Dann öffnete er das Handschuhfach. Dort fand er, was er suchte. Die Mappe mit den Autopapieren.

Ein Leihwagen, ich hatte es mir gedacht, sagte er zu sich selbst.

Daneben lag eine Geldbörse. Noch eine Geldbörse. Er war überrascht. Er schaltete seine Stirnlampe an und durchsuchte sie. Vierzig Euro in Papiergeld und einige Münzen. Außerdem ein Ausweis und ein Führerschein.

Er hielt den Ausweis in den Schein der Lampe. Es handelte sich um den Ausweis von Ronni Kern. Er pfiff leise durch die Zähne. Der Führerschein, ebenfalls auf Ronni Kern ausgestellt. So war das nicht geplant. Diego war als Ronni Kern in Deutschland eingereist, sollte aber die Papiere Isabelle zurückgeben, sobald er das Flughafengebäude in Köln verlassen hatte. Hastig öffnete er die Mappe der Mietwagenfirma. Der Wagen war ebenfalls an Ronni Kern verliehen. Das wunderte ihn ein wenig, zeigte aber Diegos Konsequenz.

Er stellte sich aufrecht hin und nahm die Stirnlampe vom Kopf. Die Unterlagen behielt er in den Händen.

Er drehte sich zum Waldrand um und schaute frontal in Isabelles Gesicht, die direkt hinter ihm stand. Offensichtlich hatte sie den ersten Schock schneller überwunden, als er vermutet hatte und war ihm sofort gefolgt.

„Was hast du da?“, frage sie tonlos.

„Ausweis und Führerschein von Ronni. Wie können diese Unterlagen in den Wagen von Diego kommen?“

„Keine Ahnung“, sagte Isabelle leise.

Ihre Stimme hatte jeglichen Klang und Festigkeit verloren.

„Was heißt hier, keine Ahnung? Das muss du doch wissen."

Er stieß Isabelle aggressiv mit der Hand gegen die Schulter, so dass sie mehrere Schritte rückwärts stolperte. Rolf war verärgert und genervt.

„Er hatte mit den Papieren einen Beweis gegen uns in Händen. Wer weiß, was er damit hätte anstellen können?"

„Doch, jetzt erinnere ich mich."

Ihre Stimme hatte sich etwas mit Leben gefüllt. Sie hielt aber einige Schritte Abstand zu Rolf ein.

„Als wir uns im Flughafen in Köln verabschiedeten, hat er mir die Sachen nicht zurückgegeben. Und ich habe vergessen, danach zu fragen. So war das, bestimmt. Tut mir leid", entschuldigte sie sich.

Isabelle begriff, dass sie einen Fehler begangen hatte und war wegen Rolfs Handgreiflichkeit eingeschüchtert.

„Das trifft sich gut", resümierte Rolf, der aus dem Fehler sofort einen Nutzen zog.

„Lassen wir die Unterlagen im Wagen. Wenn der Wagen gefunden wird, ist das ein weiteres Indiz dafür, dass Ronni in Deutschland ist."

Isabelle schaute ihn wie einen Geist an, unfähig etwas dazu zu sagen.

Rolf legte die Geldbörse und die Mappe zurück in das Handschuhfach.

„Isabelle, wir müssen hier weg", sagte er eindringlich.

„Oder soll uns noch in letzter Minute jemand überraschen?", fügte er zur Bekräftigung hinzu.

Er stieß Isabelle zu ihren Wagen hin, öffnete die Tür und drückte sie auf den Fahrersitz, doch sie machte keine Anstalten, den Motor anzulassen.

Mehrmals redete er ihr zu, endlich zu starten und nach Hause zu fahren. Es dauerte lange, bis sie losfuhr.

Rolf schaute den roten Schlusslichtern nach, bis sie hinter den Bäumen verschwanden. Er hatte das Gefühl, dass sich seine Gefühle zu Isabelle in dieser Nacht verändert hatten. War es, weil sie ihn erlebt hatte, wie er es nie hätte freiwillig zeigen wollen?

Inzwischen hatte es wieder zu regnen begonnen. Er beeilte sich, die Straße zu überqueren und zu seinem Wagen zu gelangen.

Er ließ sich erschöpft in den Sitz fallen. Er war erleichtert. Eine riesige Last schien von ihm zu fallen. Es war alles so eingetreten, wie er es geplant hatte. Zum Glück war nichts dazwischen gekommen, so dass er hätte improvisieren müssen. Ungesehen kann ich nach Hause fahren, dachte er beruhigt, startete und fuhr los.

Doch da irrte er sich gewaltig. Er hatte in der Dunkelheit nicht das Augenpaar bemerkt, das beobachtet hatte, wie Isabelle mit ihrem Wagen auf den Parkplatz gerast war und von ihm in das Gebüsch gezerrt worden war, wo er Diego verscharrt hatte.

15

Es war kurz nach neun Uhr. Sybille Baum befand sich allein im Büro. Sie saß an ihrem PC und arbeitete alte Vorgänge auf, wozu sie in der Vergangenheit keine Zeit gehabt hatte. Nicht einmal das Telefon störte sie in ihrer Arbeit. Nur mit ihrer Freundin, der Sekretärin von Dirk Schmitz, dem Leiter des KK 11, hatte sie kurz nach Dienstbeginn gesprochen. Sie musste sich einfach bei jemandem ihren Frust von der Seele reden, weil man sie völlig allein gelassen hatte.

Das Telefon klingelte. Sie schreckte hoch und überlegte, ob sie überhaupt das Gespräch annehmen sollte. Schließlich nahm sie den Hörer auf und meldete sich.

Die Zentrale war am anderen Ende der Leitung.

„Ich habe hier ein Gespräch für euch. Da will jemand die Mordkommission sprechen. Seinen Namen hat er nicht genannt. Du bist die Einzige, die da ist. Ich stelle durch."

„Warte! Was soll ich mit dem Gespräch. Ich bin keine Kommissarin. Sag, er soll nächste Woche noch mal anrufen."

Sybille war sauer. Lisa war tot, einen Ersatz hatten sie nicht bekommen. Ronni war verschwunden und Eisenstein war auf Mallorca. An ihr sollte jetzt alles hängen bleiben? Nein, so ging das nicht.

„Der Mann lässt sich nicht vertrösten. Das habe ich bereits versucht. Ich weiß doch, wie es bei euch aussieht. Bitte, nimm einfach das Gespräch an. Du kannst es doch immer noch an Dirk Schmitz weiterleiten, wenn es wichtig ist", flehte förmlich die Telefonistin, damit sie endlich das Gespräch abgeben konnte.

„In Ordnung, du hast mich überredet", antwortete Sybille großmütig, obschon sie innerlich nicht einverstanden war.

„Sybille Baum, Kriminalkommissariat 11", meldete sie sich freundlich.

„Guten Morgen, Frau Kommissarin", sprach sie eine Männerstimme an, die verzerrt klang.

Sie fühlte sich geschmeichelt. Sollte sie sagen, dass sie nicht die Kommissarin war? Wieso eigentlich? Wenn sie schon die Arbeit einer Kommissarin übernahm, konnte sie sich auch als solche ansprechen lassen.

„Was kann ich für Sie tun?", fragte Sybille.

„Ich möchte einen Mord melden!", sagte der Anrufer.

„Habe ich richtig verstanden? Sie wollen einen Mord melden?", fragte Sybille ungläubig nach.

Hätte ich das Gespräch doch bloß nicht angenommen, dachte sie.

„Ja, richtig. Die Leiche liegt im Wald auf der linken Seite des Parkplatzes, der sich links an der Straße nach Altenrath befindet."

„So, so. Und da sind Sie sich ganz sicher? Sagen Sie mir zuerst einmal Ihren Namen."

Sybille glaubte, man wollte sie zum Narren halten. Vielleicht ein Kollege, der wusste, dass sie allein im Büro war.

„Ich mache keine Späße. Mein Name tut nichts zur Sache. Und noch etwas. Bei der Leiche handelt es sich um einen Mann. Ach ja, der Mörder ist ebenfalls ein Mann."

„Sagen Sie mir doch Ihren Namen und geben Sie mir Ihre Telefonnummer, falls wir noch Fragen ...“

Der Anrufer hatte aufgelegt. Sybille legte gedankenverloren den Hörer vor sich auf den Schreibtisch.

Was war das denn? Hatte sich jemand einen Scherz erlaubt, überlegte sie.

Nein, sie kannte niemanden, der für solch einen Scherz in Frage käme. Außerdem hatte der Anrufer zu ernsthaft und bestimmt geklungen.

Sie nahm sich ihren Block und schrieb wörtlich auf, was der Anrufer gesagt hatte. Hoffentlich habe ich mich noch genau an jedes Wort erinnert, dachte sie, als sie noch mal alles nachlas, was sie geschrieben hatte.

Dann nahm sie sich den Block und rannte damit zum Chef des KK 11.

*

Dirk Schmitz war verärgert. Nicht über Sybille, im Gegenteil. Er lobte sie ausdrücklich. Sie hatte völlig richtig gehandelt. Auch fand er es gut, dass sie sofort das Gespräch wörtlich notiert hatte.

Er war verärgert, weil Eisenstein nicht da war und er jetzt selbst die Ermittlung einleiten musste.

„War das denn tatsächlich so wichtig, dass Frank nach Mallorca fliegen musste?“, fragte er Sybille mit gewohnt lauter Stimme.

Der Groll, den dieser bullige Mann gegen Eisenstein hegte, war dabei nicht zu überhören.

Sybille zuckte nur mit den Schultern und sagte nichts dazu. Was sollte sie auch sagen? Hätte sie ja gesagt, wäre sein Groll noch größer geworden. Hätte sie nein gesagt, hätte sie später ein Donnerwetter von Frank zu hören bekommen. Daher schwieg sie.

„Ich kümmere mich darum, Frau Baum. Für Sie ist die Sache damit erledigt. Sollte ich Ihre Hilfe benötigen, melde ich mich."

Das passte Sybille natürlich auch nicht, dass sie jetzt nichts mehr mit dem Fall zu tun haben sollte. Aber Dirk Schmitz zu widersprechen, war sinnlos.

„Wenn Sie tatsächlich eine Leiche gefunden haben und vielleicht auch schon wissen, um wen es sich handelt, würde ich mich freuen, wenn Sie mir das sagen würden", machte sie einen Versuch.

„Ja, ja, ihre Neugierde. Kann ich doch verstehen."

Dirk Schmitz lachte dabei laut, so wie man es von ihm kannte, doch fügte er ernsthaft hinzu:

„Sie haben schließlich das Gespräch angenommen und wollen natürlich wissen, was daraus geworden ist. Ich melde mich, sobald ich etwas in der Hand habe."

So wie Sybille ihren Chef kannte, würde er dieses Versprechen auch halten.

*

Sybille war gerade aus der Mittagspause zurück im Büro, als das Telefon läutete.

Nicht schon wieder. Vielleicht ist es noch einmal dieser Mann, der den Mord gemeldet hatte, überlegte sie.

Sie nahm das Gespräch an. Es war intern und Dirk Schmitz war am Apparat.

„Kommen Sie bitte in mein Büro", war die knappe Anweisung.

„Haben sie etwas ..."

Aber er hatte bereits aufgelegt.

„Frau Baum, wir haben tatsächlich eine Leiche gefunden. Vergraben im Wald. Wir haben einen Polizeihund eingesetzt, um sie zu finden“, begann Dirk Schmitz.

Sybille hatte vor seinem Schreibtisch Platz genommen, er wanderte hinter ihr hin und her.

Sybille drehte sich erstaunt aber auch neugierig um, denn sie konnte sich vorstellen, dass das noch nicht alles war.

Dirk Schmitz blieb neben ihr stehen und sah sie von oben herab an.

„Leider hat der Regen in der Nacht den Boden aufgeweicht und alle Spuren verwischt. Aber auf dem Parkplatz stand ein Auto. Ein Mietwagen. Wir haben die Verleihfirma angerufen, die einen Mitarbeiter geschickt hat, der den Wagen geöffnet hat.“

Schmitz legte eine Pause ein.

Er macht das genau wie ich, wenn ich Frank oder Ronni etwas Wichtiges berichte, dachte sie. Nur in diesem Fall gefiel ihr das gar nicht.

„In dem Wagen befanden sich ein Ausweis und ein Führerschein, ausgestellt auf denjenigen, der auch den Mietvertrag unterschrieben hat.“

„Und wer war das?“, fragte Sybille, die ihre Neugierde kaum noch zügeln konnte.

„Ronni Kern!“

„Was? Jetzt sagen Sie nur noch, dass es sich bei der Leiche um Ronni handelt?“

Sybille war blass geworden und schlug die Hände vor den Mund.

„Nein, nein der Tote ist ein anderer Mann“, beeilte sich ihr Chef zu sagen, als er sah, wie Sybille erschrak.

„Wir wissen noch nicht, um wen es sich handelt. Er hatte keine Papiere dabei und seine Fingerabdrücke sind auch nicht registriert."

„Gott sei Dank", flüsterte Sybille und entspannte sich ein wenig.

„Sie kennen Ronni doch schon lange. Können Sie sich darauf einen Reim machen? Schauen Sie: Hier ist der Mietvertrag von dem Auto."

Dirk Schmitz setzte sich an seinen Schreibtisch und reichte ihr den Vertrag.

Sybille schaute ihn sich an. Auf der ersten Seite standen Ronnis Daten und die Angaben zum Mietwagen. Sie drehte das Blatt um. Am Ende der Rückseite waren per Hand der Ausstellungsort Köln und das Datum eingetragen. Dann folgte Stempel und Unterschrift der Firma und die Unterschrift „R. Kern". Sybille hatte Mühe, sie zu entziffern.

Sie wollte den Vertrag ihrem Chef zurückgeben, zog dann aber die Hand mit dem Blatt Papier zurück und schaute sich nochmals die Rückseite an.

„Das ist nicht Ronnis Unterschrift", sagte sie bestimmt und legte den Vertrag vor ihrem Chef auf den Schreibtisch.

16

Ich kann das Grauen nicht vergessen, nicht aus meinem Gehirn löschen. Immer wieder, wenn ich die Augen schließe, sehe ich die Bilder vor mir. Sie haben sich in mein Gedächtnis eingebrannt:

Diego, wie er entstellt am Boden liegt.

Seine geweiteten, starren Augen.

Sein geöffneter Mund, als schrie er um Hilfe.

Das Blut – das viele Blut – sein Blut.

Ich höre noch immer, wie jedes Spatenblatt voll Erde auf ihn niederprasselt. Ich höre das Keuchen von Rolf und sehe dabei sein verzerrtes, verschwitztes Gesicht.

Und ich vernehme noch immer Rolfs Worte: So, das reicht. Die Besiegelung einer unwiderruflichen Tat.

Ich hasse ihn.

Ich weiß, was geschehen ist. Ich weiß, dass ich schuldig bin und ich weiß, dass ich den Rest meines Lebens damit leben muss.

Seit gestern frage ich mich, wie lange dieser Rest meines Lebens noch andauern muss. Je kürzer der Rest sein wird, desto früher werde ich meine Ruhe finden, meinen Frieden.

*

Wie in Trance bin ich in der Nacht nach Hause gefahren. Wenn ich auf der Hinfahrt das Gaspedal durchgedrückt hatte, bin ich auf der Rückfahrt gebummelt. Ich erinnere mich, dass Autos hinter mir gehupt haben, vielleicht aus Ungeduld oder weil sie befürchteten, ich sei eingeschlafen.

Nachdem ich die Wohnungstür aufgeschlossen hatte, schaffte ich es gerade noch zur Toilette, um mich zu übergeben. Ich hatte den ganzen Tag über nichts gegessen und trotzdem nahm das Würgen fast kein Ende.

Irgendwann in der Nacht habe ich Rolf angerufen. Immer wieder, doch er ging nicht ans Telefon.

Dann habe ich überlegt, wer mir in meiner Verzweiflung, in meiner Not helfen könnte? Dabei stellte ich wieder einmal fest, dass ich so gut wie keine Freundinnen und Freunde habe. Eisenstein kam mir in den Sinn. Sollte ich ihn anrufen und ihm alles beichten? Dann wäre endlich die ganze Sache vorbei. Er hätte bestimmt Verständnis für mich.

Ich wählte mehrfach seine Festnetznummer, legte aber nach der Vorwahl immer wieder unentschlossen auf. Erst als die Dämmerung aufkam, war ich soweit, seine vollständige Nummer zu wählen. Aber er ging nicht an den Apparat.

Ich überlegte, ob ich ihn auf seinem Handy anrufen sollte. Nein, das wollte ich nicht. Wer weiß, wo er war und stören wollte ich ihn nicht.

Ich muss allein mit mir ins Reine kommen, wenn das überhaupt möglich ist.

*

Heute Morgen meldet sich mein Magen und verlangt nach Nahrung. Ich gehe in die Küche und finde noch einige Brotscheiben. Da ich weder Wurst noch Käse finde, muss ein Marmeladenaufstrich reichen. Dazu eine Tasse Kaffee. Das sollte meinen Lebenswillen wieder etwas steigern.

Mehr als eine Scheibe Brot kann ich nicht essen. Immer wieder sehe ich Diego, wie er auf dem Boden liegt. Wie ihm das Blut über das Gesicht rinnt. Mir wird übel.

Ich setze mich in einen Sessel und starre aus dem Fenster. Es regnet nicht, aber dicke Regenwolken hängen tief am Himmel und es ist grau und trüb – passend zu meiner Seelenlage.

Ich wähle erneut Rolfs Nummer. Ohne Erfolg. Ich frage mich unwillkürlich, wie es ihm wohl geht, wie er damit klar kommt, einen Menschen erschlagen zu haben.

Ich halte es allein in der Stille und der Enge der Wohnung nicht mehr aus. Ich frage mich, wie ich in diese Einsamkeit ziehen konnte. Kein Autolärm, kein Hundegebell, keine menschliche Stimme, nicht einmal das Gezwitscher der Vögel ist zu hören.

Ich ziehe eilig meine Regenjacke und meine Wanderschuhe an und stürze aus der Wohnung. Ich will nur noch raus – raus an die frische Luft.

Es hat zu regnen begonnen und ich ziehe die Kapuze über den Kopf. Ich schließe die Tür ab und drehe mich wieder zum Gehen um, da steht er mir gegenüber. Ich habe keine Ahnung, wo er so plötzlich herkommt. Vielleicht habe ich ihn wegen des Regens und der Kapuze nicht gesehen. Vor Schreck falle ich unbeabsichtigt in seine Arme.

In die Arme von Rolf!

Ich befreie mich aus seinen Armen und trete einen Schritt zurück. Seine Alkoholfahne streift mich. Übelkeit macht sich in mir breit. Seine Hände greifen nach mir und umfassen meine Handgelenke.

„Was soll das? Lass mich los!", schreie ich ihn an.

Er lässt zwar meine Handgelenke los, schlingt aber stattdessen einen Arm um mich. Ich stehe mit dem Rücken gegen die Tür und kann nicht weiter zurück, um mich zu befreien.

Mit der anderen Hand greift er mein Kinn und hält meinen Kopf fest. Sein Gesicht nähert sich bis auf wenige Zentimeter meinem. Sein alkoholisierter Atem schlägt mir ins Gesicht. Ich denke, dass sich jeden Augenblick seine Lippen auf meine pressen werden und Ekel kommt bei dem Gedanken in mir hoch.

„Du duftest verdammt gut", kommen die Worte stattdessen aus seinem Mund.

Dabei treffen Speicheltropfen mein Gesicht.

„Lass mich sofort los!", quetsche ich energisch hervor.

Es fällt mir schwer, die Worte zu formulieren, da seine Hand an meinem Kinn meinen Mund zusammenpresst.

Ich trete mit dem Fuß gegen sein Schienbein.

Er stößt einen kurzen Schmerzenslaut aus und lässt mich los.

„Bist du von allen guten Geistern verlassen? Willst du der Nachbarschaft ein Schauspiel bieten?", fahre ich ihn an.

Er weicht zurück und ich glaube, dass er zur Besinnung kommt.

„Dann lass uns hineingehen", antwortet er und tritt dabei wieder einen Schritt näher an mich heran.

Was soll ich machen? Um nicht für Gesprächsstoff im Ort zu sorgen, nehme ich meinen Schlüssel und schließe auf. Er folgt mir auf dem Fuß in die Wohnung.

„Schön hast du es", versucht er ein Kompliment und wirft sich in einen Sessel.

„Ich koche dir zuerst einmal einen starken Kaffee, damit du nüchtern wirst. Ich bin sofort wieder da", sage ich und verschwinde in die Küche.

Ich werde dir einen Kaffee zubereiten, der so stark ist, dass er Tote erwecken würde, sage ich zu mir und schäme mich sofort, dass ich so etwas Pietätloses heute denken kann.

Ich stelle den Kaffee vor ihn auf den Tisch.

„Du kannst dir denken, weswegen ich hier bin?“, fragt er völlig unvermittelt.

Dabei schaut er mich herausfordernd an, nimmt lässig die Tasse, schlürft genussvoll das heiße Getränk und scheint für einige Sekunden lang die Situation zu vergessen. Ich antworte nicht, denn ich bin mir tatsächlich nicht im Klaren, weswegen er heute Morgen vor meiner Tür steht.

„Ich bin gekommen, um meine Belohnung abzuholen!“

Sein Grinsen und sein lüsterner Blick sagen mir alles. Trotzdem frage ich naiv:

„Was willst du?“

„Dich!“

Er beugt sich nach vorne und stellt die Tasse zurück auf den Tisch. Dabei sieht er mich ununterbrochen an.

„Wie kannst du heute nach so einem schrecklichen Abend wie gestern, auch nur im Entferntesten daran denken?“

Ich sitze aufrecht im Sessel, in Bereitschaft jeden Augenblick aufzuspringen und ... ja, wohin sollte ich laufen? Bis zur Tür schaffe ich es nicht. Ich müsste an Rolfs Platz vorbei. Mir muss eine Idee einfallen und das möglichst schnell.

„Denkst du denn nicht mehr an gestern Abend?“

Ich versuche eine Änderung seiner Stimmung herbeizuführen, ihn von seinen erotischen Fantasien mit mir wegzulocken.

„Diese Nacht, ja. Ich habe getrunken, viel getrunken und alles vergessen. Jetzt denke ich nicht mehr daran, jetzt will ich nur an dich denken.“

Er grinst wieder dieses Grinsen, das ihn nach seiner Meinung unwiderstehlich macht, mich aber nur abstößt.

Wahrscheinlich hat er die Bilder tief in seinem Inneren vergraben und sieht das als einzigen Weg, damit zu leben. „Möchtest du nicht mit mir darüber sprechen, wie es dazu kommen konnte, wie es mit uns dazu kommen konnte? Ich denke die ganze Nacht und den ganzen Tag an nichts anderes."

„Nein! Und nochmals, nein!"

Er lässt sich zurück in die Polster fallen. Ich habe nicht den Eindruck, dass er nicht darüber reden will, sondern dass er nicht darüber reden kann. Vielleicht ist er aber auch der eiskalte Typ, der einfach nur schweigt und nicht danach fragt, warum etwas passiert.

Keiner sagt mehr ein Wort. Abgesehen vom hartnäckigen Prasseln des Regens gegen die Fensterscheibe ist es jetzt still im Raum.

„Machst du dir auch keine Gedanken darüber, was jetzt kommt und wie es weitergehen soll?", unterbreche ich die Stille, die ich ebenso wenig ertragen kann, wie Rolf.

„Doch, ganz sicher. Zuerst kommst du und dann überlege ich mir, wie es weiter geht."

„Ich kann das nicht. Nicht mit dir und nicht jetzt. Das musst du verstehen. Gib mir etwas Zeit. Auch du solltest dir etwas Zeit nehmen, das alles zu verarbeiten. Versuche nicht, dir etwas vorzumachen und mit mir Sex zu wollen. Ich glaube, du willst das eigentlich heute auch nicht."

Ich versuche ihn zu vertrösten, ihn nicht zu enttäuschen. Ich kann nicht riskieren, dass er wütend wird und mich mit Gewalt nimmt.

Ich durchforste sein Gesicht nach der Andeutung einer Reaktion. Er ist wie versteinert. Seine Augen sind geschlossen. Er scheint nachzudenken.

„Vielleicht hast du ja Recht. Aber aufgeschoben ist nicht aufgehoben. Denk daran!“, dabei vermeidet er es, mich anzusehen.

Puh, ich glaube ich habe es geschafft.

„Fahr nach Hause, leg dich ins Bett und ruh dich aus. Morgen sieht die Welt anders aus.“

Was rede ich da? Morgen mag zwar die Welt anders aussehen, für mich und auch für ihn aber bestimmt nicht besser.

Er erhebt sich schwerfällig aus dem Sessel und geht zur Tür.

„Du hörst von mir. Wie gesagt, aufgehoben ist ...“

Ich schiebe ihn zur Tür hinaus und schließe sie sofort wieder hinter ihm. Ich renne zu meinem Sofa, werfe mich hin und schluchze in das Kissen.

Bilder tauchen wie aus dem Nichts vor meinen Augen auf und verschwinden wieder.

Die Bilder meiner Albträume. Ronni und Lisa im Bett und der triumphierende Blick von Lisa dabei.

Wie Ronni sich am Felsen festklammert und dann in die Tiefe stürzt.

Diegos verzerrtes Gesicht und seine leblosen Augen.

Das gutmütige Lächeln der alten Frau in der Taberna in Biniaraix und das sympathische Lächeln von Carlos Mendoza.

Die Erinnerung an Carlos Mendoza lässt meine Tränen versiegen. Ich setze mich aufrecht und trockne mit einem Taschentuch mein Gesicht.

Hätte ich Carlos nur früher kennengelernt. Ihm hätte ich sagen können, wie es um mich und Ronni stand. Er hätte mich verstanden, mich beruhigt und mit Sicherheit meine Rachegefühle besänftigt.

Wie konnte ich bloß so töricht sein und mich auf einen Flirt mit Rolf einlassen? Auch wenn wir nicht miteinander geschlafen haben, war das ein Fehler. Ich kannte ihn doch und einige meiner jetzigen und früheren Kolleginnen haben mich davor gewarnt, wie besitzergreifend er sein kann.

Und wie konnte ich so naiv sein und ihm von meinem Mann und unseren Schwierigkeiten erzählen? Ich habe nicht um seine Hilfe gebeten, habe sie aber zugelassen, als er sie mir anbot. Aus gekränktem Selbstbewusstsein, verletztem Stolz und zur Befriedigung meiner Rachelust habe ich sie akzeptiert.

Jetzt hat er mich in der Hand und ich frage mich, wie lange ich ihn noch hinhalten kann. Wenn er nicht das bekommt, was ihm seiner Meinung nach zusteht, wird er sich seine Belohnung nehmen. Er wird alles daran setzen, mich zu bekommen – freiwillig oder erzwungen.

Ich weiß, dass ich niemanden verantwortlich machen kann für das, was ich getan und zugelassen habe. Ich trage die Verantwortung – die alleinige Verantwortung.

17

Es klingelt an der Tür.

Ich überlege, ob ich überhaupt hingehen und öffnen soll. Es gab Tage, an denen ich mich über einen Besuch gefreut hätte. Um der Einsamkeit zu entfliehen und den Kopf frei zu bekommen, bin ich wandern gegangen oder in die Stadt gefahren. Nach der grauenhaften Nacht und dem entsetzlichen Besuch von Rolf heute Morgen, steht mir der Kopf nicht nach weiteren Besuchen. Ich will im Grunde allein sein.

Trotzdem gehe ich zur Tür. Im ersten Moment denke ich, Rolf hat seinen Rausch ausgeschlafen und steht erneut davor. Das ist jedoch mehr als unwahrscheinlich. Vielleicht ist es der Eigentümer oder eine Nachbarin. Ansonsten habe ich keine Vorstellung, wer nachmittags bei mir klingeln könnte.

Ich schließe die Tür auf. Die Sicherheitskette verhindert, dass ich die Tür ganz aufziehe. Ich schaue durch den Spalt. Es ist niemand zu sehen.

„Ist da jemand?“, rufe ich.

Von der Seite, die ich nicht einsehen kann, kommt ein Mann auf den Eingang zu. Ich bin mehr als überrascht.

Mein Herz macht einen leichten Hüpfer, den ich mir aber nicht eingestehen will. Es ist Carlos Mendoza, meine Wanderbekanntschaft.

„Guten Tag Frau Kern. Bei unserem letzten Treffen im Café nannten Sie mir Ihre Adresse und ich sagte, falls mich meine nächste Wanderung nach Altenrath führen sollte, wüsste ich, wo ich gerne einen Kaffee trinken würde. Es ist sechzehn Uhr – Kaffeezeit. Nun bin ich hier. Trinken wir einen Kaffee zusammen?"

Ich bin völlig überrumpelt. Ist meine Wohnung aufgeräumt? Bin ich überhaupt angezogen, um Besuch zu empfangen?

„Sie wissen nicht, ob Sie einen fremden Mann in Ihre Wohnung lassen sollen? Das kann ich verstehen", sagt er einsichtig, bevor ich überhaupt eine Antwort herausbekomme.

Doch dann schaut er mich mit diesem gewinnenden Lächeln an, das ich bereits zu gut kenne.

„Nein, ... ich meine ja. Natürlich können Sie gerne auf einen Kaffee hereinkommen. Nur, ich bin gerade nicht so auf Besuch eingestellt", antworte ich verlegen.

„Das macht doch gar nichts. Glauben Sie mir, ich habe lange überlegt, ob ich bei Ihnen klingeln soll. Nun habe ich es getan und ich freue mich, dass Sie meinem Vorschlag zustimmen."

„Grundsätzlich freue ich mich ebenfalls, auch wenn ich etwas überrascht bin. Kommen Sie herein. Aber einen Augenblick, ich muss die Sicherheitskette entfernen."

Ich drücke die Tür zu und fummele aufgeregt an der Kette, bis ich endlich die Tür vollständig öffnen kann und ihn eintreten lassen kann.

„Schauen Sie sich bitte nicht zu genau um. Ich sagte ja bereits: Ich bin auf Besuch nicht eingestellt."

Wieso entschuldige ich mich wieder? Wenn es mir nicht passt, hätte ich doch nein sagen können. Dabei freue ich mich doch, dass dieser Mann so völlig unverhofft vor meiner Tür steht. Endlich werde ich auf andere Gedanken kommen.

Ich gehe voraus ins Wohnzimmer.

„Gemütlich haben Sie es“, sagte er und ich glaube ihm, dass er das auch so meint.

„Ich verschwinde eben mal in der Küche und bereite uns den Kaffee. Möchten Sie eine Tasse oder einen Becher?“

„Einen Becher, bitte, wenn es Ihnen nichts ausmacht.“

Immer höflich und zuvorkommend, denke ich und meine Laune bessert sich von Sekunde zu Sekunde.

Als ich mit zwei Bechern heißem, dampfendem Kaffee ins Wohnzimmer komme, steht er am Fenster und schaut hinaus. Seine Regenjacke hat er über einen Sessel gelegt. Er trägt Jeans und ein weißes, tailliertes Hemd, das im Kontrast zu seiner gebräunten Haut hervorragend aussieht.

Ich bin wieder einmal von ihm beeindruckt. Ich stelle die Becher mitten auf den Tisch.

Oh, nein. Die Untertassen habe ich vergessen. Ich renne wieder in die Küche und hole sie. Unbeholfen stelle ich die Becher auf die Untertassen.

„Setzen Sie sich doch!“, fordere ich ihn auf und weise mit der Hand auf die Sessel und das Sofa hin. Er setzt sich in eine Ecke des Sofas und nimmt direkt einen Becher mit. Ich setze mich in die andere Ecke. Diese Entscheidung kommt quasi spontan aus meinem Bauch. Wenn ich im Sessel Platz genommen hätte, hätte ich mich zu distanziert von ihm gefühlt. Und das wollte ich nicht.

„Sie haben gesagt, dass Sie lange überlegt haben, ob Sie bei mir klingen sollten. Dann war dieser Besuch also von langer Hand geplant?“, versuche ich, das Gespräch in Gang zu bringen.

„Ja, natürlich. Seitdem wir uns im Café begegnet sind, habe ich darüber nachgedacht. Aber denken Sie nun nicht, dass ich grundsätzlich alle alleinstehenden Frauen in Altenrath besuche. Da muss ich Sie enttäuschen. Sie sind die Erste und Einzige“, lächelt er.

„Das beruhigt mich natürlich ungemein“, antworte ich und erwidere sein Lächeln.

Ich nehme meinen Becher und probiere ein wenig Kaffee. Er ist sehr heiß und ich stelle die Tasse wieder hin.

Keiner von uns sagt ein Wort. Das Gespräch scheint bereits zu Beginn zu stocken.

„Haben Sie lange suchen müssen, bis Sie meine Wohnung gefunden haben?“, frage ich, nur um etwas zu sagen.

Er nimmt seinen Becher, nippt vorsichtig an dem heißen Getränk und stellt ihn wieder hin, ohne meine Frage zu beantworten. Er scheint nachgedacht zu haben und zu einem Entschluss gekommen zu sein.

„Der Kaffee ist gut. Jetzt sitzen wir bequem zusammen in Ihrer Wohnung und trinken Kaffee. Finden Sie nicht auch, wir sollten mit den Förmlichkeiten aufhören?“

Ich schrecke innerlich zusammen, wahrscheinlich macht das die Anspannung der vergangenen Tage, und überlege, was jetzt wohl kommen wird.

„Nennen Sie mich doch einfach Carlos.“

Ich bin erleichtert. Das mache ich doch gerne. Wenn ich an dich denke, nenne ich dich sowieso bereits Carlos, sage ich zu mir in Gedanken.

„Ja, gerne, und mich nenne bitte Isabelle“, antworte ich mit etwas gebremster Euphorie, denn er soll nicht denken, dass ich auf dieses Angebot gewartet habe.

Manchmal stößt man mit einem Getränk an und gibt sich einen Kuss – aber mit Kaffee? Nein. Wir bleiben sitzen, schauen uns an und lächeln uns zu. Vielleicht haben wir uns etwas zu lange in die Augen gesehen. Ich fühle, wie meine Wangen heiß werden.

„Ich sehe einmal nach, ob ich etwas Gebäck finde", sage ich und gehe schnell in die Küche.

Ich lehne mich mit dem Rücken gegen einen Küchenschrank und atme tief durch. Was ist los mit mir? Jedes Mal, wenn ich diesen Mann treffe, bin ich durcheinander. Auf der einen Seite bin ich durcheinander, auf der anderen Seite breitet sich in mir so ein starkes Geborgenheitsgefühl aus, als würde ich ihn bereits ewig kennen.

Mein Gott, ich verstehe mich selbst nicht mehr. Seit unserem ersten Treffen in der Wahner Heide und besonders nach unserem Gespräch im Café, denke ich öfter an ihn. An sein Gesicht, seine ruhige, freundliche Art. Ich habe gedacht, es würde vorübergehen, ich könnte es verdrängen, aber die Gedanken kommen immer wieder. Habe ich mich vielleicht verliebt? Unsinn. Ich habe doch überhaupt nicht geplant, mich zu verlieben – aber wer plant das schon?

Ich kann mich nicht weiter in der Küche verkriechen. Ich muss wieder zu ihm zurück.

„Leider ist kein Gebäck da. Wie ich sagte, bin ich nicht auf Besucher eingerichtet. Tut mir leid", entschuldige ich mich wieder und ärgere mich über mich selbst.

„Das macht doch nichts. Der Kaffee reicht vollkommen."

„Ich muss dich etwas fragen, was mich seitdem wir uns im Café in Troisdorf getroffen haben, sehr beschäftigt. Du hast mir erzählt, dass dein Mann dich betrogen hat und dann nach eurem Urlaub ausgezogen ist. Du hattest keine Ahnung, wo er sei, sagtest du. Du schienst sehr unglücklich zu sein, obschon er dich betrogen hat. Hast du inzwischen etwas von ihm gehört?"

Ich habe erwartet, dass er irgendwann nach Ronni fragen würde, trotzdem bin ich verwundert, wie schnell und direkt er auf dieses Thema kommt.

„Nein, noch immer nicht“, antworte ich leise und sinke in mich zusammen.

Meine Euphorie ist verschwunden. Wie gerne würde ich die elende Lügengeschichte einfach vergessen und ihm erzählen, wie es wirklich war. Alles, schonungslos.

„Hast du jemanden, mit dem du darüber reden kannst. Eine Freundin, einen Freund oder jemand aus der Familie?“

„Nein. ... Eigentlich nicht. Meine Familie lebt in Spanien und ich möchte sie nicht damit belasten. Sie waren alle zu unserer Hochzeit gekommen und sind überzeugt, Ronni und ich sind noch immer ein Traumpaar.“

Verdammt, jetzt beginne ich auch noch gleich zu heulen.

„Ich bin ein guter Zuhörer und habe Zeit. Wenn du möchtest, kannst du mir gerne deine Geschichte erzählen. Vielleicht hilft es dir schon, wenn du alles erzählen kannst, von Anfang an. Vielleicht kann ich dir aber auch außerdem noch helfen.“

Ich bin nicht in der Lage, ihn anzusehen. Ich schäme mich so sehr, weil mir doch klar ist, dass ich ihm nicht alles sagen kann. Nicht das, was mit Ronni geschehen ist und auch nicht das, was Rolf mit Diego gemacht hat.

Trotzdem beginne ich mit meiner Geschichte ganz von vorn.

Ich erzähle ihm, wie lange ich Ronni kenne, dass wir uns immer geliebt haben. Wie schrecklich es war, als mich dieser Psychopath in seiner Gewalt hatte und Ronni mein Leben gerettet hat, ohne Rücksicht auf sein eigenes und wie glücklich ich war, als er mich endlich heiraten wollte.

Als ich dann von der traumhaften Trauung erzähle, von der anschließenden riesigen Feier mit allen Verwandten und

Freunden und die Bilder in mir vorüberziehen, kann ich die Tränen nicht mehr zurückhalten. Ich schluchze erbärmlich.

Carlos reicht mir ein Päckchen Papiertaschentücher und legt den Arm um meine Schulter. Er zieht mich an sich und streichelt sanft mein Haar. Ich lasse es einfach geschehen und genieße die Geborgenheit in seinem Arm, die mir in letzter Zeit niemand geben konnte.

Ich trockne meine Tränen und erzähle stockend weiter von den schönen Tagen unseres gemeinsamen Lebens, immer wieder unterbrochen von Weinattacken.

Schließlich komme ich zu der Sache mit Lisa, wie er mich betrogen hat und wie er es mir dann spät, viel zu spät beichtete. Wie er Lisas Namen im Traum und sogar dann nannte, als wie uns liebten. All dies erzähle ich Carlos ausführlich. Ich will, dass er mich versteht. Dass er mich versteht, wenn irgendwann alles herauskommt, denn inzwischen bin ich überzeugt, dass die Wahrheit nicht für immer verborgen bleiben wird.

Carlos hat viel Geduld mit mir und beruhigt mich immer wieder.

Zuletzt schildere ich ihm, dass wir nach Mallorca flogen, um ganz neu anzufangen, dass es danach zum Streit kam und Ronni schließlich auszog und seitdem verschwunden ist. Es bereitet mir unendlich viel Mühe, ihm diese Lüge glaubhaft herüberzubringen.

Mein Kopf liegt in seiner Armbeuge und ich spüre, wie er manchmal etwas tiefer einatmet. Merkt er, dass ich ihm eine Lügengeschichte auftische? Es ist mir egal.

Carlos hat sich das bisher alles wortlos angehört. Nicht ein einziges Mal unterbricht er mich oder stellt eine Frage. Gleichfalls unterbricht er nicht, mich zärtlich zu streicheln und zu beruhigen. Manchmal, wenn erneut einige Tränen lautlos über meine Wangen rinnen, zieht er mich stärker an sich heran und ich beruhige mich wieder.

Meine Geschichte ist erzählt und ich schweige. Ich habe das Bedürfnis, auch ihn zu streicheln, seine Zärtlichkeit zu erwidern.

Ich lege meine Hand auf seine Brust und fahre mit den Fingern zwischen die Knöpfe seines Hemdes. Zärtlich berühre ich seine Haut. Da er nichts Abweisendes sagt, öffne ich behutsam einen Knopf und fahre mit der Hand langsam unter sein Hemd.

Der nächste Knopf. Ich spüre, wie sein Atem schneller geht. Keiner von uns sagt etwas.

Anscheinend hat er sein Gesicht in meinem Haar vergraben. Ich spüre seinen heißen Atem auf meiner Kopfhaut. Auch seine Hand hat den Weg zu meiner Haut gefunden und streicht unter meiner Bluse meinen Hals und meine Schulter.

Der nächste und der übernächste Knopf. Meine Hand streicht sacht über seine Haut. Ich spüre seinen Bauchnabel.

Ich öffne den letzten Knopf seines Hemdes.

Auch Carlos Hand bewegt sich inzwischen unter meinem BH. Mir läuft ein Schauer der Erregung über den Rücken, als seine Hand über meine Brust streicht.

Meine Hand macht sich an seiner Gürtelschnalle zu schaffen und ich spüre seine Erregung.

„Stopp! Bitte nicht."

Er drückt mich sanft von sich. Ich schaue ihn entsetzt an.

„Was ist los?", frage ich ihn entgeistert.

„Habe ich etwas falsch gemacht? Ich dachte ..."

„Nein, du hast nichts falsch gemacht. Ich habe etwas falsch gemacht", antwortet er und sieht mich dabei so traurig an, dass ich fast wieder anfange zu heulen.

„Wieso?“

Mehr Worte kommen nicht über meine Lippen. Ich ringe mit mir. Bin ich verärgert oder bin ich nur enttäuscht?

„Isabelle, ich mag dich. Ich mag dich sogar sehr. Vom ersten Augenblick an, wo wir uns trafen. Aber ich kann das nicht, ich darf das nicht, nicht jetzt.“

Ich mag Carlos. Vielleicht liebe ich ihn sogar und wie er sagt, mag er mich auch. Er lässt es geschehen, dass wir uns näher kommen, doch dann zieht er die Reißleine. Warum? Ich will das verstehen.

„Bist du verheiratet? Oder hast du gesundheitliche Pro…?“

„Nein, nein“, wehrt er ab.

„Ich bin nicht verheiratet. Aber glaube mir, wir würden uns keinen Gefallen tun, wenn wir damit weitermachen, womit wir begonnen haben.“

„Carlos. Du bist ein erwachsener Mann, ich bin eine erwachsene Frau. Keiner von uns ist an einen anderen Partner gebunden. Was spricht dagegen, wenn wir uns lieben?“

„Das kann ich dir jetzt nicht sagen. Vertraue mir.“

Er nimmt mich mit beiden Händen bei den Schultern und schaut mir eindringlich in die Augen.

„Beantworte mir ehrlich eine Frage.“

„Wenn ich kann, gerne. Danach sagst du mir aber, was los ist.“

Wir schauen uns immer noch in die Augen.

„Liebst du Ronni noch?“

Das trifft mich wie ein Peitschenhieb. Ich zucke fast genauso zusammen. Die letzte Spur meiner Erregung löst sich in Nichts auf. Ist es das, was ihn stört? Ist er eifersüchtig? Hat er Angst, das fünfte Rad am Wagen zu sein? Ich kann seinem Blick nicht mehr standhalten und schaue zu Boden.

„Carlos, ich mag dich. Das hat mit Ronni nichts zu tun. Ganz und gar nicht“, sage ich nicht gerade überzeugend aber zumindest ehrlich.

„Isabelle, du wolltest mir aufrichtig meine Frage beantworten. Liebst du Ronni noch immer?“

Wieder dieser Peitschenhieb. Die Frage geht mir unter die Haut. Ich brauche nicht zu überlegen. Ich habe sie mir selbst oft genug gestellt. Ich kenne die Antwort – ja, ich liebe ihn – ich liebe ihn noch immer.

„Es stimmt ...“, beginne ich und breche den Satz sofort wieder ab.

Ich schaue Carlos wieder in die Augen. Furchtlos und auf eine besondere Art glücklich.

„Ja, ich liebe ihn noch immer. Aber er ist tot!“

18

Eisenstein betrat gut gelaunt sein Büro. Es war kurz vor dreizehn Uhr. Sybille Baum suchte in der Handtasche nach ihrem Lippenstift. Sie wollte die Lippen etwas nachziehen und dann in die Stadt gehen und ein wenig zu Mittag essen.

„Hallo Sybille, da bin ich wieder!", dröhnte Eisensteins Stimme durch den Raum.

Er warf seinen Mantel über den Garderobenständer.

„Hallo Frank! Schön, dass du wieder im Land bist. Dann werde ich wohl auf meine Pause verzichten. Ich habe auch gar keinen Hunger", log sie.

„Das wäre gut, denn wir haben bestimmt einiges zu besprechen", sagte Eisenstein und ließ sich in seinen Schreibtischsessel fallen.

Sybille setzte sich auf einen der beiden Besucherstühle vor seinem Schreibtisch und schaute ihn neugierig an.

„Du siehst aus, als hättest du dir einen Sonnenbrand im Urlaub auf Mallorca geholt", grinste sie.

Eisensteins Gesicht war tatsächlich puterrot.

„Von wegen Urlaub. Das war anstrengende, kriminalistische Arbeit."

„Seit wann bist du wieder hier?", wollte Sybille wissen.

„Seit gerade. Ich bin vom Flughafen direkt hier ins Präsidium gefahren. Mein Koffer liegt noch im Wagen."

„So, nun schieß mal los! Du hast mich angerufen und berichtet, dass ihr eine Leiche gefunden habt. Vergraben auf einem Parkplatz an der Altenrather Straße in Troisdorf. Am Telefon konntest du noch nichts Genaues sagen. Habt ihr inzwischen etwas ermittelt?"

„Schmitz hat die Sache selbst in die Hand genommen. Eine seltsame Geschichte. Der Tote hatte keine Papiere bei sich. Jetzt kommt's! In einem Auto, das auf dem Parkplatz stand, haben wir Ausweis und Führerschein, nun rat' mal von wem, gefunden?"

Sybille machte eine Pause und erfreute sich an Franks neugierigem, aber auch ratlosem Blick.

„Von Ronni!", stieß sie hervor und starrte ihn an, wie das Kaninchen vor der Schlange.

Sie erwartete von ihrem Chef einen Ausruf, eine Frage, auf jeden Fall eine außergewöhnliche Reaktion.

„Aber Ronni war nicht der Tote", sagte Eisenstein ungerührt und bestimmt.

„Nein, Gott sei Dank nicht", sagte sie enttäuscht, weil Frank nicht die überraschte Reaktion gezeigt hatte, die sie erwartet hatte.

„Wisst ihr denn inzwischen, wer dir den Tipp mit der vergrabenen Leiche gegeben hat?"

Natürlich hatte Sybille Eisenstein ausführlich von dem Anruf berichtet, den sie entgegengenommen hatte. Schließlich war sie die Einzige gewesen, die die Funktionsfähigkeit der Abteilung gewährleistet hatte.

„Fehlanzeige! Wir haben keinen blassen Schimmer."

„Wir haben aber inzwischen die Identität der Leiche in Erfahrung gebracht“, fuhr sie fort und machte erneut eine ihrer bekannten Kunstpausen.

„Lass dir doch nicht alles aus der Nase ziehen. Nun sag schon!“

„Der Mann heißt Diego Alvarez.“

„Sieh mal einer an. Wahrscheinlich ein Spanier“, mutmaßte Eisenstein.

„Genau. Schmitz hat seine Fingerabdrücke über Interpol suchen lassen. Und siehe da, sie waren registriert. Dieser Alvarez war mehrfach vorbestraft. Kleinere Betrügereien, Urkundenfälschung und er hat ältere Frauen mit einem Wechseltrick um viel Geld gebracht. Deswegen ist er auch vor längerer Zeit zu einer Haft auf Bewährung verurteilt worden.“

„Ich würde mich nicht wundern, wenn er auf Mallorca wohnhaft gemeldet ist.“

„Er ist tatsächlich in Palma registriert. Wie kommst du darauf?“, frage Sybille verwundert.

„Ich hatte es mir gedacht. Es ist doch eigenartig. Seit Ronni verschwunden ist, laufen alle Fäden nach Mallorca. Ronni und Isabelle machen auf Mallorca Urlaub. Isabelles Chef fliegt zur gleichen Zeit nach Mallorca. Hier wird die Leiche eines Mannes gefunden, der in Palma registriert ist. Das sind doch keine Zufälle.“

„Das stimmt“, gab Sybille nachdenklich zu.

„Wenn ich dir jetzt noch sage, was ich herausgefunden habe, wirst du noch nachdenklicher.“

„Erzähl schon, was hast du herausgefunden?“

Sybille setzte sich gerade hin und schaute ihren Chef erwartungsvoll an.

„Also, ich habe im gleichen Hotel gewohnt wie Ronni und Isabelle. Für Privatbucher gibt es anscheinend immer noch ein Zimmer. Soviel ich gesehen habe, sind die besser, als die Zimmer für Pauschalreisende."

Frank berichtete, dass sich die Frau an der Rezeption sehr gut an die beiden erinnern konnte. Ein paar freundliche Worte, meistens auf Spanisch mit Isabelle, wurden jeden Tag gewechselt. Morgens erkundigte sie sich oft, wie sie mit dem Auto, das sie sich an einigen Tagen geliehen hatten, zu bestimmten Sehenswürdigkeiten hin käme. Oder welche Buslinie sie zu einem Startpunkt für die eine oder andere Wanderung benutzen mussten.

„Am Abflugtag hatte sie morgens Dienst und sprach beim Auschecken mit Isabelle. Sie war der Meinung, dass Ronni es eilig hatte und bereits in den Bus eingestiegen war, der vor dem Hotel wartete. Ich habe ausdrücklich nachgefragt – gesehen hat sie ihn am Abflugtag nicht. Auch am Tag vor ihrem Abflug hat sie nur Isabelle abends getroffen. Sie hatte Dienstschluss und ging hinunter zum Hafen während Isabelle vom Hafen hoch zum Hotel ging. Isabelle sagte ihr, Ronni sei bereits im Hotel und dass beide an dem Abend früh ins Bett wollten. Wegen der frühen Abreise am nächsten Tag."

Frank machte ein recht skeptisches Gesicht und kratzte sich dabei am Kopf, was er immer tat, wenn ihm etwas seltsam vorkam oder wenn etwas nicht stimmte.

„Das muss aber nichts bedeuten. Das ist doch durchaus möglich, dass es so gewesen ist", sagte Sybille.

Frank ging auf Sybilles Bemerkung nicht ein, stattdessen berichtete er weiter.

„Ich habe erfahren, dass beide am Tag zuvor mit dem Bus zum Cúber-Stausee fahren und von dort über Biniaraix nach Sóller wandern wollten. Die Frau an der Rezeption, sie hat übrigens den schönen Namen Carlota, war später nicht dazu gekommen, nachzufragen, wie ihnen die Wanderung gefallen hatte. Ich habe selbst ebenfalls diese Wanderung unternommen. Ich wollte mich unterwegs umsehen und vielleicht verschiedene Leute nach Ronni und Isabelle befragen."

„Du bist gewandert? Das kann ich kaum glauben."

Sybille kannte ihren Chef so gut, dass sie wusste, dass er überhaupt nicht sportlich war. Eine Wanderung, und dann noch durch eine gebirgige Landschaft, konnte sie sich bei ihm nicht vorstellen.

„Doch, das bin ich. Einem guten Ermittler ist halt nichts zu viel", lachte Eisenstein.

„Aber Scherz beiseite. Es war sehr anstrengend. Dann diese Hitze, das kannst du dir nicht vorstellen. Doch der Reihe nach."

Eisenstein berichtete, dass er mit dem gleichen Linienbus gefahren sei, wie Ronni und Isabelle. Er habe dem Fahrer Bilder der beiden gezeigt, die er in der Galerie auf seinem Smartphone hatte.

„Stell dir vor, das waren die Hochzeitsbilder. Aber er erkannte sie nicht. Ich hatte auch nichts anderes erwartet bei der Menschenmenge, die täglich den Bus benutzt."

Ab dem Cúber-Stausee habe er sich einem älteren Ehepaar angeschlossen, das er im Bus kennen gelernt hatte, erzählte er.

„Sie kannten die Wanderung von den Jahren zuvor und wiesen mich auf alle Sehenswürdigkeiten, Bergformationen und was es sonst so am Wegesrand gab, hin."

Sybille merkte, dass Eisenstein sich den Mund trocken geredet hatte und bot sich an, Kaffee am Automaten im Flur zu holen. Eisenstein war recht froh über diese kurze Unterbrechung.

Sybille stellte die weiße Plastiktasse in den Automaten, betätigte den Knopf und wartete, dass der Kaffee in die Tasse strömte. Sie schüttelte in Gedanken den Kopf. Sie hatte jetzt schon ein seltsames Gefühl über das, was Frank ihr berichtete und sie war überzeugt, dass der alte Spürhund noch mehr in Erfahrung gebracht hatte.

Sie verzog das Gesicht, als sie die dunkle Brühe in den Tassen sah, aber etwas Besseres gab es hier nicht. Sie balancierte die Plastiktassen ins Büro und stellte sie auf Franks Schreibtisch. Beide nahmen die Tasse an den Mund und schlürften einen kleinen Schluck. Der Kaffee schmeckte scheußlicher, als er aussah. Weder sie noch Frank äußerten sich jedoch darüber. Stattdessen fuhr Frank mit seinem Bericht fort, als hätte keine Unterbrechung stattgefunden.

„Und so kamen wir an eine Stelle mit einem fantastischen Blick auf das Tal von Sóller und das Meer im Hintergrund. Meine beiden Begleiter setzten sich direkt am Abhang auf ein faltbares Iso-Sitzkissen. Du kennst diese sicherlich."

„Ja, keine Frage, die kenne ich", schwindelte Sybille mit einem Grinsen.

„Ich blieb stehen und genoss den Ausblick. Ich erspare mir, dir zu schildern, wie toll es dort oben war und wie stolz ich auf mich war, den Weg bis dahin gut geschafft zu haben", fuhr Eisenstein fort.

„Erst als der Mann sich auf den Bauch legte und seine Frau bat, ihn festzuhalten, wurde ich aufmerksam und ging zu dem Ehepaar hin. Der Mann versuchte mit den Händen etwas zu erreichen, was sich anscheinend oberhalb eines kleinen Gewächses verfangen hatte. Nachdem seine Frau und ich ihn an beiden Beinen festgehalten hatten, erreichte er das, was er gesehen hatte. Er meinte später, er hätte plötzlich das Glitzern in der Sonne gesehen. Ich habe mitgebracht, was der Mann gefunden hat."

Eisenstein griff in seine Tasche und holte einen kleinen Plastikbeutel mit Druckverschluss heraus.

Er öffnete ihn und ein goldener Ring kullerte auf seinen Schreibtisch.

„Ist das ein Ehering?“, fragte Sybille.

Sie ahnte, um was für einen Ring es sich handelte. Falls ihre Ahnung nicht stimmen würde, hätte Frank ihn nicht mitgebracht und aus der Wanderung nicht so eine riesige Story gemacht.

„Schau dir die Gravur im Ring an!“, sagte Eisenstein.

Sybille nahm den Ring und schaute genau hin. Was sie sah, bestätigte ihre Vorahnung.

„Das ist der Ehering von Ronni“, sagte sie tonlos.

Sie legte den Ring zurück auf den Tisch und sah Frank ratlos an.

„Was bedeutet das, Frank? Ronni verliert doch nicht so einfach seinen Ehering?“

„Nein, das glaube ich allerdings auch nicht.“

Eisenstein steckte den Ring wieder in den Beutel.

„Wir sind dann weiter gewandert. Im Tal trafen wir in dem kleinen Ort Biniaraix den Pfarrer vor der Kirche, einen alten Mann. Vielleicht hatten Ronni und Isabelle die Kirche besichtigt und mit dem Pfarrer zufälligerweise gesprochen. Ich zeigte ihm die Bilder. Er verstand mich nicht und schüttelte immer wieder den Kopf. Auf die Bilder warf er nur einen kurzen Blick. Die Personen und Gesichter schienen ihm nichts zu sagen.“

Eisenstein trank einen Schluck Kaffee und stand auf, um einige Schritte im Büro auf und ab zu gehen. Dabei berichtete er weiter.

„Die Einwohner des Ortes konnten oder wollten mir nicht helfen. Niemand sprach Englisch, mit dem ich mich hätte unterhalten können und mit einem Ausländer, der nur Fragen stellt, wollte anscheinend niemand etwas zu tun haben. Wir, das Ehepaar und ich, haben dann in einer kleinen Bar am Marktplatz etwas getrunken. Der Inhaberin, einer alten Mallorquinerin, habe ich die Bilder ebenfalls gezeigt. Sie erkannte Isabelle sofort wieder. Ronni hingegen erkannte sie nicht. Die alte Dame sprach nur sehr wenig Deutsch. Ich und auch meine beiden Begleiter sprachen überhaupt kein Spanisch. Soviel ich verstanden habe, war Isabelle mit einem anderen Mann in der Bar. Der Mann schien ihr nicht gefallen zu haben, zumindest habe ich so ihre Gesten und ihren Gesichtsausdruck gedeutet. Im Kalender habe ich mit ihr das Datum verglichen. Es muss der Tag gewesen sein, an dem Ronni und Isabelle die Wanderung unternommen haben."

„Wenn die Frau sagte, dass Ronni nicht bei Isabelle gewesen ist, sondern ein anderer Mann mit ihr in der Bar war, bedeutet das denn, dass Isabelle mit einem anderen Mann eine Wanderung gemacht hat? Das kann ich mir nun gar nicht vorstellen", sagte Sybille.

„Du kennst sie doch noch besser als ich. Kannst du dir das vorstellen? Oder hast du dafür eine andere Erklärung?", fragte sie.

Sybille schaute Eisenstein völlig ratlos an.

„Nein, ich habe keine Erklärung dafür. Aber Ronni muss dort im Gebirge gewesen sein. Denk an den Ring, den wir oben in den Bergen gefunden haben."

„Also, Ronni war mit Isabelle in den Bergen. Dort hat er irgendwie seinen Ring verloren. Im Tal war Isabelle dann mit einem anderen Mann in dieser Bar. Wo war dann Ronni zu dieser Zeit?", folgerte Sybille.

„Das frage ich mich auch. Auf jeden Fall muss er zwei Tage später mit Isabelle nach Hause geflogen sein."

„Und dann finden wir seine Papiere in einem Mietwagen an der Stelle, wo eine Leiche vergraben wurde", ergänzte Sybille.

„Ich bin mir sicher, dass Ronni diesen Spanier nicht umgebracht hat. Er ist doch nicht so verrückt und lässt seine Papiere am Tatort zurück."

„Da bin ich mir auch ganz sicher. Ronni ist doch kein Mörder. Er ist Polizist! Polizist wie du und all die anderen hier", verteidigte auch Sybille Ronni ohne Wenn und Aber.

„Bevor wir gegangen sind, habe ich der alten Frau nochmals Bilder von Ronni gezeigt. Ich habe ihr alle Bilder aus meiner Galerie gezeigt, auf denen Ronni abgebildet ist. Dann habe ich versucht zu erklären, dass Ronni mein Freund ist und wir beide Polizisten sind. Sie hat ihn nicht erkannt, aber ich glaube, sie hat begriffen, wie wichtig es mir ist, ihn zu finden."

Eisenstein griff erneut in seine Jackentasche und zog einen zerknitterten Zettel heraus, den er Sybille reichte.

„Mit Gesten bedeutete sie mir, zu warten und ist in einen Raum hinter dem Ausschank verschwunden. Als sie zurückkam, gab sie mir diesen Zettel. Soweit ich es verstanden habe, handelt es sich bei dem Namen auf dem Zettel um ihren Sohn, der in Deutschland lebt. Ihn soll ich fragen."

„Wenn ihr Sohn in Deutschland lebt, wie kann er Ronni in Spanien gesehen haben? Und was sollst du ihn fragen?", wandte Sybille ein und sah sich den Zettel genauer an.

„Ich fass es nicht! Das ist ja eine Anschrift in Troisdorf-Spich."

„Genau. Ich habe mehrmals versucht aus der Frau herauszubekommen, wieso ich ihren Sohn fragen soll, aber sie erklärte nur immer wieder mit Gesten und weit aufgerissenen Augen, ich soll ihn fragen oder mit ihm sprechen. Und das werde ich auch. Als Erstes werde ich diesen Carlos Mendoza in Troisdorf aufsuchen. Möglich, dass es sich als Flop herausstellt."

Eisenstein war bisher umhergegangen oder hatte hinter seinem Schreibtisch gestanden. Jetzt setzte er sich auf den zweiten Besucherstuhl, direkt neben Sybille.

„Bevor ich zum Flughafen gefahren bin, war ich heute Morgen bereits sehr früh in der Redaktion der örtlichen Presse in Palma. Ich habe mir die Tageszeitungen der Tage nach Ronnis und Isabelles letzter Wanderung heraussuchen lassen. Zum Glück fand sich ein Redakteur, der ganz gut Deutsch sprach. Ich habe ihn gebeten, in den Zeitungen nach einem Unfall im Tramuntanagebirge zu suchen. Er fand zwar einen Bericht über einen Absturz eines deutschen Touristen am Puig de Massanella, wie es sich aber bei näherer Betrachtung herausstellte, kann es sich nicht um Ronni gehandelt haben."

„Er kann doch nicht abgestürzt sein, das hätte Isabelle dir doch gesagt, als du bei ihr warst. Wenn er abgestürzt wäre und sich womöglich schwer verletzt hätte, hätte er doch nicht zwei Tage später zurückfliegen können und dann einige Tage später die Koffer packen können, um Isabelle zu verlassen", sagte Sybille und schüttelte energisch den Kopf.

„Alles richtig. Aber wieso liegt an einem Abhang in den Bergen sein Ehering?"

Eisenstein kratzte sich erneut am Kopf.

„Was meinst du? Kann ein Ehering so groß sein, dass man ihn verliert? Es ist schon etwas her, dass ich einen Ehering getragen habe, aber ich kann mich nicht erinnern, jemals in die Verlegenheit gekommen zu sein, meinen Ehering zu verlieren. Der saß bei mir immer fest um den Ringfinger."

„Normalerweise nicht. Ich kann mich erinnern, dass der geschiedene Mann meiner Freundin zuletzt immer Probleme mit dem Ring hatte. Nun war der Mann hundertdreißig Kilo schwer und hatte im Laufe des letzten Jahres über zwanzig Kilo abgenommen. Der Ring passte nicht mehr. Aber dann haben sie sich getrennt und das Problem war damit gelöst“, amüsierte sich Sybille.

„Ich werde Isabelle noch einmal einen Besuch abstatten. Ich glaube, sie hat mir nicht alles gesagt, was sie über Ronnis Verschwinden weiß. Da gibt es bestimmt noch Gesprächsbedarf – zumindest von meiner Seite. Verdammt! Ich frage mich immer wieder, ist das die Isabelle, die ich schon lange Jahre kenne und deren Trauzeuge ich bin. Oder habe ich sie nie richtig gekannt?“

Sybille merkte, wie deprimiert und verärgert Eisenstein war. Sie konnte das verstehen. Sein Freund und Kollege war nicht auffindbar, die Ehe, bei der er Trauzeuge gewesen war, war in die Brüche gegangen und Isabelles Verhalten konnte er nicht nachvollziehen. Viel mehr noch, er zweifelte an ihr.

„Was ist los mit dir? Ist alles in Ordnung?“, fragte Sybille mitfühlend.

„Was? Nein. Nichts ist in Ordnung. Oder was meinst du, was mit mir nicht in Ordnung ist?“

Eisenstein beugte sich nach vorne und sah Sybille vorwurfsvoll an. Die gute Laune, die er gehabt hatte, als er das Büro betreten hatte, war verpufft. Seine eigene Berichterstattung und das damit verbundene erneute Nachdenken mit der Einsicht, dass er am Ende kein Ergebnis vorweisen konnte, hatten ihn in schlechte Laune versetzt. Er war jetzt gereizt.

„Ich mache mir halt etwas Sorgen um dich. Ich habe Angst, dass du das in dich hineinfrisst, dir Vorwürfe machst und das zu persönlich nimmst. Es geht immerhin um deine Freunde und ich könnte das verstehen.“

„Nein, nein“, sagte Eisenstein und schüttelte energisch den Kopf.

„Ich habe alles getan, was ich tun konnte und brauche mir keine Vorwürfe zu machen. Und du musst dir keine Sorgen um mich machen."

Mehr fiel ihm nicht ein zu sagen. Das war neu für ihn, dass sich Sybille Sorgen um ihn machte. Trotzdem freute es ihn und seine Laune besserte sich.

„Na gut, ich wollte es nur gesagt haben."

Sybille blieb mit einem gequälten Lächeln sitzen, während Eisenstein aufstand und zur Garderobe ging.

„Ich bin auf dem Weg zu Carlos Mendoza", sagte er, als er sich seine Jacke überzog.

Vor der Tür blieb er stehen und drehte sich zu seiner Sekretärin um.

„Und ... Danke", sagte er und ging hinaus.

19

Ich stehe nur mit einem Nachthemd bekleidet im Wald, im Dickicht. Die Dornen der Brombeerranken haben meine Beine, Unterarme und auch das Gesicht zerkratzt. Ich habe das Gefühl, in dem Dickicht aus Ranken und Ästen gefangen zu sein. Es regnet in Strömen. Wasser und Blut läuft an meinem Körper herab und bildet um meine nackten Füße eine Lache. Ich kann meinen Blick nicht von dem Grab vor mir abwenden. Zuerst schaut mich das Gesicht von Diego mit starren Augen an, dann wechselt das Gesicht und ich sehe Ronni. Er reißt den Mund auf, er schreit, doch ich kann ihn nicht hören. Ich will zu ihm, ihn aus dem Grab herauszerren. Das Wasser spült das Erdreich in die Grube, über sein Gesicht, in seinen Mund. Sein Gesicht verschwindet. Ich stehe wie angewurzelt, ich kann mich nicht bewegen. Ich schreie um Hilfe, ohne dass ein Laut meine Lippen verlässt. Ich schreie und schreie und mit einem Mal sitze ich aufrecht im Bett und schreie.

Mein Nachthemd klebt mir am Körper und mein Puls rast. Ich weiß nicht, ob ich schlafe oder wach bin und ob ich das gerade wirklich erlebt habe. Ich setze mich auf die Bettkante und allmählich wird mein Kopf klarer. Ich habe geträumt. Einen anderen Traum als sonst.

Ich stehe auf und torkele ins Bad. Dort halte ich das Gesicht unter kaltes Wasser. Die Traumbilder tauchen immer wieder auf und wollen mich nicht loslassen. Ich ziehe meine Nachtwäsche aus und gehe unter die Dusche, die ich so kalt einstelle, dass ich es gerade noch ertragen kann. Langsam normalisiert sich mein Puls und ich beginne zu frieren. Ich wickele mich in ein Badetuch, dann taumele ich ins Wohnzimmer. Dort kuschele ich mich unter eine Decke in der Sofaecke.

Wieso habe ich immer so schlimme Träume? Früher hatte ich schöne Träume, an die ich mich morgens gerne erinnert habe. Wenn ich Ärger im Büro hatte, mich mit Ronni gestritten hatte oder wenn mich der Stress aufzureiben schien, waren meine Träume immer schön und der Schlaf erholsam. In dieser Nacht und in den letzten Wochen ist das überhaupt nicht mehr der Fall.

Mein Kopf fühlt sich an, als wäre er mit Watte gefüllt und ein dünner Schleier breitet sich über meine Augen aus. Das muss an den Tabletten liegen, die ich in der Nacht genommen habe, denke ich. Zum ersten Mal in meinem Leben habe ich Tabletten zur Beruhigung und dann zum Schlafen geschluckt. Nicht nur jeweils eine, sondern zuerst mehrere zur Beruhigung, dann in kurzen Abständen immer eine oder zwei zum Einschlafen, bis ich die Kontrolle über mich verlor und einschlief.

Reiß dich zusammen, Isabelle!

Ich schaue zum Fenster. Erst jetzt bemerke ich, dass es Tag ist. Ich schaue zur Uhr, die über der Tür hängt. Ich kann das Zifferblatt nicht erkennen, es liegt verschwommen im Nebel meines Kopfes. Auf dem Tisch liegt vor mir meine Armbanduhr. Ich beuge mich nach vorne und nehme sie. Mir wird übel von der Bewegung.

Ich halte sie dicht vor meine Augen. Es ist nach zwölf Uhr. Wieso erschrecke ich nicht? Wieso ist mir das egal?

Die Uhr fällt mir aus der Hand und mir wird schwarz vor Augen. Werde ich ohnmächtig oder übermannt mich wieder der Schlaf?

Verdammt, Isabelle, komm schon!

Ich kann wieder meine Umgebung erkennen. Hätte ich doch bloß alle Tabletten geschluckt, dann wäre es vorbei und ich hätte meine Ruhe.

Carlos war gegangen. Ach, Carlos.

Sein Gesicht taucht vor meinen Augen auf. Wie war das gestern? Er hat mich gestreichelt, immer wieder. Ich wollte seine Nähe, ich wollte seine Zärtlichkeit, ich wollte ihn. Er hat mich abgewiesen. Abgewiesen, als ich bereit war, ihm alles zu geben.

Dann habe ich ihm ins Gesicht geschleudert, dass ich Ronni immer noch liebe, er aber tot ist. Ich erinnere mich genau. Ich war außer mir, wütend, von mir selbst enttäuscht und traurig gleichzeitig. Das alles hat sich unauslöschlich in meinem Gehirn eingebrannt. Ich erinnere mich auch, dass Carlos versucht hat, mich zu beruhigen und zu trösten. Was wir danach gesprochen haben, ist in meinem Kopf nicht mehr vorhanden, scheinbar im Nebel der Tabletten versunken.

Erinnere dich, Isabelle. Du schaffst das!

Nein, es hat keinen Zweck. Der Nebel ist stärker. Ich versuche krampfhaft, meine Augen offen zu halten. Vergeblich, die Dunkelheit verschlingt mich.

*

Ich erwache und öffne die Augen. Keine Albtraumbilder. Kein Nebelschleier beeinträchtigt meinen Blick. Ich fühle keine Watte mehr im Kopf. Bin ich im Jenseits? Bin ich tot? Nein, das kann nicht sein, denn schwach erkenne ich die

Einrichtung meiner Wohnung. Es ist dämmrig im Zimmer. Ich stütze mich auf meine Unterarme und schaue zur Uhr, die einigermaßen deutlich für mich zu erkennen ist: 17:30 Uhr.

Mein Kopf schmerzt aber ich scheine einigermaßen klar denken zu können. Ich setze mich hin und bemerke ein wenig Schwindel. Ich stelle fest, dass ich völlig nackt bin. Ich friere. Das Badetuch hat sich von meinem Körper gelöst und liegt zerknautscht in der Sofaecke. Ich ziehe mir die Decke über die Schulter und überlege:

Carlos war weg und ich war total am Ende. Ein Mann betrügt mich, der andere Mann weist mich ab. Den Mann, der mich unbedingt will, der sogar für mich mordet, den will ich nicht. Den gesamten Abend drehte sich dieses Karussell in meinem Kopf. Mehrmals dämmerte ich aus Erschöpfung weg. Sobald ich wieder erwachte, drehte sich das Karussell erneut.

Ich hatte nur noch einen Wunsch: meine Gedanken abzuschalten. Mich abzuschalten. Völlig und für immer.

Suizidgedanken sind schnell da, wenn man am Ende zu sein scheint, aber diese Gedanken in die Tat umzusetzen, erfordert Mut. Diesen Mut hatte ich gestern Abend nicht.

Es ist kalt im Zimmer. Ich stehe auf, um zur Heizung zu gehen und das Thermostat hochzudrehen. Dabei muss ich mich an einem der beiden Sessel festhalten, um nicht hinzufallen. Ich bin immer noch schwindlig. Die Heizung befindet sich unterhalb der Fensterbank. Ich löse mich vom Sessel und mache den ersten Schritt in Richtung Fenster, als ich zurückschrecke.

Ein dunkel gekleideter Mann steht vor dem Fenster und schaut mich an. Mit der einen Hand greife ich zur Sessellehne, um einen Halt zu finden, mit der anderen versuche ich, mit der Decke meine Nacktheit zu verbergen. Durch den Schirm der Kappe, die er trägt, befindet sich sein Gesicht zum überwiegenden Teil im Dunkeln. Nachdem ich den ersten Schrecken überwunden habe, erkenne ich ihn sofort.

Rolf Dabinghaus steht vor dem Fenster! Er deutet mir durch seine Gesten an, dass ich ihm die Tür öffnen soll. Er will mit mir sprechen. Ich versuche ihm klarzumachen, dass ich nicht öffnen will.

Schon gar nicht in meinem augenblicklichen „Outfit" und körperlichen Zustand, denke ich.

Ich überlege, wie lange er wohl bereits vor dem Fenster steht. Hat er mich in meiner vollen Nacktheit gesehen? Mir graut davor, wenn ich mir das vorstelle.

Ich muss hier weg, weg aus seinem Blickfeld. Trotz Schwindelgefühl erreiche ich das Schlafzimmer. Sofort ziehe ich die Vorhänge zu und beginne, mich schnell anzukleiden.

Als ich wackelig wieder ins Wohnzimmer komme, ist Rolf nicht mehr zu sehen, dafür klingelt es an der Tür. Nach einer viel zu kurzen Pause klingelt es erneut, länger und drängender. Du musst zur Tür kommen! Musst öffnen!, scheint das Klingeln zu sagen.

Langsam gehe ich zur Tür. Ich überlege, ob ich es wagen soll, Rolf zu öffnen und ihn hereinzubitten. Nein, das kann nicht gut für mich ausgehen, so, wie er mich vorher gesehen hat! Doch was wird er anstellen, wenn ich nicht mit ihm spreche?

Ich schließe die Tür auf, entferne aber nicht die Sicherungskette. Vorsichtig öffne ich die Tür einen Spaltbreit.

„Lass mich herein, Isabelle!", fordert er sofort energisch und drängt sein Gesicht an den Türspalt.

Ich weiche einen Schritt zurück. Panik kommt in mir hoch. Wenn er hereinkommt, fällt er garantiert über mich her, wenn ich ihm nicht zu Willen bin, schießen mir die schlimmsten Vorstellungen in den Kopf.

„Nein, auf keinen Fall!"

„Ich möchte dich nur noch einmal sehen. Danach verschwinde ich, versprochen! Ich setze mich ab. Ich fahre zu einem Freund nach Holland. Wenn ich dort einiges geregelt habe, du verstehst – finanziell, werde ich nach Osteuropa gehen."

Wenn er das tatsächlich vorhat, kann ich aufatmen, zumindest was ihn betrifft.

„Nein, ich lass dich nicht rein. Du hast mich vom Fenster aus gesehen, wahrscheinlich mehr von mir, als mir Recht ist und als ich wollte."

„Ich will nichts mehr von dir. Das ist vorbei. Ich habe begriffen, dass das mit uns nichts geben wird. Ich bin zwar nach wie vor verrückt nach dir, aber was soll's. Ich kann deine Gefühle für mich nicht erzwingen."

Er macht eine Pause, in der er kräftig schlucken muss.

„Wenn die Leiche gefunden wird, und sie wird früher oder später gefunden werden, kommt die Polizei irgendwann auf mich. Dann will ich untergetaucht sein."

„Trotzdem werde ich die Tür nicht öffnen. Mach es gut, Rolf."

„Schade, ich hätte dich auch gerne mitgenommen. Wir wären ein gutes Team."

Ein kriminelles, verbrecherisches Team. Mir wird schlecht, wenn ich daran denke, was aus meinem Chef und, was noch schlimmer ist, aus mir geworden ist.

Bevor ich die Tür schließen kann, streckt er seinen Arm durch den Türspalt. Ich schlag die Tür mit aller Kraft zu und stemme mich dagegen. Sein Arm ist eingeklemmt. Ein Schmerzensaufschrei gefolgt von einem Fluch dringt bis in meine Wohnung.

„Bist du verrückt? Das ist für dich. Als Erinnerung."

Erst jetzt sehe ich, dass er einen dünnen Umschlag in der Hand hält. Ich nehme ihm den Umschlag ab und lasse die Tür los. Er zieht sofort seinen Arm zurück.

„Was ist das?“, frage ich unsicher.

Er antwortet nicht.

„Mach‘s gut“, vernehme ich nur noch und höre, wie sich Schritte entfernen.

Ich presse mein Gesicht in den Türspalt und sehe, wie sich eine schwarz gekleidete Gestalt entfernt.

„Du auch“, flüstere ich.

Ich schließe die Tür und gehe ins Wohnzimmer zu meiner Sofaecke, die mein Stammplatz geworden ist.

Ich reiße den Umschlag auf und schütte den Inhalt auf den Tisch. Ein Ausweis fällt heraus. Nimmt denn das Spiel gar kein Ende? Aber es ist kein Spiel.

Es ist der Ausweis von Diego Alvarez!

20

Frank Eisenstein war zwar nach Spanien geflogen, hatte auch einiges in Erfahrung gebracht, aber er hatte jetzt mehr offene Fragen als vorher. Hinzu kam noch der Mord an dem Spanier Diego Alvarez, dessen Sinn er überhaupt nicht einordnen konnte. Der Beantwortung der Kernfrage: *Wo ist Ronni?*, war er keinen Schritt näher gekommen.

Er verließ bei der Abfahrt Troisdorf die A59, durchquerte den Ortsteil Oberlar und erreichte schnell den Troisdorfer Ortsteil Spich. Von früheren Fällen waren ihm die Stadt Troisdorf und deren Ortsteile vertraut. Ohne Navi fand er die Adresse von Carlos Mendoza in der Hauptstraße auf Anhieb.

Es handelte sich um ein Mehrfamilienhaus. Der Anordnung der Klingeln nach zu urteilen, müsste sich die Wohnung von Carlos Mendoza im Parterre befinden.

Er drückte die Klingel und sofort öffnete sich die Haustür und ein Mann stand ihm gegenüber, der sich eilig an ihm vorbeidrängeln wollte. Eisenstein reagierte intuitiv. Er hatte sofort das südländische Erscheinungsbild seines Gegenübers registriert.

„Entschuldigung. Sind Sie vielleicht Carlos Mendoza?“, fragte er den Mann und versperrte ihm gleichzeitig den Weg.

„Ja, bin ich, aber ich habe überhaupt keine Zeit. Ich bin sehr in Eile. Kommen Sie morgen noch mal.“

„Mein Name ist Frank Eisenstein, Kriminalpolizei Bonn. Ich muss dringend mit Ihnen sprechen."

Mit der einen Hand hielt er Carlos Mendoza am Arm fest und mit der anderen fingerte er seinen Ausweis aus der Tasche und hielt ihn dem Spanier vor das Gesicht.

„Kriminalpolizei. Okay, ich verstehe."

„Können wir uns in Ihrer Wohnung unterhalten?"

„Wenn es denn unbedingt jetzt sein muss, dann kommen Sie mit."

Mendoza schien in keiner Weise überrascht zu sein. Es kam Eisenstein vor, als hätte er seinen Besuch erwartet. Wenn auch nicht gerade jetzt, so aber in naher Zukunft. Er drehte sich um und ging in den Flur hinein. Seine Wohnung befand sich tatsächlich im Parterre. Er schloss die Tür auf und ging vorweg in die Wohnung. Eisenstein folgte ihm. Im Wohnzimmer nahmen beide Männer wie selbstverständlich, jeder in einem Sessel, Platz.

„Sie können sich vorstellen, weswegen ich mit Ihnen sprechen will?", versuchte Eisenstein zuerst einen Schuss ins Blaue.

„Sie werden es mir sicher gleich sagen", antwortete Mendoza entschieden, aber nicht unfreundlich.

Er brachte sogar ein verbindliches Lächeln zustande.

Er war weder nervös, so wie viele Menschen reagieren, wenn sie den Polizeiausweis sehen, noch war er in irgendeiner Weise unsicher. Eisenstein fand, dass von ihm eine nicht vermutete Ruhe ausging.

„Ja, das werde ich. Ich werde Ihnen offen sagen, weswegen ich hier bin und ich erwarte von Ihnen danach die gleiche Offenheit."

Mendoza sagte nichts dazu, er nickte nur kaum sichtbar.

„Ich suche meinen Kollegen und Freund Ronni Kern. Er war mit seiner Frau auf Mallorca. Dort war sie wahrscheinlich auch in der Taberna Ihrer Mutter. Sie konnte sich erinnern, dass die Frau meines Freundes in der Taberna war. Meinen Freund erkannte sie auf den Bildern nicht. Mehr konnte oder wollte sie nicht sagen. Sie hat mich an Sie verwiesen. Inzwischen sind beide nach Deutschland zurückgekommen. Mein Kollege hat sich inzwischen von seiner Frau getrennt und ist seitdem nicht mehr auffindbar. Dann wurde am Rande der Wahner Heide eine Leiche gefunden, ermordet. Der Name des Toten ist Diego Alvarez. Ebenfalls ein Spanier, der auf Mallorca wohnt, wie Sie. Das sind die Fakten. Was wissen Sie darüber und was können Sie dazu sagen?“

Eisenstein hatte Mendoza die ganze Zeit angesehen. Er hatte seinen Blick erwidert, ohne irgendeine Gefühlsregung zu zeigen. Jetzt ging sein Blick zum ersten Mal von Eisenstein zu einer alten Standuhr, die neben der Tür stand und er schien zu überlegen.

Eisenstein ließ ihm die Zeit, die er anscheinend benötigte und sagte nichts mehr.

Unvermittelt stand Mendoza auf und stellte sich hinter seinen Sessel, die Arme auf die Lehne gestützt. Für Eisenstein sah das so aus, als hätte er eine Entscheidung getroffen, denn er begann sofort zu reden.

„Ronni Kern ist nicht in Deutschland. Er ist auf Mallorca in den Bergen abgestürzt. Ich kann Ihnen auch sagen, wer diesen Alvarez wahrscheinlich erschlagen hat und ich kann Ihnen mit Sicherheit sagen, wer es nicht getan hat.“

„Dann reden Sie. Ich bin gespannt, was Sie zu sagen haben.“

Eisenstein war so überrascht, wie selten in seiner beruflichen Laufbahn.

„Ich mache uns zuerst einen Tee, denn es wird etwas länger dauern, was ich Ihnen berichten werde. Sie mögen doch Tee?"

Wo nimmt dieser Mann diese Ruhe her?, fragte sich Eisenstein. Er sagt mir wie selbstverständlich, dass Ronni auf Mallorca abgestürzt ist und er kann mir sagen, wer der Mörder von Diego Alvarez ist, so ganz nebenbei. Und dann fragt er mich, ob ich einen Tee mit ihm trinken möchte?

„Ja ... Nein, lieber einen Kaffee, wenn es nicht so viel Mühe macht."

„Kein Problem, dann mache ich uns einen Kaffee", sagte er und verschwand in der Küche.

Eisenstein stand auf und schaute sich derweil ein wenig im Wohnzimmer um. Geschmackvoll eingerichtet. Teils alte Möbelstücke, wie die Standuhr und ein Sekretär. Aber auch moderne Einrichtungsgegenstände, wie die rote Ledergarnitur, die Fernseh- und Stereoanlage. Die angrenzende Essecke war wiederum mit einem antiken Tisch und Stühlen und dazu ein passendes Sideboard eingerichtet. Eisenstein hatte das Gefühl, dass alles an seinem vorgesehenen Platz stand oder lag. Kein bisschen Unordnung – aufgeräumt, gemütlich aber doch steril.

„Der Kaffee."

Eisenstein erschrak, als er Mendozas Stimme hinter sich vernahm, der die Tassen auf den Tisch stellte.

Beide Männer setzten sich auf die vorher ausgewählten Plätze.

„Dann legen Sie los! Wie ich schon sagte, ich bin gespannt", forderte Eisenstein, der seine Ungeduld nicht weiter zügeln mochte.

Er nahm einen kleinen Block und einen Kuli, den er immer bei sich trug, um sich Notizen zu machen und wartete darauf, dass Mendoza loslegte.

Den Gefallen tat Mendoza ihm auch. Er erzählte ausführlich, was er an einem heißen Tag in den Bergen oberhalb von Biniaraix erlebt hatte.

Er hatte seinen Dudelsack genommen und war wie immer in die Berge gezogen, um dort in der Abgeschiedenheit, wo ihn niemand behelligte und wo er niemanden störte, zu spielen. Er hatte gerade seinen Dudelsack angeblasen, als er plötzlich das laute Poltern von Geröll hörte. Er dachte sich aber nichts Besonderes dabei, da das manchmal vorkam und von Tieren verursacht wurde. Erst später, als er nochmal ein kurzes Poltern hörte, kam ihm die unterschiedliche Intensität der Lautstärke zu Bewusstsein. Ihm kam der Gedanke, dass nicht ein Tier der Verursacher sein könnte, sondern vielleicht ein Mensch, möglicherweise ein Tourist, der abgestürzt war.

Da er sein Leben lang in Biniaraix lebte, kannte er das Gelände wie seine Westentasche. Er legte seinen Dudelsack zusammen und kletterte in den Canyon in die Richtung, aus der er das Poltern des Gerölls vernommen hatte.

Es war tatsächlich kein Tier, es war ein Tourist, der vom Aussichtspunkt hoch oben in den Bergen abgestürzt war. Er fand Ronni Kern.

Eisenstein unterbrach ihn nur für kurze Zwischenfragen, damit er tatsächlich auch alle möglichen Zweifel ausräumen konnte.

Mendoza berichtete von jeder Stunde, jeder Minute und jeder Sekunde dieses Tages. Er schilderte alles, was er gesehen und erlebt hatte. Fast alles!

Seiner Mutter hatte er nur das Unwesentliche gesagt und ihr das Versprechen abgenommen, auch das für sich zu behalten. Daher hatte sie Eisenstein an ihn verwiesen.

Auch zur Ermordung von Diego Alvarez, den er nicht gekannt hatte, machte er präzise Angaben. Leider sei er zu spät gekommen um die Tat zu verhindern.

„Ich hatte den Parkplatz erst erreicht, nachdem Isabelle, ich meine Frau Kern, eingetroffen war. Aber zu dem Zeitpunkt war die Tat wahrscheinlich schon geschehen und ich entschied, nicht einzugreifen, sondern beobachtete, wie der weitere Ablauf sich entwickelte."

„Sie duzen Frau Kern? Ist da zwischen Ihnen und ..."

„Nein, da ist nichts. Wir mögen uns, weiter nichts."

Eisenstein glaubte ihm das. Warum auch immer.

„Und Sie sind ganz sicher, dass Frau Kern die Tat nicht begangen hat?"

„Ich denke ja. Dieser Mann zog Isabelle in den Wald. Es dauerte natürlich etwas, bis ich einen Platz gefunden hatte, wo ich etwas sehen konnte. Ich sah, dass er bereits eine Grube aushob. Diego Alvarez lag auf dem Waldboden und Isabelle stand einige Meter abseits. Ich hatte den Eindruck, sie war geschockt und unfähig sich zu bewegen. Ich bin davon ausgegangen, dass er ihn erschlagen hat, bevor Isabelle eintraf. Wenn Sie fragen, ob ich ganz sicher bin, kann ich das nicht uneingeschränkt sagen."

„Ist es möglich, dass Isabelle Alvarez erschlagen hat und daher geschockt über ihre eigene Tat war?"

„Möglich ist das theoretisch schon. Aber finden Sie, Isabelle ist dazu fähig?"

„Nein, aber was Sie mir bisher berichtet haben, hätte ich auch nicht für möglich gehalten."

Eisenstein war entsetzt über das, was er gehört hatte, insbesondere was Isabelle betraf. Er versuchte, seine Gefühle im Griff zu behalten und nur der nüchterne Ermittler zu sein.

„Dann haben Sie meine Kollegin angerufen und den Mord gemeldet?“

„Ja, natürlich.“

„Hatten Sie denn keine Befürchtung, dass Rolf Dabinghaus auch Frau Kern etwas antun könnte?“

„Nein, nicht unbedingt. Wenn er das versucht hätte, dann hätte ich selbstverständlich eingegriffen, obschon ich nicht bewaffnet war.“

„Ich muss gerade einmal telefonieren und die Fahndung nach Dabinghaus in die Wege leiten. Einen Augenblick bitte.“

Eisenstein stand auf und ging in die Küche, wo er ungestört telefonieren konnte.

„Ihre Kollegen sollten in Richtung Niederlande fahnden. Dorthin wollte er flüchten, um sich später in den Osten abzusetzen.“

Eisenstein nahm das wortlos zur Kenntnis und informierte seine Kollegen entsprechend.

„Woher wissen Sie das? Hat Isabelle Ihnen das gesagt?“

„Nein, ich habe das mit eigenen Ohren gehört, als Dabinghaus vor der Tür stand und seine Absicht Isabelle mitteilte. Ich war in der Nähe und seine Stimme war nicht gerade leise.“

Eisenstein fragte nicht, wieso er in der Nähe von Isabelles Wohnung gewesen war. Er konnte es sich denken. Er klappte seinen Block zusammen und stand auf.

„Dann werde ich jetzt zu Isabelle fahren. Sie kommen selbstverständlich mit.“

„Nein, das werde ich nicht. Heute ist es mir unmöglich. Ich habe noch etwas Wichtiges zu erledigen. Morgen Vormittag passt es. Versprochen.“

„Wann werden Sie kommen?“, fragte Eisenstein, damit er sein Vorgehen planen konnte.

Er wollte nicht fragen, was er noch vor hatte. Er vertraute ihm, auch wenn er hin und wieder Unstimmigkeiten in seinem Bericht bemerkt hatte.

Hatte Mendoza ihm wirklich alles berichtet, oder verschwieg er doch noch etwas? Eisenstein war sicher, dass er ihm etwas verschwieg, was er auf keinen Fall sagen würde. Genauso wollte Mendoza ihm nicht sagen, was er heute noch vor hatte. So entschieden, wie er den sofortigen Besuch bei Isabelle abgelehnt hatte, musste es wichtig sein und hatte todsicher mit Isabelle zu tun.

„Ich würde sagen zehn Uhr. Einverstanden?“, sagte er bestimmt.

„Einverstanden. Bis dann.“

Eisenstein verließ die Wohnung von Carlos Mendoza und ging zu seinem Wagen. Er startete und fuhr zum Parkplatz auf den Spicher Höhen. Dort stellte er das Auto ab und machte einen ausgiebigen Spaziergang. Er musste seine Gedanken sortieren. Zu gewaltig war das, was Mendoza ihm gesagt hatte. Er hätte nie für möglich gehalten, dass so etwas geschah. Aber so kann man sich in der besten Freundin irren, sagte er zu sich. Er war maßlos enttäuscht und traurig.

Daher passte es ihm, dass er heute nicht auch noch mit Isabelle sprechen musste. So hatte er Zeit, das gerade Vernommene zu verarbeiten.

Er beschloss, dass es reichen würde, wenn er morgen eine halbe Stunde vor Mendoza bei Isabelle sein würde.

21

Stille kann ein unangenehmer Zustand sein. Ich finde sie unbehaglich, beklemmend. Sie schreit mich an und hält mir die Einsamkeit vor das Gesicht. Niemand ist da, den ich ansehen kann, der mich wahrnimmt, mich in den Arm nimmt oder nur mit mir redet. Ich bin einsam, von der Welt isoliert. Ich lebe ein Leben, das eine einsame Folter ist.

Ich liege auf meinem Sofa und dämmere vor mich hin. Vielleicht sind das noch die Nachwirkungen des Alkohols und der Tabletten.

In kurzen Zeitabständen erreicht mich das Getöse der ankommenden und abfliegenden Flugzeuge, das für diesen Ort in der Wahner Heide normal ist. Ich habe mich daran gewöhnt und registriere es nur noch im Unterbewusstsein. Überdecken kann der Lärm die Stille, die mich umgibt, nicht.

Ich stehe auf und schalte den Fernseher ein. Ein wiederholter Versuch, Leben und damit einen Hauch von Geborgenheit in meine Wohnung zu holen.

Es läuft die Quizsendung „Fünf gegen Jauch“ – eine Show, in der fünf prominente Personen versuchen, eine einzelne Person, in diesem Fall Günther Jauch, im Spiel zu schlagen. Der Einsatz beträgt pro Spielrunde mehrere Tausend Euro. Der Moderator bemüht sich, möglichst witzig und schlagfertig zu sein und das gleiche bei den Kandidaten herauszukitzeln.

In der aktuellen Show meines Lebens könnte es heißen „Fünf gegen Isabelle". Ronni, Rolf, Diego, Carlos und Frank, fünf Männer, die gegen mich sind, die mein Leben zur Hölle machen. Der Unterschied zur Spielshow im Fernsehen liegt allerdings darin, dass in meinem Spiel der Einsatz mein Leben ist, das ich gewinnen oder verlieren kann. Und witzig ist es allemal nicht.

Mit der Zeit beschleicht mich eine innere Unruhe. Ich habe das Gefühl ich werde beobachtet. Wahrscheinlich haben viele Menschen in ähnlich einsamer Situation wie ich dieses Gefühl, das in der Regel unbegründet ist. In der Regel – was ist bei mir noch in der Regel. Es wäre immerhin nicht das erste Mal, dass mich jemand beobachtet.

Immer wieder schaue ich zum Fenster hinüber. Sind da nicht die Umrisse einer schwarzen Gestalt zu erkennen, die am Ende des Rasens kauert? Ich setze mich auf und strenge meine Augen an. Nein, da ist nichts. Nur die Schatten der Sträucher bewegen sich über die Rasenfläche.

Nach einer Weile habe ich den Eindruck, dass sich ein Busch übermäßig stark bewegt. Vielleicht ist auch nur eine starke Windböe dafür verantwortlich. Ich überlege, ob ich schon paranoid bin. Es würde mich nicht wundern.

Trotzdem will ich der Sache auf den Grund gehen. Ich lösche das Licht. Nur das bläuliche Flackern des Fernsehbildschirms erhellt schemenhaft das Zimmer.

Ich schleiche zum Fenster hinüber und postiere mich daneben. Vorsichtig schiebe ich den Kopf ein wenig nach vorne und schaue durch die Scheibe. Ich kann nichts Verdächtiges erkennen. Der Rasen liegt völlig leer vor mir. Nicht einmal ein wildes Kaninchen, die häufig über den Rasen hoppeln, ist zu sehen. Auch bei den Büschen, die den Rasen umgeben, herrscht scheinbar nächtliche Ruhe.

Ich gehe hinüber zum Fernseher und schalte auch diese Lichtquelle aus. Der Garten liegt nun in völliger Dunkelheit. Nur der Mond und die entfernten Straßenlaternen spenden ein wenig mildes Licht, das Buschwerk und Bäume mehr erahnen als erkennen lässt.

Ich habe meinen Beobachtungsposten gerade wieder eingenommen, als sich die Konturen des Buschwerks direkt am Haus mir gegenüber zu bewegen scheinen. Ich halte den Atem an. Plötzlich hebt sich trotz der Dunkelheit ganz deutlich die Silhouette eines Menschen ab, der im Schatten des Hauses verschwindet. Es war nur ein winziger Augenblick, der reichte, um Panik in mir aufsteigen zu lassen.

Ich stehe noch immer auf meinem Platz und starre in die Dunkelheit.

Wer kann das gewesen sein?

Rolf? – Nein.

Er ist wahrscheinlich auf dem Weg nach Holland, wenn er das wahr macht, was er angekündigt hat.

Carlos? Was sollte er für einen Grund haben, mich zu beobachten. Außerdem ist er ein Mann von Format, der sich nicht zu so etwas herablässt.

Vielleicht ein Einbrecher, der einen Einbruch plant?

Ich husche schnell zur Tür und prüfe, ob ich abgeschlossen und die Kette vorgelegt habe. Ja, meine Wohnung ist gesichert.

Dann schleiche ich in gebückter Haltung zum Schlafzimmer, wobei ich mir heftig den Fuß am Wohnzimmertisch stoße.

Das Schlafzimmer ist der einzige Raum, wo ein dicker, dichter Vorhang angebracht ist. Schnell ziehe ich ihn vor das Fenster.

Jetzt fühle ich mich einigermaßen sicher, obschon ich nach wie vor kein Licht einschalte. Ich lege mich vollständig bekleidet ins Bett und stiere in die Dunkelheit. Mein Gehör ist auf das Höchste sensibilisiert, immer in Bereitschaft jedes Geräusch wahrzunehmen und sei es noch so leise. Doch es ist nichts, absolut nichts zu hören, bis auf die bekannten Geräusche der Flugzeuge am Himmel über Altenrath.

Zum ersten Mal bin ich froh, dass es so still ist. Ich genieße die Stille, die Panik verflüchtigt sich und Ruhe und Sicherheit kehren in mir zurück.

Nach vielen Monaten spüre ich wieder diese unsichtbare Präsenz, das Gefühl, dass etwas meine Wangen streichelt. Etwas, das ich nicht definieren kann. Als ich dieses Gefühl erstmalig als junges Mädchen hatte und es meiner Mutter beschrieb, sagte sie zu mir:

„Das ist dein Schutzengel, der dich umgibt, der kommt und geht. Er ist es, der deine Geheimnisse und deine Wünsche kennt."

Ich erinnere mich, dass mich damals ein wohliges Gefühl überkam, das mich sanft einschlummern ließ.

Viele Jahre später, wenn Ronni ruhig neben mir schlief und ich nicht einschlafen konnte, stellte sich dieses Gefühl der unsichtbaren Präsenz oft bei mir ein und ließ mich zur Ruhe kommen. Ich glaube, es hatte auch etwas mit Ronnis Anwesenheit zu tun, die mir Sicherheit und Geborgenheit gab.

Das gleiche, wohlige Empfinden überkommt mich jetzt und ich schlafe friedlich ein.

*

Ich erwache und weiß zuerst nicht, wo ich mich befinde. Ich bleibe liegen, der Schlaf will mich noch nicht freigeben.

Ich öffne langsam die Augen und begreife, dass ich mich in meinem Bett, in meinem Schlafzimmer befinde. Welcher Tag mag es sein, Mittwoch oder Donnerstag? Und welches Datum ist heute? Egal, ich fühle mich gut und nur das zählt.

Ich strecke die Arme über den Kopf und werfe einen Blick auf meinen Wecker, der neben mir auf dem Nachttisch steht. Es ist bereits halb neun. Ich habe lange geschlafen – sehr lange, ohne die Spur eines Albtraums.

Erst als ich die Decke zurückschlage, stelle ich fest, dass ich mit Jeans und Pullover bekleidet bin. So allmählich kommt die Erinnerung an den gestrigen Abend. Kein schöner Abend. Da war die Person im Garten vor dem Fenster. Ich kann mir noch immer niemand vorstellen, der das gewesen sein könnte.

Ich schiebe die Überlegung beiseite, entledige mich der Straßenkleidung und gehe unter die Dusche. Ich lasse das warme Wasser lange über Kopf und Körper laufen. Ich genieße das. Meine Erinnerungen an gestern, an die Tage und Wochen davor sind verflogen – zumindest in diesem Moment. Ich genieße ausschließlich diesen Augenblick. Anschließend nehme ich ein Handtuch und trockne mir vor dem Spiegel die Haare. Zum ersten Mal seit langer Zeit sehe ich, dass ich lächele, einfach nur grundlos lächele.

Ich ziehe den Bademantel über und föhne meine Haare. Dann laufe ich aus dem warmen Bad barfuß durch das Wohnzimmer zurück ins Schlafzimmer. Es ist kalt in der Wohnung. Wahrscheinlich habe ich irgendwann die Heizung abgestellt. Ich kleide mich schnell an und drehe die Heizungsthermostate auf volle Leistung. Draußen scheint es ein schöner Herbsttag zu werden. Ich stelle die Kaffeemaschine an, werfe mir meine Jacke über und gehe zum Bäcker, um mir Brot und Brötchen zu holen. Der Gedanke, zurück in die warme, nach Kaffee duftende Wohnung zu kommen, beflügelt mich.

Vor der Wohnung steht ein großer BMW, der mir bekannt vorkommt. Zu meinem großen Schreck stelle ich fest, dass es das Auto von Frank Eisenstein ist. Was kann er von mir wollen? Ich ahne nichts Gutes, denn ein Besuch der alten Freundschaft wegen kann ich mir nicht vorstellen. Aber vielleicht will er mir auch nur berichten, dass er von Ronni noch keine Spur gefunden hat. Meine gute Morgenlaune ist jedenfalls weg.

Ich gehe zögernd den Bürgersteig entlang. Kurz bevor ich den Wagen erreiche, öffnet sich die Fahrertür und Frank steigt aus. Er wirkt ernst – sehr ernst.

„Hallo Frank, schön dich zu sehen. Wenn du Lust hast, können wir zusammen frühstücken. Der Kaffee ist bereits fertig." Dabei halte ich die Tüte mit den Brötchen hoch.

Ich versuche, mich normal zu geben und gehe auf ihn zu, um ihn, wie wir es immer machen, zu umarmen.

Als ich kurz vor ihm stehe und in sein Gesicht schaue, sehe ich, dass ich besser auf diese intime Art der Begrüßung verzichte. Ich lasse den Arm mit den Brötchen sinken und drücke mich kurz an ihm und hauche ihm einen angedeuteten Kuss über die Schulter.

„Hallo Frank", sage ich leise.

„Hallo Isabelle", antwortet er kalt.

„Wir müssen reden. Können wir hineingehen?"

„Ja, sicher."

Ich wage es nicht, ihn noch einmal anzusehen und gehe voraus. Ich gehe direkt in die Küche und lege die Tüte dort ab. Er geht ins Wohnzimmer.

„Möchtest du einen Kaffee?", frage ich ihn aus der Küche.

„Ja, gerne."

Wieder nur eine kurze Antwort. Ohne Gefühl – kalt.

„Möchtest du ein Brötchen dazu?"

„Nein, danke."

Ich verzichte auf mein Frühstück und gehe mit zwei Bechern Kaffee ins Wohnzimmer. Frank steht am Fenster und schaut hinaus. Ich stelle die Becher auf den Tisch und setze mich in einen Sessel.

„Möchtest du dich nicht setzen?"

„Nein, im Augenblick stehe ich lieber."

Er schaut immer noch zum Fenster hinaus. Ich habe den Eindruck, es ist ihm unangenehm mit mir zu sprechen. Ich befürchte, ich ahne worüber er mit mir reden will. Der Tag der Wahrheit scheint gekommen zu sein. Ronnis Leiche wurde gefunden.

„Isabelle, hast du mir nicht etwas zu sagen?"

Diese Frage überrascht mich. Ich dachte er würde sagen: Tut mir leid, Isabelle. Wir haben Ronnis Leiche gefunden.

„Wie meinst du das?"

„Ich habe den Eindruck, als ich dich zuletzt besucht habee und du mir sagtest, Ronni hätte dich verlassen, hast du mir nicht alles gesagt, was wichtig ist. Ich glaube sogar, du hast mich belogen."

Er dreht sich um und schaut mich direkt an. Er sucht den Augenkontakt mit mir, den ich nicht in der Lage bin, ihm zu geben. Ich schaue zu Boden und schweige.

„Du sagst nichts. Vielleicht hilft dir das."

Ich hebe vorsichtig meinen Blick und sehe, wie er einen Ring aus der Tasche seines Sakkos zieht und hoch hält. Für mich besteht kein Zweifel: das ist Ronnis Ehering.

Die Angst schlägt mir unvermittelt ihre Faust ins Gesicht. Mir wird übel. Ich glaube, ich muss mich übergeben. Mein Mund ist trocken, ich muss etwas trinken. Mit zitternder Hand hebe ich den Becher mit Kaffee an meine Lippen und trinke einen kleinen Schluck.

„Wo ... hast du ... den Ring ... her?“, stottere ich.

„An einem Abhang oberhalb von Biniaraix auf Mallorca habe ich den gefunden“, kommt seine Antwort, die ich eigentlich nicht erwartet habe.

„Das kann nicht ...“

Er unterbricht mich.

„Wann willst du mir endlich die Wahrheit sagen, was dort in den Bergen geschehen ist? Ich habe keine Lust mehr auf Lügengeschichten.“

Er kommt auf mich zu und steht jetzt nur noch einen Schritt vor dem Sessel, in dem ich kauere.

„Ronni ist ... abgestürzt. Ein schrecklicher ... Unfall“, bringe ich nur schwer über meine Lippen.

„Das war kein Unfall, Isabelle. Und du weißt das ganz genau.“

Seine Worte kommen mir vor wie Fußtritte in meine Magengegend und ich zucke unwillkürlich zusammen.

„Rolf, mein Chef ...“

Erneut unterbricht er mich, dieses Mal barsch.

„Lassen wir Rolf aus dem Spiel, dazu kommen wir später.“

Frank geht nervös vor mir hin und her, dabei fällt sein Blick auf den Wohnzimmertisch und er sieht Diegos Ausweis, der dort liegt. Den habe ich völlig vergessen. Ich hatte ihn gestern aus dem Umschlag geschüttelt, den ich von Rolf bekommen hatte. Er hebt ihn hoch und schaut ihn sich genau an.

„Und das war auch ein Unfall?“

Er wedelt mit dem Ausweis vor meinem Gesicht. Sein Gesicht ist puterrot vor Ärger. Ich kenne Frank lange genug, um zu wissen, dass er außer sich vor Wut ist.

„Du hast nicht nur Ronni auf dem Gewissen, nein, du hast auch noch Diego umgebracht! Erschlagen“, stöhnt Eisenstein.

Er lässt sich kraftlos in den anderen Sessel sinken.

„Wie konntest du nur, Isabelle. Musste das sein? War es das wert – zwei Tote? Nur wegen einer Affäre mit einem anderen Mann, mit diesem Rolf Dabinghaus?“

Dieser Vorwurf ist ungeheuerlich. Ich erwache aus meiner Lethargie und springe auf.

„Nein, nein, so war das nicht! Ich habe das nicht getan!“, rief ich aufgebracht und gleichzeitig verzweifelt.

„Rolf war das. Er hat Ronni auf dem Gewissen und auch Diego umgebracht. Ich wollte das alles nicht. Als Ronni in die Tiefe stürzte, wurde mir erst klar, was geschehen war. Und erst viel später, dass Rolf mich nur für seine Zwecke, für seine Begierde benutzt hat. Er hatte sich auch den Plan mit Diego und dem Rückflug überlegt. Rolf ist verrückt nach mir und hat das alles getan, um mich zu erpressen, mich zu besitzen. Er ist wahnsinnig.“

Meine Energie ist so schnell verpufft, wie sie gekommen ist. Auch ich sinke kraftlos in die Polster des Sessels zurück.

„Dabei mag ich ihn doch überhaupt nicht“, füge ich leise hinzu.

Wir beide schweigen. Ich möchte ihm so gerne ausführlich erklären, wie alles angefangen hat, wie ich für Ronnis Betrug Rache wollte und wie sich dann die Ereignisse durch Rolfs Zutun und meine Passivität verselbstständigt haben.

Aber Frank stellt keine Fragen. Er will nichts mehr hören. Keine Hintergründe, keine Entschuldigungen und auch nichts von meinen verworrenen Gefühlen. Er ist zu enttäuscht – von mir enttäuscht – und sein Urteil steht fest.

Eisensteins Handy klingelt. Es dauert einige Augenblicke bis er ran geht.

„Ja?“ „Das ist gut“ „Danke.“

Mehr sagt er nicht.

„Wir haben Rolf Dabinghaus gefasst. Kurz vor der Grenze zu den Niederlanden. Er wird sofort dem Haftrichter vorgeführt. Ich bin gespannt, was er zu sagen hat.“

Und wieder verstummen wir beide betreten.

Ohne Zweifel, Frank glaubt mir nicht. Das sehe ich ihm an. Wie soll er auch? Seine beste Freundin, die Frau seines besten Freundes, hat ihn maßlos enttäuscht, belogen und verletzt. Für ihn muss eine Welt zusammenbrechen.

Plötzlich unterbricht die Türklingel das Schweigen im Zimmer.

Wer kann das sein?, überlege ich. Mir fehlt die Kraft, um aufzustehen und nachzusehen.

Frank hingegen springt sofort auf.

„Das ist für mich“, sagt er und verlässt das Wohnzimmer.

Die Tür zieht er hinter sich zu. Ich höre, wie er die Haustür öffnet.

„Nein, das gibt es doch nicht!“, vernehme ich seine laute Stimme, die Verwunderung, fast Ungläubigkeit ausdrückt.

Dann wird es wieder still. Die Haustür wird geschlossen und das Geräusch von Fußtritten dringt bis zu mir. Gebannt starre ich die Zimmertür an, die langsam aufschwingt.

Frank kommt herein und stellt sich neben die Wohnzimmertür. Er wirkt aufgeregt. Sein Blick pendelt zwischen mir und dem Türrahmen hin und her.

Dann steht plötzlich Carlos in der Tür. Mein Puls beginnt zu rasen. Aus Freude, ihn zu sehen? Jemand, der mir zur Seite steht, mir hilft, mich versteht?

Doch er schweigt. Ich vermisse sein Lächeln. Sein Mund wirkt verkniffen. Ich schaue ihn erwartungsvoll an.

In meinem Kopf formen sich Worte, die ich sagen will, Fragen die ich fragen will.

Als er einen Schritt zur Seite tritt und den Eingang frei macht, zerplatzen diese Überlegungen wie Seifenblasen.

Ronni steht im Türrahmen!

Mein Herz schlägt einen Salto. Ronni lebt.

„Mein Gott, Ronni!", rufe ich vor Freude aus.

Ich springe aus meinem Sessel hoch und will ihm spontan um den Hals fallen aber Carlos macht zwei Schritte nach vorne und schirmt Ronni mit dem ausgestreckten Arm gegen mich ab.

„Nein, das geht nicht", sagt er bestimmt und mit fester Stimme.

Ich bleibe abrupt stehen und schaue Ronni an. Erst jetzt bemerke ich, dass er anders aussieht, als ich ihn in Erinnerung habe.

Seine Haare sind kurz und stehen strubbelig in alle Richtungen und oberhalb seines rechten Ohres befindet sich ein großes Pflaster. Sein linker Arm steckt in einem Gipsverband, der von der Schulter bis zu seiner Hand reicht und den Arm durch eine Schiene vom Körper abwinkelt. Die unverbundene Hand ist dunkelrot. Das Schlimmste sind jedoch seine Augen. Die früher Freude und Wärme ausstrahlten, sehen mich mit einer maßlosen Traurigkeit an.

Frank geht spontan auf Ronni zu, umfasst ihn mit den Armen und drückt ihn freundschaftlich an sich. Er scheint genauso fassungslos über sein unerwartetes Auftauchen zu sein, wie ich.

„Mensch Ronni, wie freue ich mich, dass du lebst“, sagt er leise zu Ronni und wer genau hinsieht, entdeckt bei ihm eine Träne im Augenwinkel, die er verstohlen wegwischt.

„Das haben Sie mir gestern nicht gesagt, dass Ronni lebt und heute hierher kommt. Wenn das eine Überraschung sein sollte, so ist die Ihnen gelungen“, sagt er mit einem etwas verärgerten Unterton zu Carlos.

„Carlos hat mir das Leben gerettet“, ergreift Ronni zum ersten Mal das Wort und setzt sich auf das Sofa.

Carlos bleibt stehen. Es kommt mir vor, als wenn er derjenige sein will, der Ronni beschützt und ungeplante Übergriffe verhindern möchte.

„Ronni erzähl, was ist mit dir geschehen? Wie geht es dir? Wie lange warst du im Krankenhaus? Wann bist du wieder nach Deutschland gekommen? Wieso …“

„Stopp, Frank! Ich kenne dich. Du möchtest möglichst alles erfahren – und das sofort. Aber die Geschichte ist etwas länger und braucht ihre Zeit. Also langsam und hab bitte etwas Geduld“, unterbricht ihn Ronni.

Obschon es Frank schwer fällt, sieht er ein, dass er sich gedulden muss.

„Du hast ja Recht. Du kommst hier herein und ich überschütte dich mit Fragen. Lass dir Zeit.“

Ich bin unfähig etwas zu sagen. Die Freude, dass Ronni lebe, schnüre mir die Kehle zu. Ich stehe mitten im Zimmer und starre meinen Mann nur an.

Ronni räuspert sich und beginnt erneut zu reden.

„Ich lag ohne Bewusstsein in der Schlucht, in die ich abgestürzt bin. Wie Carlos mir später sagte, hat er den Rettungswagen gerufen und die Männer der Bergrettung haben mich in einem speziellen Bergungssack in den Ort geschafft. Von dort hat man mich nach Palma ins Krankenhaus gefahren."

Ronni macht eine Pause und Carlos übernimmt die weitere Berichterstattung.

„Ronni hatte unter anderem eine Gehirnquetschung erlitten und war mehrere Tage ohne Bewusstsein. Außerdem war es zu einer Blutung in einer Gehirnregion gekommen, die gestillt werden musste. Als er erwachte, hatte er massive Erinnerungslücken, nicht nur was den Absturz betraf, sondern auch die Zeit davor. Anfängliche Sprachstörungen haben sich schnell gebessert. Inzwischen hat er seine Erinnerung wieder vollständig erlangt und ist auch sonst fast wieder gesundheitlich hergestellt. Der Schulter- und Oberarmbruch, wird in einigen Wochen auch verheilt sein. Er hat Glück im Unglück gehabt. Es hätte wesentlich schlimmer ausgehen können. Gestern ist er aus Palma zurückgekommen und ich habe ihn am Flughafen abgeholt."

Ich stehe noch immer verloren zwischen Carlos und Frank und kann die Tränen nicht mehr zurückhalten. Überwältigt von meinen Gefühlen lasse ich mich in den Sessel fallen, ziehe die Beine an und schluchze hinter vorgehaltenen Händen.

„Ich nehme an, Carlos hat dich über das informiert, was sich hier zugetragen hat. Es ist nur noch eine Frage offen. Wie ist es zu dem Absturz gekommen. Bist du ausgerutscht, gestolpert oder hat dich jemand gestoßen, vielleicht sogar absichtlich?", fragt Eisenstein sachlich, der die polizeiliche Ermittlung vorantreiben will.

Ronni scheint einen Augenblick nachzudenken. Ich spüre, wie er mich ansieht, aber ich kann die Augen nicht heben und seinen Blick erwidern. Die Schuld, die ich auf mich geladen habe, drückt mich nieder. Ich weiß, jetzt kommt die volle Wahrheit ans Tageslicht.

„Isabelle hat ... Nein ...“

Er atmet tief ein und beginnt von vorn.

„Ich stand am Abhang und Isabelle sollte ein Foto von mir machen. Sie hatte mich gewarnt, aber ich war so selbstverliebt, dass ich unbedingt das optimale Foto wollte, mit mir und der fantastischen Landschaft im Hintergrund. Ich bin einen oder zwei Schritte rückwärts gegangen und bin gestolpert oder ausgerutscht, ich weiß es nicht mehr, und bin abgestürzt. Bevor ich in die Tiefe stürzte, konnte ich mich mit den Händen an einem Felsen festhalten. Ich habe nach Isabelle gerufen ...“

Er muss eine Pause einlegen. Ich sehe ihn an. Die Erinnerung macht ihm zweifellos zu schaffen.

„Ich habe dich angefleht, meine Hand zu nehmen und mich hochzuziehen“, spricht er mich jetzt direkt an.

„Du standest da, schautest mich an, rührtest dich aber nicht vom Fleck. Vielleicht warst du auch zu geschockt und konntest dich nicht rühren. Und dann war da Rolf, dein Chef oder war er bereits mehr als nur dein Chef?“

Ronni schaut mich fragend an. Ich kann seinem Blick nicht standhalten und schaue verlegen zur Seite. Ein Eingeständnis meiner Schuld.

Ronni nickt fast unmerklich und fährt fort:

„Er drängte dich, drängte, dich gegen mich zu entscheiden. Als er an den Rand des Abhangs trat, begriff ich, dass er dir deine Entscheidung abnehmen würde. Er hob seinen Fuß und trat mir mit seiner geballten Kraft auf die Hand. ... Ich konnte mich nicht mehr halten ... und stürzte in die Tiefe.“

Ronni nimmt ein Taschentuch und wischt sich über Gesicht und Augen. Bisher habe ich im Sessel gesessen und vor mich hingestarrt. Erst jetzt schaue ich ihn an und sehe, wie gebrochen und verbittert er ist. In diesem Augenblick bricht aus mir heraus, was ich fühle. Ich springe auf und weiß nicht, was ich tun soll. Ich hätte so gerne meinen Mann in die Arme genommen.

„Ronni, ... ich wollte das nicht ... Ich liebe dich doch“, stammele ich und schaue verzweifelt zu Ronni hinüber.

Ronni schaut mich nur traurig an.

Höre ich nicht selbst, wie absurd das klingt?, schießt es mir in den Kopf. Ich schaue Frank an, ich schaue Carlos an. Beide starren mich an und denken wahrscheinlich das gleiche wie ich.

Ich hebe resigniert die Arme und sinke erneut kraftlos in die Polster des Sessels. Wahrscheinlich bin ich nur noch ein Schatten meiner selbst.

Ich höre Ronnis spröde Stimme wie aus weiter Ferne.

„Isabelle, es ist vorbei mit uns. Wir lieben uns nicht mehr und du weißt das.“

Jedes Wort ist wie ein Faustschlag, den ich klaglos einstecke. Ich schaue zum Fenster hinaus. Ein Vogel lässt sich vor dem Fenster auf einem Ast nieder und wippt mit seinem Schwanz. Mir kommt es vor, als sei er ausgeglichen, zufrieden und glücklich. Eigenschaften, von denen ich meilenweit entfernt bin.

Es ist mit einem Male still in meinem Wohnzimmer. Die Stille drückt mich gegen eine Wand, die ich selbst errichtet habe. Es dauert endlos, bis ich Franks Stimme vernehme. Frank ist der Erste, der zur Normalität zurückfindet.

„Wirst du Anklage gegen Isabelle erheben?“, fragt er Ronni.

„Weswegen?“, fragt Ronni lediglich zurück.

„Ja, weswegen? Sie hat den Absturz nicht herbeigeführt und wie ich gerade gehört habe, auch nicht veranlasst. Vielleicht unterlassene Hilfeleistung?“

„Ach, was soll das? Es würde nichts ändern und nichts ungeschehen machen."

„In Ordnung, kann ich verstehen. Und für den Mord an Diego Alvarez muss sich nach der Aussage von Carlos Mendoza Rolf Dabinghaus verantworten. Nur eines habe ich nicht verstanden: Welche Rolle spielte Diego Alvarez?"

Frank schaut in die Runde, als suche er jemanden, der ihm diese Frage beantworten kann. Sein Blick bleibt an mir hängen.

Ich spüre, wie Frank mich ansieht, schaue aber immer noch zum Fenster hinaus. Meine Seele und mein Körper sind in eine regelrechte Schockstarre verfallen. Immer wieder hallen mir Ronnis Worte in den Ohren: Es ist vorbei mit uns.

„Isabelle, welche Rolle spielte Diego Alvarez?"

Frank ist aufgestanden und fasst mich an die Schulter, um mich in die Gegenwart zurückzuholen.

Ich schrecke zusammen und schaue Frank verständnislos an, obschon ich seine Frage verstanden habe. Er wiederholt nochmals seine Frage – jetzt eindringlicher.

„Ja, ja, ich habe verstanden", reagiere ich gereizt und beginne, langsam zu schildern, was es mit Diego auf sich hatte.

Ich erläutere ihm Rolfs Plan, dass ein anderer Mann an Ronnis Stelle nach Deutschland reisen sollte. Wie ich Diego kennengelernt hatte und wie er meinem Plan zustimmte. Schließlich schildere ich, wie Diego mich erpresste und wie Rolf die Sache in die Hand nehmen wollte.

„Rolf deutete an, dass er Diego ermorden wollte. Ich war dagegen. Ich habe ihm gesagt, dass ich dabei nicht mitmachen werde, habe aber am Ende auch nichts Entscheidendes unternommen, um es zu verhindern. Als ich dann abends zu dem Parkplatz fuhr, um Rolf von seinem Vorhaben abzuhalten, war es bereits zu spät."

Die Tränen bahnen sich erneut einen Weg über meine Wangen. Ich schluchze nicht. Ich bin ausgelaugt, kraftlos und müde. Ich will, dass es endlich vorbei ist. Die Wand, gemauert aus Rache, Tatenlosigkeit und Lügen, stürzt ein.

„Ich bin an Diegos Tod schuld, genauso wie an Ronnis Absturz. Ich hätte mich mit aller Kraft gegen Rolfs Fantasien, gegen seine Skrupellosigkeit und seine Gewalt wehren müssen. Ich habe es nicht getan, ich habe alles in Kauf genommen. Ich bin schuld."

Frank berührt erneut meine Schulter und fordert mich auf, aufzusehen.

„Ich muss dich mit ins Kommissariat nehmen. Du verstehst?"

Ja, ich verstehe. Ich stehe auf und er begleitet mich zur Haustür. Ich kann weder Ronni nach Carlos ansehen. Ich schaue zu Boden. Keiner der beiden sagt ein Wort. Kein Wort des Trostes, kein Abschied. Nichts.

Draußen winkt Frank zwei Polizeibeamten heran, die auf der Straße in einem Streifenwagen gewartet haben. Sie nehmen mich in ihre Mitte und führen mich zum Wagen. Wie eine Schwerverbrecherin.

„Ich schließe die Wohnung ab und komme nach", sagt Frank zu mir.

Die Worte dringen wie aus weiter Ferne in mein Gehirn.

Ich steige in den Streifenwagen. Ich schaue nicht zurück. Aus dem Augenwinkel nehme ich wahr, wie Frank seinen Arm hebt. Als einziges Zeichen des Abschieds.

*

Für Frank war die Sache ermittlungstechnisch erledigt, obschon ihm anzusehen war, dass er privat noch lange daran zu tragen haben würde.

Es war alles gesagt, was zu sagen war.

Carlos stand auf und ging zur Wanduhr, die über der Tür hing und entfernte dort etwas, das er Eisenstein zeigte.

„Ein Abhörmikrofon?", fragte Eisenstein überrascht.

„Ja, das habe ich angebracht, als ich nachmittags Isabelle besucht habe. Daher wusste ich, dass Rolf hier war und gesagt hat, dass er sich nach Holland absetzen will. Hätte ich das Mikrofon nur früher angebracht, hätte ich Rolfs Pläne erkannt und der Mord hätte verhindert werden können."

Frank nickte nur. Er nahm Diegos Ausweis, der noch auf dem Tisch lag und steckte ihn in seine Tasche.

„Kannst du mit deiner Entscheidung, dass es mit Isabelle vorbei ist, leben?", fragte Frank und setzte sich neben Ronni.

„Ich glaube ja. Carlos hat mich gestern Abend hierher gefahren. Ich habe mich in den Garten geschlichen. Isabelle war im Wohnzimmer. Das Zimmer war hell erleuchtet. Ich habe dort eine Zeit lang gehockt und Isabelle seit langer Zeit zum ersten Mal wieder gesehen. Ich habe sie beobachtet. Ja, ich bin sicher, meine Entscheidung ist richtig. Ich habe nicht mehr viel für sie gefühlt."

Frank verstand seinen Freund und glaubte ihm.

„Wenn ich nicht gewusst hätte, dass wir uns heute treffen, hätte ich dich natürlich informiert, dass ich wieder in Deutschland bin. Ich wollte ..."

„Ist schon in Ordnung, Ronni", unterbrach ihn Frank.

Im Stillen ärgerte es ihn, dass man ihn bis zum Ende ahnungslos gehalten hatte. Er konnte aber auch verstehen, dass sich Ronni zuerst über sich selbst und über seine Beziehung zu seiner Frau im Klaren sein wollte. Ronni und auch Mendoza konnten nicht vorhersehen, wie sich alles entwickeln würde.

„Herr Mendoza", wandte Frank sich jetzt an den Spanier.

„Sagen Sie doch einfach Carlos zu mir."

„Ja gerne, wenn du mich Frank nennst", antwortete Eisenstein.

„Also, Carlos, wieso kümmerst du dich so um Ronni und Isabelle?"

„Ach weißt du, in einem anderen Kulturkreis wird folgendes praktiziert: Derjenige, der einem anderen das Leben rettet, fühlt sich zeitlebens für ihn verantwortlich. So sehe ich das auch."

Ronni lächelte Carlos dankbar zu, der fortfuhr:

„Ich hatte Ronni gesagt, dass ich geschäftlich im Herbst immer nach Deutschland reise. Zufälligerweise ist das immer Troisdorf. Er bat mich, solange er im Krankenhaus sei, auf Isabelle zu achten. Er traute diesem Rolf nicht und fürchtete, Isabelle könnte etwas zustoßen. Ich habe sie fast polizeimäßig beschattet und Kontakt zu ihr aufgenommen. Auch an dem Abend, als das mit Diego geschah, war ich vor ihrem Haus und bin ihr zu dem Parkplatz gefolgt. Leider kamen Isabelle und ich zu spät. Für einen Anruf bei der Polizei war es ebenfalls zu spät und hätte den Mord nicht verhindern können. Ronni sagte mir, wenn er zurück in Deutschland sei, wollte er alles aufklären, was er ja auch getan hat."

Frank war von Carlos beeindruckt.

„Du kannst glücklich sein, so einen Freund gefunden zu haben", sagte er zu Ronni, der lächelte und nickte.

„Kommt, lasst uns gehen. Ich muss ins Präsidium", schlug Frank vor.

Die drei Männer verließen Isabelles Wohnung.

Ronni setzte sich zu Carlos in den Wagen. Frank schaute ihnen nach, als sie wegfuhren. Er konnte verstehen, dass Ronni heute nicht mit ihm ins Präsidium fahren wollte.

Er setzte sich in seinen Wagen, startete aber nicht den Motor, sondern blieb noch eine Weile sitzen und dachte nach. Es wurde eine längere Weile, denn es gab viel, worüber er nachdenken konnte.

22

Es waren nur noch wenige Tage bis Weihnachten. Es hatte geschneit und eine dünne Schicht Schnee lag wie Puderzucker über Troisdorf. Auch die Schultern und der Kopf des „Dicken Mannes“ am Fischerplatz zierte die weiße Pracht. Ronni und Frank saßen sich gegenüber und schauten aus dem Fenster dem Treiben hastender Menschen zu, die vielleicht die letzten Weihnachtsgeschenke einkauften.

„Na ja, ich kann den Arm zwar noch nicht bis über meinen Kopf heben, aber es geht schon recht gut“, antwortete Ronni auf Franks Frage, wie es ihm ginge.

„Die Verletzungen der Seele verheilen hingegen langsamer als die körperlichen“, fügte er hinzu.

Ronni war erst vor wenigen Tagen aus der Reha entlassen worden und die beiden Freunde hatten sich kurzfristig in Troisdorf verabredet.

„Mir geht es ähnlich. Ich kann nicht begreifen, wie Isabelle es so weit kommen lassen konnte. Rache, na gut, das kann ich verstehen, aber ...“

„Sie ist halt eine temperamentvolle Spanierin, deren Stolz ich mit Lisa gekränkt habe“, versuchte Ronni seine Frau immer noch in Schutz zu nehmen, obwohl er sich von ihr getrennt und die Scheidung eingereicht hatte.

„Der Staatsanwalt hat Klage eingereicht. Es wird bestimmt zum Prozess kommen. Wir müssen abwarten", sagte Frank, obwohl Ronni gar nicht danach gefragt hatte.

„Mhh", mehr hatte Ronni für diese Information nicht übrig.

„Und Rolf Dabinghaus hat gestanden. Er ist in Haft. Fluchtgefahr", informierte Frank Ronni weiter.

Auch jetzt antwortete Ronni lediglich mit einem „Mhh".

Für Frank war das ein sicheres Zeichen, das Thema zu wechseln.

„Wie geht es mit dir weiter?", fragte er daher.

„Zurzeit bin ich vom Arzt noch krankgeschrieben."

„Und danach?"

„Weiter Mörder und Verbrecher jagen. Ich habe doch nichts anderes gelernt", antwortete Ronni und lächelte zumindest dabei.

„Und du?"

„Ich weiß es noch nicht. Schmitz hat mir bis Mitte Januar Urlaub zugestanden. Mal sehen. Vielleicht höre ich auch auf und heirate."

Ronni schaute seinen Freund ungläubig an.

„Du willst den Job an den Nagel hängen und dann Susanne heiraten?"

„Na ja, mit dem Job, das ist noch unklar. Aber heiraten, das steht fest. Susanne ist eine kluge Frau und hat mir das vorgeschlagen und ich habe ja gesagt. Ich hatte sofort ein schlechtes Gewissen. Ich hätte sie schon längst fragen sollen."

„Dann herzlichen Glückwunsch. Das freut mich, wirklich."

Frank war sicher, dass sich Ronni tatsächlich freute, wusste aber auch, dass er um den Verlust seiner Partnerin trauerte.

„Du bist noch jung und wirst eine neue Partnerin finden, da bin ich mir sicher“, versuchte er ihm ein wenig Mut zu machen.

Ronnis „Mhh“ beendete dann auch dieses Thema.

„In ein paar Tagen ist Heiligabend. Hast du schon etwas vor, was du an dem Tag machst?“, fragte Frank.

„Ich hole mir ein paar Flaschen Wein, schalte den Fernseher an und mache mir einen schönen Abend.“

Ronni lachte gequält.

„Dann komm doch zu uns. Susanne macht bestimmt etwas Gutes zu Essen und Wein haben wir ebenfalls.“

„Nein, lieber nicht. An dem Abend wäre ich kein guter Gesprächspartner. Ich bleibe lieber allein.“

„Und am ersten Weihnachtstag? Es ist bestimmt noch etwas vom Abend vorher übrig. Komm doch zu Mittag. Susanne und ich würden uns freuen.“

„Diese Einladung nehme ich gerne an.“

Die Freunde lachten sich zu.

„Und jetzt werde ich uns ein schönes Stück Marzipanstollen bestellen. Was hältst du davon?“, schlug Frank vor.

Anmerkung und Dank

Das Buch ist ein Roman. Alle Figuren und Ereignisse sind frei erfunden. Ähnlichkeiten mit real existierenden Personen und Ereignissen wären rein zufällig. Selbst die Aussagen über das Wetter mit Sonnenschein, Regen oder Schnee sind von mir passend zur Geschichte erfunden. Dagegen existieren die genannten Orte tatsächlich und die Beschreibungen entsprechen weitgehend den wirklichen Gegebenheiten oder sind so dargestellt, wie ich sie sehe.

Als Autor bin ich froh und glücklich, wenn ein Buch, in das ich viel Zeit und Herzblut gesteckt habe, fertig ist. Es ist mir dann ein ausgesprochenes Bedürfnis, mich bei allen, die daran beteiligt waren, zu bedanken.

Mein erster Dank geht an Sie, meine Leser. Falls Sie mich bereits kennen und meine bisherigen „Troisdorf-Krimis" gelesen haben, bin ich sehr gespannt, wie Ihnen dieser Kriminalroman gefällt. Er ist bewusst total anders geschrieben, als meine bisherigen Krimis.

Alle neuen Leserinnen und Leser begrüße ich herzlich und freue mich, dass Sie es gewagt haben, mein Buch zu kaufen.

Bereits bei der Entstehung meines letzten Romans „Herbstnebel" hatte ich die Idee für dieses Buch und habe den Grundstein für diese neue Geschichte gelegt.

Der Zuspruch vieler Leserinnen und Leser bei Lesungen, während Signierstunden oder spontan auf der Straße tut mir gut und spornt mich an, neue Geschichten zu erfinden und niederzuschreiben.

Ein Buch hat für die Leserinnen und Leser nur dann einen Nutzen, wenn es einen Verlag gibt, der es publiziert. Ich danke Herrn König vom Verlag ratio-books für den Mut, meine Bücher zu verlegen, zu gestalten und mich zu beraten und zu ermutigen.

Vielen Dank an meine Lektorin, die sich wieder einmal durch meine Fehler gekämpft und das Buch „in Form" gebracht hat.

Zuletzt aber nicht minder, danke ich meiner Familie und meinen Freunden für ihr Verständnis, ihren Zuspruch und ihre Kritik.

Wenn Sie mir ein Feedback zum Buch geben möchten, können Sie das gerne unter meiner E-Mail-Adresse: heribertweishaupt@gmx.de

Von Heribert Weishaupt
bisher im Verlag ratio-books erschienen:

Wer der Meinung ist,
dass man für Geld alles haben kann,
gerät leicht in den Verdacht,
dass er für Geld alles zu tun bereit ist.
(Benjamin Franklin)

Franz Bertram wird tot am Sieglarer See gefunden. Auf den ersten Blick sieht es wie ein Unfall aus, aber ist es das wirklich? Wenige Tage später stirbt Paul Altmann unter mysteriösen Umständen. Bei den Ermittlungen stößt Kommissar Eisenstein auf eine Fehde zwischen den Familien der beiden Toten. Mehr als einmal wird er in dem verwirrenden Labyrinth von Tatverdächtigen in die Irre geführt. Besteht ein Zusammenhang zwischen den beiden Todesfällen? Außerdem stellt sich die Frage, inwieweit die Wohnungsbaufirma „Eigenheim GmbH“ in den beiden Fällen involviert ist. Das Motiv scheint in der Gier nach Geld zu liegen. Eisenstein muss alle Register ziehen, um Licht ins Dunkle zu bringen.

Verlag **ratio-books** – ISBN 978-3-939829-47-8
www.ratio-books.de

Rache trägt keine Frucht!
Sich selbst ist sie die fürchterliche Nahrung.
Ihr Genuss ist Mord,
und ihre Sättigung das Grausen.

(Johann Christoph Friedrich von Schiller)

In der blühenden Wahner Heide finden zwei Kinder eine vergrabene Leiche. Kommissar Frank Eisenstein und sein Kollege Ronni Kern übernehmen den Fall. Wenige Tage später geschieht ein weiterer Mord. Fundort ist erneut die Wahner Heide.

Was geht in der Heide vor? Treibt ein Serienmörder sein böses Spiel, oder besteht ein Zusammenhang mit schrecklichen Ereignissen vor zwanzig Jahren? Und dann ist da noch Felix. Um ihn ranken sich ebenfalls furchtbare Erlebnisse in der Vergangenheit. Schuld und Rache scheinen die Motive zu sein. Können die Kommissare den Wettkampf gegen die Zeit und gegen einen skrupellosen Gegner gewinnen? Oder gibt es am Ende nur Verlierer?

Verlag **ratio-books** – ISBN 978-3-939829-51-5
www.ratio-books.de

Betrogene Liebe ist wie Menschenblut –
sie schreit aufwärts nach Rache.

Matthias Claudius
(1740 – 1815)

An einem nebligen Novembermorgen wird auf dem Burghof der Burg Blankenberg eine grausam zugerichtete Frauenleiche gefunden. Ähnlichkeiten mit Anprangerungen im Mittelalter sind unverkennbar. Die junge Kommissarin Lisa Brenner hat sich auf eigenen Wunsch nach Bonn versetzen lassen. Für sie ist das ihr erster Mordfall. Dann geschieht ein weiterer Mord, dieses Mal auf Burg Windeck. Die Ermittlungen zeigen, dass viele Spuren nach Troisdorf führen.

Der Druck auf die beiden Kommissare steigt.

Ist die junge Kommissarin diesem Druck gewachsen und kann Frank Eisenstein, Ronnis pensionierter Kollege, bei den Ermittlungen helfen?

Verlag **ratio-books** – ISBN 978-3-939829-72-0
www.ratio-books.de

Geschichten
rund um die Vorweihnachtszeit
und um das Weihnachtsfest

Manche der persönlichen Weihnachtsgeschichten habe ich vielleicht so erlebt, wie ich sie niedergeschrieben habe. Andere Geschichten haben sich nie so in der realen Welt abgespielt. Sie sind vollkommen frei von mir erfunden.

Verlag **ratio-books** – ISBN 978-3-939829-55-3
www.ratio-books.de